Unser kleines Paradies

Gerd Friederich, aufgewachsen im hohenlohischen Langenburg und schwäbischen Bietigheim an der Enz, studierte in Würzburg fürs Lehramt (Deutsch, Kunst, Geschichte, Geografie) und berufsbegleitend noch zweimal, zunächst in Tübingen (Pädagogik, Philosophie, Psychologie, Landeskunde), wo er mit einer historischen Arbeit promovierte, und viele Jahre später in Nürnberg (Malerei). Er arbeitete als Lehrer, Heimerzieher, Personalreferent, Schulrat, Lehrerausbilder und veröffentlichte viel Fachliteratur. Jetzt lebt er im Taubertal, schreibt Romane und malt Porträts und Landschaften.

GERD FRIEDERICH

Unser kleines Paradies

Bibliographische Information der Deutschen Nationalbibliothek: Die Deutsche Nationalbibliothek verzeichnet diese Publikation in der Deutschen Nationalbibliografie; detaillierte bibliografische Daten sind im Internet über htpp://dnb.d-nb.de abrufbar.

Verlag: BoD ● Books on Demand Norderstedt GmbH
In de Tarpen 42, 22848 Norderstedt
Druck: Libri Plureos GmbH, Friedensallee 273,
22763 Hamburg
ISBN: 978-3-7597-8818-4

Unser kleines Paradies

Unser kleines Paradies liegt vor den Toren der Stadt. Kein französischer Garten, geometrisch geordnet und auf Regelmäßigkeit und Symmetrie bedacht. Auch kein Schlosspark, der im Einklang mit einem Prachtbau und etlichen Nebengebäuden ein architektonisches und ästhetisches Gesamtkunstwerk sein will. Es hat weder Türme noch künstliche Ruinen oder historisierende Gebäude. Es ist ein schlichter Landschaftspark.

Anders als französische Barockgärten ist unser Park erst Mitte des 19. Jahrhunderts als Privatgarten eines Industriellen entstanden. Der hiesige Besitzer einer Maschinenfabrik verehrte König Wilhelm I. von Württemberg. Er eiferte dem Monarchen nach, der mit seiner *Wilhelma* einen prächtigen botanischen Garten mit vielen Bäumen erschaffen hatte. Im Testament vermachte der Fabrikant seine Anlage der Stadt unter der Bedingung, dass sie das Erbe hegt und pflegt. Er bestimmte auch, dass man im Park weder fahren noch reiten, sondern ausschließlich zu Fuß unterwegs sein darf. Und er legte fest, dass auf ewig jedermann freien Zutritt zum Park hat, denn er verstand ihn als demokratische Einrichtung, in der alle gleich sind, ob alt oder jung, reich oder arm. Doch weil er seine Mitbürger und ihre Vergesslichkeit kannte, gründete er eine Stiftung, die bis heute über die Einhaltung der Auflagen wacht und jährlich Geld aus dem Stiftungsvermögen in Erhalt und Ausbau des Parks zuschießt.

Trotz der angestrebten Natürlichkeit ist unser kleines Paradies ein Gesamtkunstwerk aus Grünflächen und Gehwegen, heimischen und fremden Baumarten aus der ganzen Welt, allerlei Sträuchern, weiten Rasenflächen, prachtvollen Blumenrabatten und herrlich blühenden Beeten. Bahngleise, Hecken, Zäune und ein künstlicher Bachlauf grenzen ihn gegen die Stadt ab. Er ist ein Stück gebändigter Natur, geplant, gehegt und gepflegt. Und so ist er – trotz aller Natürlichkeit – eine Mischung aus Kultur und Kunst statt Wildnis und Öde, ein Zipfel vom Garten Eden, eine Ruhezone in einer chaotischen Welt.

Das Kostbarste im Park ist das Arboretum, eine Vielzahl exotischer Bäume, die im Sommer Schatten spenden, im Herbst die schönsten Farben hervorzaubern und im Raureif des Winters bizarre Gestalten annehmen. Dazu zählen der Weiße und der Schwarze Maulbeerbaum, der Blauglockenbaum, der Tulpenbaum, der Urwaldmammutbaum, der Judasbaum, der

Götterbaum, der Schnurbaum, der Trompetenbaum, der Taschentuchbaum und viele andere mehr.

Im Laufe der letzten Jahrzehnte wurde der Park weiter ausstaffiert. Die Lindenallee, der Kinderspielplatz, die Toilettenanlage, die Picknickwiese, die große Spielwiese für Erwachsene mit Volleyballfeld, Bouleplatz, Dame- und Schachfeld und der Trimmdich-Pfad kamen hinzu. Dann das Parkcafé, der Klanggarten, der Kiosk und der Musikpavillon, in dem von März bis Dezember Konzerte, Aufführungen und vielerlei Veranstaltungen bei kostenlosem Eintritt stattfinden. Vorletztes Jahr wurde zur Freude von Alt und Jung in der nordwestlichen Ecke des Parks ein Streichelzoo eingerichtet. Und seit letztem Jahr erfreut eine Schaukelbrücke über den künstlichen Bach vor allem die Kinder.

Ein Park sagt viel aus über die Zeit, in der wir leben. Auch die Pflanzenwelt unterliegt einem Modediktat. Zwar nicht so gewaltig wie die Kleidermode, die schnelllebig und oft so hässlich ist, dass man sie alle sechs Monate ändern muss. Aber auch Blumen folgen modischen Trends. Im Jahr 2020 setzten die Floristen ganz auf Blau: Iris, Hyazinthen, Anemonen, Disteln, Hortensien, Astern und Rittersporn. Jetzt, nach drei Jahren Pandemie, preisen die floralen Werbestrategen mehr Farbe an, weil die Leute wieder sorgenfreier leben wollten: Margeriten in Gelb und

Weiß, Schafgarbe in Gelb und Rosa, Zierlauch in allen Blau- und Lilatönen, Freesien in Weiß, Gelb und Violett, Seidenpflanzen in Orange und Rosa, Lilien in nahezu allen Farben.

Unser Park, schön, anziehend und ganzjährig geöffnet, ist Aufenthalts- und Erholungsort für Menschen aus nah und fern. Die Parkgärtner folgen deshalb nicht so sehr den Modetrends der Blumenindustrie, sondern pflegen ihren eigenen Stil. Sie wissen aus langer Erfahrung, welche Pflanzen lieber sonnig, welche eher schattig stehen wollen, welche feuchte oder trockene Böden lieben, in welchem Monat sie aufblühen und wann sie verwelken.

Früher ordnete man die Pflanzen in geometrischen Formen, weil die Zeitgenossen das für schön hielten. Sie wollten vor allem Rabatte, rechtwinklig von niedrigen Buchshecken, Zäunen oder Wegen eingefasst. Heute, weil sich der Geschmack geändert hat, will man Beete mit beschwingten Formen, auch ohne Begrenzungen.

Unser Park hat umrandete Rabatte und unsymmetrische Beete. Die Gärtner züchten Blumen und Stauden in eigenen Gewächshäusern und Freibeeten vor. Sie stellen die Setzlinge gruppenweise nach Robustheit, Wuchshöhen, Wuchsformen und Farbenpracht zusammen. Dann bearbeiten sie den Boden in den Rabatten und Beeten. Und schließlich pflanzen sie viermal im Jahr neu ein, Blumen und Stauden in raffinierten Arrangements.

Der Park ist die grüne Lunge unserer Stadt und ihr Staubfilter. Er ist ein Magnet für Einheimische, Tagestouristen und Urlauber. Und er ist ein Sinnbild für die Welt, wie sie sein könnte. Ein Ort der Schönheit und des Friedens, der Fruchtbarkeit und der innigen Verbundenheit alles Lebendigen. Und vielleicht ist das der eigentliche Grund, warum unser Park die Menschen anzieht, viele Geschichten mit ihm verbunden sind und so zu unserem Paradies geworden ist.

Januar

Sie mögen sich. Sie verstehen sich gut. Sie schlendern durch den Park. Chefgärtner Schöllhorn, barhäuptig, tippelt tänzelnd voraus, seine Arme pendeln im Takt. Forstdirektor Rempfer schreitet ausgreifend im gefütterten Parka, einen grünen Filzhut auf dem schütteren Haar, den Oberkörper nach vorn geneigt. Immer wieder bleiben sie stehen und besprechen die anstehenden Arbeiten im neuen Jahr.

„Ich fürchte, der Sommer wird wieder heiß", sagt Rempfer. „Ist die Trockenheit erst einmal da, ist es in der Regel bereits zu spät. Also müssen wir vorsorgen und uns auf eventuelle Wasserknappheit einstellen."

Schöllhorn bleibt stehen: „Und was heißt das für unseren Park?"

„Zweierlei", meint Rempfer, „keine zusätzlichen Feste mehr auf den Grünflächen im Park, weil wir sie mit viel Wasser wieder aufpäppeln müssen. Und eine bessere Bewässerung. Das wird der Vorstand der Parkstiftung im nächsten Jahr eingehend beraten müssen."

Rempfer, Direktor des hiesigen Forstamts und Vorstandsmitglied der Parkstiftung, ist in seinem letzten Berufsjahr. Schon zweimal hat man ihn überredet, nicht in Rente zu gehen; man könne auf seine profunden Fachkenntnisse nicht verzichten. Im Dezember feiert er seinen siebzigsten Geburtstag, spätestens dann, so hat er es seiner Frau in die Hand versprochen, werde er endgültig aufhören. Er ist ein liebenswürdiger Herr, ein guter Zuhörer, angesehen im Land und bei den Leuten. Einer, der immer einen Rat weiß und hilfsbereit ist.

Schöllhorn, Mitte vierzig, ist vor drei Jahren zum Chef der Parkgärtnerei befördert worden. Er ist ein ausgewiesener Fachmann für einheimische Stauden und kennt sich in der heimatlichen Flora aus. In die Baumkunde, insbesondere in die der exotischen Baumarten, hat er sich fleißig eingelesen.

Sie beenden ihren Rundgang unter den zwei Amur-Korkbäumen, die in der Nordostecke des Parks stehen, gleich beim Streichelzoo.

„Meine Lieblinge", sagt Rempfer mit fester Stimme, die Arme auf dem Rücken verschränkt, und blickt in die weit ausladenden, ineinander verflochtenen Kronen hinauf. „Die idealen Bäume gegen den Klimawandel. Perfekt an trockene Sommer und kalte, windige Winter angepasst. Leider stehen sie viel zu dicht, wie die meisten Exoten, die man bei uns im 19. Jahrhundert gepflanzt hat."

Schöllhorn ist ganz Ohr. „Im Internet habe ich gelesen, dass die Amur-Korkbäume aus dem Einzugsbereich des Amur stammen. Wissen Sie mehr?" Er sieht seinen Kollegen fragend an.

„Stimmt", bestätigt Rempfer, „aus der Grenzregion zwischen China, Korea und Russland. Der Amur fließt sieben Monate lang durch die schneebedeckte Taiga und fünf Monate durch die wüstenartige Tundra. Tiger, Wölfe, Luchse, Braunbären, Elche, Mandarinenten und Kraniche sind an seinen Ufern zuhause."

Schöllhorn lacht. „Bei uns vergnügen sich bloß Eichhörnchen, Krähen, Elstern und Amseln auf den Bäumen."

„Kommt auf die Perspektive an", gibt Rempfer zu Bedenken. „Ich war mal in Casablanca im Zoo. Dort werden Eichhörnchen, Mader und Iltisse in Gehegen gehalten und von den Besuchern bestaunt, während die Affen frei herumturnen oder übers Gelände toben."

Sie setzen sich auf eine der Bänke unter den waagrechten Seitenästen, die einen großen Schirm bilden, unter dem viele Besucher Schutz suchen, wenn es regnet oder schneit oder die Sonne vom Himmel brennt.

„Ich habe was für Sie." Schöllhorn überreicht Rempfer eine kleine Pappschachtel.

„Oh, Korkbaumbeeren! Danke!"

Schöllhorn ist bass erstaunt. „Sie wissen aber auch alles."

Rempfer schüttelt den Kopf und macht eine abwehrende Geste. „Wenn Sie, mein lieber Herr Schöllhorn, einmal so lange im Beruf sind wie ich, dann wissen Sie mehr als ich. Alles Erfahrungssache."

Er probiert eine der erbsengroßen, grünschwarzen Beeren. „Schmeckt nach Terpentin", er schüttelt sich, „soll aber sehr gesund sein. In der traditionellen chinesischen Medizin verarbeitet man diese Beeren zu Hustensaft. Ist gut bei Erkältungen und Atemnot."

Und dann erzählt er seinem Kollegen, dass der Amur-Korkbaum eine perfekte Bienenweide ist und der daraus gewonnene Honig zu den besten der Welt zählt. Aus den Blättern und dem Bast gewinne man in China wertvolle Grundstoffe für die Pharmaindustrie. Daraus entstünden Medikamente zur Senkung des Cholesterinspiegels, gegen Hautkrankheiten und Verdauungsbeschwerden und zur Bekämpfung und Heilung verschiedener Krebsarten. Alle zehn Jahre schäle man dort die Bäume und presse seinen Kork zu Schuhsohlen, Dämm- und Fußbodenplatten. Und das wertvolle Holz sei im Kern dunkelbraun, im Splint hellgelb und zeige eine sehr schöne Maserung.

*

Zu Jahresbeginn spazieren nur ein paar Unentwegte durch den Park. Am Eingang zum Parkcafé hängt seit Weihnachten ein handgeschriebener Zettel: Betriebsferien bis einschließlich 31. Januar. Auch die Imbissbude ist zu. Sogar der Streichelzoo bleibt für Besucher geschlossen, weil das Personal, bis auf einen Tierpfleger, in Urlaub ist.

Heute schallt ohrenbetäubender Lärm durch den Park. Die Gärtner pusten, mit Laubbläsern auf dem Rücken oder lautstarken Ventilatoren auf Rädern, das letzte Laub aus allen Ecken und Hecken und blasen es wie beim Heuen zu langen Schwaden zusammen.

Am Nachmittag kommen die Gärtner mit Traktor und angehängtem Laubsauger wieder, eine Spende der örtlichen Maschinenfabrik. Die Maschine saugt mit sechs Ventilatoren das Laub ein, häckselt es und bläst es in einen Sammelbehälter, den der Traktor zieht. Dann rechen die Gärtner die Reste zusammen, die der Laubsauger verschluckt und in den Behälter pustet.

*

Otto Langfeld hat ein Viertelstündchen in einem Buch gelesen. Gerade will er aufstehen. Prüfend sieht er an sich hinab, denn er ist vorhin über die feuchte

Wiese gegangen. Sind Hosenbeine und Schuhe noch sauber?

Er muss zweimal hinsehen. Da liegt er, ein schwarzer, kleiner Geldbeutel. Direkt neben der Parkbank. So, als sei er jemandem beim Hinsetzen oder Aufstehen aus der Hosentasche gefallen.

Otto Langfeld rutscht an den Rand der Bank und blickt gerade aus. Mit der linken Hand ertastet er den Geldbeutel und nimmt ihn heimlich an sich.

Der Geldbeutel ist klein und dünn. Sehr klein, sehr dünn und schwarz. Darin ein vergoldeter Glückspfennig, ein handgeschriebenes Telefonverzeichnis, ein Medikamentenplan. Und eine kleine Liste mit Größen- und Maßangaben: Wäsche 6, Hemd 41, Jacke 50, Hose 36/30, Socken 42-43, Schuhe 43. Ein Fünfeuroschein im hinteren Geldscheinfach.

Verstohlen blickt er um sich, als könnte jemand aus dem Nichts auftauchen und seinen Besitz zurückfordern. So bleibt er ein Weilchen sitzen. Dann inspiziert er den Geldbeutel noch einmal. Im hinteren Geldscheinfach entdeckt er einen schmalen Papierstreifen: *9rt3mgs4qrs4ftk.onion,* in Druckschrift abgefasst. Das kann sich doch niemand merken, denkt er, das muss man sich aufschreiben. Der Streifen ist ins Fach geklebt.

Er ist enttäuscht. Noch nie hat er in einer Lotterie oder in einem Preisausschreiben gewonnen, noch nie etwas Wertvolles gefunden. Wieder eine Niete, denkt er. Keine großen Scheine, keine Kreditkarte. Nur fünf Euro!

Natürlich hätte er einen größeren Geldbetrag zum Fundbüro, eine Kreditkarte zur Bank gebracht. Doch wer geht schon zum Fundbüro und fragt, ob fünf Euro in einem kleinen Geldbeutel abgegeben worden sind? Niemand! Also kann er sich den Weg sparen.

Bleibt eine Frage: Wer hat ihn verloren?

Drüben sitzen zwei junge Mädchen und starren auf ihre Handys. Dort hinten schiebt eine ältere Frau einen Kinderwagen. Sonst ist niemand in der Nähe.

Er steht auf, steckt den Geldbeutel ein und geht durch den Park, den Roman in der Hand. Beim Gehen kann er besser nachdenken.

Vor der großen, jetzt abgeschalteten Fontäne blickt er in den wolkenverhangenen Himmel. Keine Sonne in Sicht, aber auch kein Schnee.

Er stellt sich in der Nähe unter eine Kastanie und durchsucht noch einmal den Geldbeutel. Dann geht er enttäuscht weiter.

Wer ist die unbekannte Person? Eine Frau? Nein! Frauen tragen Handtaschen und lieben große Geldbeutel mit breitem Münzfach und vielen Einsteckschlitzen für Kredit- und Kundenkarten.

Ein Kind? Aber brauchen Kinder einen Geldbeutel? Und solche Listen? Bestimmt nicht!

Halt! Er bleibt stehen. Schuhgröße 43! Ein Mann! Ein junger? So sortiert? Wohl nicht. Eher ein älterer Herr, der, altersklug geworden, alle für ihn wichtigen Informationen mit sich tragen will und mit Pfennigen noch vertraut ist, sonst hätte er einen Glückscent eingesteckt.

Otto Langfeld ist zweiundsiebzig Jahre alt, nicht verheiratet, kinderlos, seit sieben Jahren in Rente. Er kennt die Sorge, einer Verkäuferin nicht antworten zu können: Welche Kragengröße haben Sie? Tragen Sie Wäschegröße S, M oder L? Eigentlich eine gute Idee, dieser Zettel im Geldbeutel.

Die Telefonliste ist merkwürdig. Ein paar Vornamen, ein paar Nachnamen, die Sparkasse, ein Taxiunternehmen, ein Arzt. Keine Ortsangaben. Zwei Festnetznummern mit Vorwahl, ansonsten Mobilnummern.

Wenn der Unbekannte ein Handy besitzt, warum speichert er die Rufnummern nicht dort, sondern schreibt sie auf einen Zettel?

Fragen über Fragen. Otto lächelt vor sich hin. Irgendwie imponiert ihm der Fremde, trägt der doch sein halbes Leben in der Hosentasche spazieren. Die überlebensnotwendigen Medikamente, die wichtigsten Kontakte, die unverzichtbaren Daten für eventuelle Einkäufe, einen Notgroschen und einen Glücksbringer.

Otto beschließt, zur Bank zurückzugehen und noch ein Weilchen zu warten. Vielleicht …

Seit fünfzig Jahren studiert er seine Zeitgenossen. Angeregt durch viele Bücher ist er zu der Erkenntnis gekommen, dass in allen Menschen vielerlei Eigenschaften schlummern. Manche harmonieren miteinander. Andere passen nicht zusammen, sperren sich oder blockieren sich gegenseitig. Deshalb, so Ottos feste Überzeugung, ist kein Mensch aus einem Guss. In der Erinnerung und in den Romanen werden aus widersprüchlichen Charakteren reine Engel oder abgrundböse Schurken. Die Wirklichkeit sieht anders aus. Niemand ist nur böse oder nur gut, nur ordentlich oder nur chaotisch. Deshalb täuscht der erste Eindruck eines Menschen fast immer.

Das alles geht Otto Langfeld durch den Kopf, als er sich den Unbekannten vorstellt und auf ihn wartet.

Hose 36/30. Also ein mittelgroßer Mann, etwa ein Meter fünfundsiebzig, Bundweite um die neunzig Zentimeter, eher weniger.

Er wartet auf einen schlanken, drahtigen älteren Herrn, penibel, klar strukturiert.

Den Medikamentenplan kann Otto nicht entschlüsseln. Weder kennt er die Arzneimittel, noch weiß er, ob die vier Namen auf Tabletten, Tropfen oder Sprays hinwiesen. Nur die Zahlen und Striche hinter den Medikamentennamen reimt er sich zusammen. *1 – 1* bedeutet wohl: morgens einmal, mittags keinmal, abends einmal.

Das Kostbarste im Geldbeutel dürfte der Papierstreifen sein: *9rt3mgs4qrs4ftk.onion.* Festgeklebt! Damit er nicht versehentlich herausfällt. Er muss wichtig sein für den Fremden, von großer Bedeutung.

Ist das ein Code? Ein Passwort? Ein verschlüsselter Satz?

*

Die ersten Schneeglöckchen erfreuen die wenigen Besucher. Dort, wo die Grasnarbe im Park löchrig ist, dichtes Gebüsch den kalten Wind abhält, der Boden nicht austrocknet und genug Licht auf die Erde fällt, weben diese wagemutigen Pflänzchen reizende kleine Blütenteppiche.

Märchen aus vielen Ländern ranken sich um diese zarte Blume, zum Beispiel das von Hans Christian Andersen: Eine vorwitzige Blumenzwiebel konnte den Sommer nicht erwarten, reckte sich und streckte sich, bis seine weiße Knospe auf grünem Stängel durch die Schneedecke ans Tageslicht schoss. Der erste Sonnenstrahl küsste den frechen Schössling. „Liebliche Blume!", sang der Sonnenstrahl, „wie frisch und leuchtend du bist! Du bist die erste, du bist die einzige Blume, du bist ein Zeichen unserer Liebe!

Du läutest den Sommer ein, den schönsten Sommer über Land und Stadt! Aller Schnee soll schmelzen! Fort mit dem kalten Wind! Alles wird herrlich grün. Dann bekommst du Gesellschaft. Flieder und Goldregen und viele, viele Rosen. Aber du bist die erste, so fein und leuchtend wie du ist keine!" Doch Wind und Wetter hatten etwas dagegen, schickten Frost und eisige Winde über das Land und schalten die vorwitzige Blume „Sommernarr!" Darum heißt das Schneeglöckchen auf Dänisch Sommernarr.

Auch Legenden sind um das Schneeglöckchen entstanden, sogar biblische: Als Adam und Eva aus dem Paradies vertrieben wurden, es war Winter, wussten sie nicht wohin und setzten sich in ihrer Verzweiflung und Hoffnungslosigkeit auf den Boden. Eva weinte. Ihre heißen Tränen durchbohrten den gefrorenen Boden und lockten eine Blume von unglaublicher Schönheit hervor. So wurde das zarte Schneeglöckchen zum Symbol für die Hoffnung auf eine gute Zukunft. Und es weist auf die kommende Wärme und den nahenden Frühling hin. Es blüht auf, beginnt aber schon bald zu welken, wird unansehnlich und vergeht. Aus den Augen, aus dem Sinn. Niemand trauert dem verblassten Glanz hinterher. Ein Sinnbild für die Vergänglichkeit allen Lebens.

Das Schneeglöckchen eröffnet den jahreszeitlichen Blütenreigen unendlich vieler Pflanzen, die farben- und formenprächtig unser Leben bereichern und verschönern. Der Park kann in den Wintermonaten nur eine kleine Auswahl bieten: weiße Christrosen, gelbe, blaue und violette Hornveilchen, gelbe Winterlinge, violette Krokusse, gelber Winterjasmin, weißer Winterschneeball, gelbe oder orangerote Zaubernuss. Jede Blüte ist einzigartig. Nicht eine gleicht der anderen. Jede ist ein Original, keine ist eine Kopie.

Botaniker gehen davon aus, dass ein Fünftel aller Pflanzen vom Aussterben bedroht sind, weil wir Menschen Wälder roden, Feuchtgebiete trockenlegen, landwirtschaftliche Nutzflächen ausdehnen und immer mehr Boden wegen des Städte- und Straßenbaus versiegeln. Dabei beansprucht die Hälfte aller Pflanzenarten nur 2,3 Prozent der globalen Landfläche. Doch selbst das gönnen wir den Pflanzen offensichtlich nicht, obwohl sie mit ihrer Artenvielfalt unsere Ernährung sichern und uns zugleich ein genetisches Potenzial bieten, das die Pharmaindustrie zu unserem Wohle nutzen kann.

Schlendert man durch den Park, stellt sich die Frage: Warum eigentlich lieben wir Pflanzen, Blumen, Sträucher, Bäume? Ist es ihre Schönheit, die wir uns selbst wünschen? Betört uns ihr Duft? Erkennen wir an ihnen unser eigenes Schicksal: wachsen, blühen, vergehen? Sprechen sie unsere Gefühle an? Sind sie Sensoren und Boten unserer Empfindungen und Stimmungen? Wie auch immer, sie wirken harmonisierend auf uns und können uns bei seelischen und körperlichen Beschwerden helfen.

Eine Tasse Melissentee zur Beruhigung, ein warmes Fußbad in Lavendelöl zum Stressabbau, ein kleiner Blumenstrauß als Dank, ein Blumenbouquet mit der Bitte um Entschuldigung, ein Sträußchen als Mitbringsel, um Freude zu bereiten. Lass Blumen sprechen! Oder sag's durch die Blume, wenn du etwas nicht ansprechen kannst oder magst.

Februar

Das Parkcafé öffnet wieder am 1. Februar, pünktlich um zehn Uhr. Nur wenige Minuten später kommt eine braunhaarige Mitvierzigerin und bestellt ein üppiges Frühstück: schwarzen Tee, zwei Spiegeleier mit Bohnen und Speck, zwei Vollkornbrötchen, Butter, Käse und Honig. Sie lebt nach dem Motto: morgens wie ein König essen, abends wie ein Bettler. Sie trägt weiße Sneakers, rote Socken, eine hellbraune Jeans, einen rotbraunen Alpakapullover, über dessen Rundausschnitt eine weiße Bluse herausschaut, und einen roten, langen Mantel, der nicht zugeknöpft ist.

Sie ist eine Institution in der Stadt. Sie ist Mutter Courage und Kümmerin in einem. Sie fürchtet weder Geschützdonner noch menschliche Tragödien. Sie sorgt sich um andere, sie kann nicht anders.

Manche spötteln, sie gehöre zum Inventar des Parks, sitzt sie doch fast jeden Werktag im Parkcafé, oft auch sonntags, vor sich einen Laptop und eine Tasse grünen Tee, ab und an einen Espresso. Hier isst sie häufig zu Mittag, denn das Café bietet auch eine gute Auswahl an warmen Speisen, Salaten und kleinen Imbissen.

Nach dem kargen Mittagessen, Gulaschsuppe mit Brot, steht sie auf, schlendert durch den Park und nimmt aufmerksam wahr, wo etwas blüht und wer ihr begegnet.

Den Nachmittag verbringt sie zuweilen in ihrer Stadtwohnung, geht hin und wieder in das Café am Marktplatz, in dem sie sich mit Bekannten trifft, trinkt Tee und lässt sich ein Stück Kuchen schmecken, gelegentlich auch eine Schwarzwälder Torte. Ihren Laptop hat sie immer dabei.

Sie ist eine bekannte Publizistin und veröffentlicht unter dem Namen Alice Adler, aber manche munkeln, das sei nicht ihr richtiger Name. Sie erzählt in der Lokalzeitung von ihren täglichen Beobachtungen in der Stadt und im Park. Sie ist freie Journalistin und berichtet in diversen Magazinen von den Sorgen und Nöten im Alltag der kleinen Leute. Und sie schreibt Romane, erfolgreiche sogar.

Heute streift sie nach dem Frühstück durch den Park und trifft in der Nähe des Streichelzoos auf Chefgärtner Schöllhorn, der auf seinem täglichen Kontrollgang ist.

„Wieder zurück aus dem sonnigen Süden?", fragt er die Autorin, die mit weißer Wollmütze und jetzt zugeknöpftem, rotem Mantel unterwegs ist und offensichtlich friert.

„Ja", lacht Frau Adler, „vier Wochen auf Madeira sind genug. Aber die Wärme und die Sonne hätte ich schon gerne mitgenommen." Sie zieht eine Minikamera aus ihrer Jackentasche. „Was blüht denn gerade?"

Herr Schöllhorn hat diese Frage erwartet, denn Frau Adler stellt sie nach jedem Urlaub. Er führt die Journalistin auf die andere Seite des Tiergeheges. Dort leuchten viele Schneeglöckchen in der Mittagssonne. Und die ersten Winterlinge sind aufgeblüht, herrlich goldgelb kontrastierend zu den weißen Schneeglöckchen. Auch sie bevorzugen lichten Halbschatten in windgeschützter Nähe von Gehölzen. Wo gegraben und gehackt wird, da ziehen sie sich zurück. Sie wollen ungestört sein.

Alice Adler macht Fotos und ein paar Notizen. Dann bittet sie Herrn Schöllhorn um Rat: „Welche Pflanzen würden sie mir für meine tägliche Kolumne empfehlen?"

Schöllhorn zögert keine Sekunde: „Christrose, Schneerose und Lenzrose!"

„Nicht Schneeglöckchen und Winterlinge?"

„Die kennt doch jeder." Schöllhorn winkt ab. „Aber Christrosen, Schneerosen und Lenzrosen sind selten und geschützt."

„Kapiert, Herr Schöllhorn. Bitte zeigen Sie mir Ihre Lieblinge."

Sie kommen an ein Blumenbeet, darin schneeweiße Christrosen. Frau Adler fotografiert sie von allen Seiten.

„Bereits Mitte November blühen sie auf. Wenn die meisten Pflanzen im tiefen Winterschlaf sind, verschönern die Christrosen Gärten, Balkone und Terrassen", sagt Schöllhorn. „Es sind unkomplizierte Blumen, winterhart, pflegeleicht und immergrün."

Er verweist darauf, dass viele Legenden und Mythen sich um die Christrose ranken. Sie zähle zu den ältesten Kulturpflanzen und werde in antiken Erzählungen erwähnt. Bei den Germanen sei sie heilig gewesen. Und im Mittelalter habe man ihr allerlei Heil- und Zauberkräfte zugeschrieben.

„Und wo sind die Schnee- und Lenzrosen?", will Frau Adler wissen.

Der Gärtner zeigt auf das Nachbarbeet: „In wenigen Tagen blühen sie auf. Manche in Weiß, aber die meisten in allen Schattierungen von Gelb über Rot bis Lila und tiefem Blau. So wie die Christrose das Christfest ankündigt, so kündigen die Schnee- und Lenzrosen den Frühling an."

„Erzählen Sie mir etwas über diese beiden Arten?"

Herr Schöllhorn weist darauf hin, dass die Schneerosen auch winterhart und immergrün sind, aber wegen ihres mediterranen Einschlags mehr Sonne als die Christrosen brauchen. Die Schneerose blühe, wegen ihrer Abstammung von der Christrose, eher pastell-farben: weiß über zartrosa und lindgrün bis hellvio-lett.

Dagegen erschaffe die Lenzrose eine große Viel-falt an verschiedenen Formen und kräftigen Farben. Sie blühe bis in den späten Frühling hinein und werde bei Gartenfreunden immer beliebter, zumal es, dank intensiver Züchtungen, mittlerweile auch gefüllte und mehrfarbige Sorten gibt.

„So", sagt Herr Schöllhorn, „ich hoffe, Sie haben jetzt genug Anregungen für Ihren Artikel."

Frau Adler bedankt sich und geht zurück ins Parkcafé, wo sie sich gleich an die Arbeit macht.

*

Am nächsten Tag erscheint in der hiesigen Zeitung der erste von drei Artikeln, mit zwei Fotos illustriert. Herr Schöllhorn staunt, als er ihn liest.

Frau Adler beschreibt, wie der liebe Gott in seinem Winterhaus im himmlischen Garten Eden sitzt. Er hat es sich vor dem brennenden Kamin gemütlich ge-macht und schlürft Kamillentee.

Als ihm ein Engel ein paar Kekse reicht, sagt er: „Kannst du dir das vorstellen? Bei uns heroben ist es angenehm warm, und da drunten auf der Erde frieren die Menschen. Da hat wohl der Luzifer seine Finger im Spiel."

Der Engel nickt und klimpert ein paar Akkorde auf seiner himmlischen Harfe.

„Komm, hör auf! Das ist fürwahr eine scheußliche Musik. Ruf den Johann Sebastian. Er soll mir etwas Schönes vorspielen."

Ein Glatzkopf erscheint und verneigt sich. „Zu Diensten", sagt er untertänig und macht auch noch einen Kratzefuß.

Gott kann sich ein Schmunzeln nicht verkneifen. Er weiß, der Bach ist bloß so zahm, weil er etwas will. „Setz deine Perücke auf", ermahnt er ihn, „sonst kennt dich doch keiner!"

Bach saust davon und kommt gleich wieder, nun nicht mehr barhäuptig. Er nimmt vor dem himmlischen Piano Platz und schlägt wundersame, liebliche Töne an.

„Hast du einen bestimmten Wunsch?", fragt er den lieben Gott.

„Ja", sagt der Allmächtige, „spiel mir das Lied von der Christrose! Der Caruso soll dazu singen!"

„Warum denn das?"

Gott lacht: „Die Melodie ist aus einem katholischen Gesangbuch, und der Text von einem Protestanten. Das ärgert die greisen Kirchenfürsten in Rom, und mich gaudiert's, wenn die sich ärgern."

Bach flitzt, Caruso saust herbei, und so spielen und singen sie gemeinsam:

„Es ist ein Ros entsprungen
aus einer Wurzel zart
Wie uns die Alten sungen,
aus Jesse kam die Art.
Und hat ein Blümlein bracht.
Mitten im kalten Winter,
wohl zu der halben Nacht."

Der Engel applaudiert, die zwei Musikanten verneigen sich, und der liebe Gott nickt beifällig.

„Ich hab noch nie eine Christrose gesehen", jammert Bach.

Gott lacht. Er hat es längst geahnt. „Wirklich nicht, Johann Sebastian, oder schwindelst du schon wieder?"

Bach zieht eine schuldbewusste Grimasse und wird puterrot im Gesicht, hat ihn der Alte doch abermals durchschaut.

„Also gut", erbarmt sich der himmlische Vater, „fahr halt noch einmal hinunter auf die Erde und geh in den Park von Meister Schöllhorn. Aber vergiss deine Perücke nicht, Johann Sebastian, sonst halten dich die Menschen für einen streunenden Straßenköter. Gleich beim Streichelzoo blühen seit ein paar Tagen wunderbare Christrosen."

Bach ist schon an der Himmelstür, da ruft Gott ihm nach: „Nimm den Caruso mit und geh mit ihm anschließend in eine Pizzeria. Sonst heult er wieder. Du weißt doch, er ist Italiener. Er verabscheut das himmlische Manna und isst Spaghetti für sein Leben gern. Lasst euch von Petrus einen Vorschuss geben. Euro! Hörst du!? Nicht Reichsmark wie beim letzten Mal!"

Bach macht abermals einen Kratzefuß.

„Und bring einen Zahlungsbeleg mit! Petrus hat sich bei mir beschwert, du hättest ihn um zehn Euro beschummelt!"

„Mach ich. Sonst noch was?"

„Geh in der Stadtbücherei vorbei und such im Internet das Christrosengedicht von Johannes Trojan heraus, ich hab's nämlich vergessen."

„Internet? Nie gehört."

Der liebe Gott schreibt das Wort und den Namen des Dichters mit dem bloßen Zeigefinger auf einen güldenen Zettel.

Bach nimmt den großen Zettel („Seine Schrift wird von Jahr zu Jahr auch immer größer", nuschelt er, „der braucht dringend eine Brille") und verneigt sich tief.

„Den gibst du der Bibliothekarin. Sag ihr, sie soll den Text auf die Rückseite schreiben. Und dann kommt ihr Spitzbuben auf der Stelle heim und berichtet. Sonst raucht's!"

Am Abend sind die zwei zurück, voll des süßen Weines und müde vom üppigen Essen. Sie überreichen dem himmlischen Vater den großen Zettel, die Fotos von den Christrosen im Park („Sonst sagt der Alte wieder, wir wären nicht da gewesen", flüstert er Caruso zu), einen Zahlungsbeleg aus der Pizzeria und zählen das Restgeld auf den Tisch.

„Was soll ich mit dem Zaster?", knurrt der himmlische Vater. „Beleg und Rausgeld bringst du dem Petrus! Wann kapierst du das endlich, Johann Sebastian?"

Bach macht schuldbewusst erneut einen Kratzfuß, und Caruso verneigt sich.

Gott nimmt den großen Zettel, dreht ihn um und liest: *Johannes Trojan, Chefredakteur des politisch-satirischen Wochenblatts Kladderadatsch, verfasste über dreißig herrlich illustrierte Kinderbücher sowie Erzählungen, Reiseberichte und Naturbeobachtungen. Über die Christrose reimte er:*

Die Christrose hebt ihr weißes Haupt
in der schweigenden Welt,
die der Winter umfangen hält,
hebt sie einsam ihr weißes Haupt.
Selber geht sie dahin und schwindet
eh' der Lenz kommt und sie findet,
aber sie hat ihn doch verkündet,
als noch keiner an ihn geglaubt.

„Na ja", seufzt der liebe Gott, „meine Christrosen hätten Besseres verdient." Spricht's und wirft den Zettel ins Kaminfeuer.

Bach und Caruso aber träumen in dieser Nacht von Christrosen. Und als sie am anderen Morgen erwachen, nehmen sie sich fest vor, demnächst, wenn die Schnee- und Lenzrosen blühen, erneut auf die Erde hinabzusteigen, Fotos im Park zu machen und dann den Tag wieder in der Pizzeria ausklingen zu lassen. Wenn sie nur wüssten, wie sie den Alten rumkriegen könnten.

*

Er war schon immer eher unauffällig, bieder und zuverlässig. Und jetzt das!

Er kommt aus der Herrentoilette im Park, trägt blaue Segeltuchschuhe, schwarze Jeans, ein blaues Hemd mit grauer Weste, einen Parka und auf dem Rücken einen sehr großen Rucksack.

Den ganzen Tag hat er im Park verbracht, hat mit niemandem gesprochen, ist mehrmals dieselben Wege gegangen und ist wiederholt gedankenverloren dagestanden und hat geschaut.

Thomas Specht, den die Leute den Abendgärtner nennen, weil er ausschließlich nachmittags bis zur Sperrstunde Dienst tut, hat den Rucksackträger die ganze Zeit beobachtet. Irgendwo hat er ihn schon einmal gesehen. Aber wo? Und er fragt sich, wozu man im Park einen so großen Rucksack braucht.

Gegen halb acht macht er sich auf seinen täglichen Kontrollgang. Seit sieben Uhr sind die Eingänge geschlossen, aber über die Drehkreuze kann man den Park jederzeit verlassen. Die Eingangstür zum Vorraum der Toiletten und der Waschräume schließt automatisch um halb acht, zeitgleich zur Lautsprecherdurchsage, die zum Verlassen des Parks auffordert. Drei weitere Warnhinweise folgen.

Specht umrundet einmal das Parkgelände. Ist am Streichelzoo alles in Ordnung? Haben die letzten Besucher das Gelände verlassen? Hat jemand etwas liegenlassen? Wo ist etwas beschädigt und muss dringend repariert werden?

Entgegen seiner Gewohnheit betritt er kurz vor acht Uhr die Toiletten und den Waschraum. Das automatische Deckenlicht flammt in den fensterlosen Räumen auf.

Hinter der Tür des Waschraums steht er, der ältere Mann mit den Segeltuchschuhen. Er hat sich an die Wand gepresst, den Rucksack zwischen den Füßen abgestellt.

Specht ist nicht überrascht: „Wie lange machen Sie das schon?", fragt er.

„Zum zweiten Mal. Ehrlich."

„Und warum machen Sie das?"

„Ich weiß nicht mehr wohin. Erst die Scheidung. Dann ging mein Computerladen pleite. Auch wegen Corona."

Stimmt, fällt Specht ein. Der Computerladen in der Mittleren Gasse. Als er vor ein paar Jahren dort seinen Computer kaufte, war der Mann höflich und kulant gewesen.

„Wie wollen Sie's machen?"

„Ich habe Luftmatratze und Schlafsack dabei."

„Hier auf dem Boden wollen Sie schlafen?"

„Wenn ich darf."

„Sie wissen aber, dass gleich das Licht ausgeht."

„Weiß ich. Ich habe eine Taschenlampe dabei."

„Und wie gehen Sie morgen früh der Putzfrau aus dem Weg?"

„Die Tür entriegelt sich automatisch um sieben. Um halb acht kommt die Putzfrau. Bis dahin bin ich längst im Park, gewaschen und rasiert."

„Na, dann wünsche ich eine gute Nacht, allerdings unter einer Bedingung: Wir sind uns hier noch nie begegnet."

„Danke."

*

Otto Langfeld sitzt zuhause und liest die Tageszeitung. Wie immer von hinten nach vorn. Die Todesanzeigen interessieren ihn nicht, dafür umso mehr die Kleinanzeigen.

Unter der Rubrik *Verloren* fällt ein Inserat sofort auf. Es ist fett umrandet: *Geldbeutel verloren, klein, schwarz, darin vergoldeter Glückspfennig, Telefonverzeichnis, 5-Euro-Schein, Medikamentenplan. 100 Euro Belohnung.*

Keine Adresse, aber eine Mobilrufnummer.

Langfeld lässt die Zeitung sinken.

Anrufen!?

Seinen ersten Gedanken verwirft er sofort. Nachher meldet sich jemand, den er vielleicht kennt. Wäre peinlich, wenn er sich fragen lassen müsste, warum er den Geldbeutel nicht zum Fundbüro im Rathaus gebracht hat.

Warum ist keine Adresse angegeben? Schämt sich der Unbekannte? Hat er etwas zu verbergen?

Langfeld überlegt. Wenn anrufen, dann ohne Festnetznummer. Er will anonym bleiben. Man weiß ja nie. Aber wie unterdrückt man die Nummer?

Er zuckt die Achseln. Also nicht.

Er nimmt die Zeitung wieder auf und will weiterlesen. Da fällt ihm ein, dass irgendwo noch ein Prepaid-Handy ohne Vertrag herumliegt. Ein Geschenk seines Sohnes zum vorletzten Geburtstag.

Fehlt die Karte, entsinnt er sich.

Er sucht und findet das Handy, dann notiert er die Mobilnummer aus der Anzeige auf einem Zettel. Er verlässt seine Wohnung, geht zu Tchibo in der Rathauspassage und trinkt einen Espresso. Nebenbei zeigt er der Verkäuferin sein Handy und fragt, wie das funktioniert.

Sie legt ihm eine SIM-Karte hin. „Die kostet 9,99 Euro. Da ist ein Guthaben für 10 Euro schon drin. Gilt fürs Telefonieren und sogar für ein paar Minuten surfen im Internet. Ist das Guthaben aufgebraucht, müssen Sie es wieder aufladen. Kommen Sie dann einfach wieder zu uns."

Das reicht ihm, mehr will er nicht wissen. Er legt 10 Euro auf den Verkaufstresen.

Sie ruft in ihrer Zentrale an und regelt für ihn den bürokratischen Kram, denn er ist ein gern gesehener Stammkunde.

„Kann man die Rufnummer unterdrücken?"

„Britta! Kommst du mal?", ruft sie durch den Laden.

Britta kommt und tippt auf seinem Handy herum. „Bitte schön", sagt sie.

Die Verkäuferin lächelt ihn an: „Ihr Handy ist jetzt betriebsbereit."

Er bedankt sich überschwänglich, besucht den Buchhändler, schaut die Neuheiten durch und zieht den neuesten Roman von Antoine Laurain aus dem Regal: *Das Glück im Sternbild Zebra.*

„Na, Herr Langfeld, wieder fündig geworden?", näselt der Verkäufer. „Sie ham's wohl mit den Franzosen?"

„Laurain ist für mich immer erste Wahl", bestätigt Langfeld, „seitdem ich *Liebe mit zwei Unbekannten* gelesen habe. Ein perfekter Roman!"

Er steckt das Buch in die Manteltasche, wickelt den Schal fester um den Hals und stiefelt los.

Die Wege im Park sind geräumt. Schnee umkleidet Bäume und Sträucher. Ein weißer Teppich bedeckt Blumenbeete und Rasenflächen.

Er stapft bis zu den beiden Amur-Korkbäumen und blickt auf die Uhr.

Er zieht Handy und Zettel aus der Jackentasche, tippt die Mobilnummer ein und setzt sich auf eine Bank unter dem ausladenden Geäst.

„Ja!"

„Ich habe Ihre Annonce gelesen."

„Oh! Das ist gut!"

„Und ich habe Ihren Geldbeutel gefunden."

„Wo lag er denn?"

„Im Park vor einer Bank."

„Aha! Da wird er mir wohl aus der Hosentasche gerutscht sein."

Der Unbekannte ist sehr einsilbig. Doch irgendwie …? Diese Stimme! Dieser helle, hohe Tonfall! Das habe ich schon mal gehört, murmelt Langfeld vor sich hin.

„Wie bitte?"

„Nichts! Hier sind Leute vorbeigegangen."

„Wo sind Sie denn gerade?"

„Am Rathaus."

„Soso." Kleine Pause. „Bitte sagen Sie mir Ihre Anschrift."

Der Unbekannte will meine Adresse? Wozu? „Ich bin nicht von hier. Bin nur zu Besuch. Bitte geben Sie mir Ihre Adresse. Ich bringe den Geldbeutel vorbei, bevor ich heute Nachmittag wieder heimfahre."

„Ich bin nicht zuhause."

„Dann schicke ich ihn per Post."

„Zu umständlich für Sie." Wieder kleine Pause. „Wann kommen Sie denn wieder?"

„In zwei Wochen."

Zwei Seufzer, eine längere Pause. „Dann gehen Sie bitte noch heute ins Café im Park und fragen nach Fred. Der gibt Ihnen einen Umschlag. Da sind die versprochenen 100 Euro drin. Und Sie legen meinen Geldbeutel in den Umschlag und kleben ihn zu. Dazu müssen Sie nur die Folie über der Klebestelle abziehen."

„Warum so kompliziert?"

„Muss ja nicht jeder wissen, was drin ist. Wenn Fred weiß, dass ich meinen Geldbeutel verloren habe, erzählt er es überall herum."

Diese Stimme! Und warum die Geheimnistuerei? Da stimmt doch etwas nicht!

„So machen wir's", beendet Langfeld das Gespräch.

*

Die Parkstiftung tagt. Vier Männer und drei Frauen, dazu Chefgärtner Schöllhorn als Gast. Zweimal im Jahr kommen sie im Café zusammen, im Februar und im Juni. Sie legen zunächst die Tagesordnung fest, dann brechen sie zum üblichen Rundgang durch den Park auf. Heute geht es um die Anpassung der Bäume, Sträucher und Blumen an den Klimawandel. In der nächsten Sitzung soll über die Attraktivitäten und Veranstaltungen im Park beraten werden.

Forstdirektor Rempfer, Vorstandsmitglied der Parkstiftung, und Chefgärtner Schöllhorn spazieren voraus. Rempfers Plan, noch in diesem Jahr neue, hierzulande weitgehend unbekannte, hitze- und trockenresistente Bäume zu pflanzen, ist einstimmig angenommen worden. Die Stiftung will den Besuchern vor Augen führen, welche Bäume dem Klimawandel trotzen können.

Roterlen, Hickorys, Atlaszedern, Zürgelbäume, Amurlinden, Robinien, Haselbäume, sibirische Ulmen und Kobushis, japanische Magnolien, will die Stiftung beschaffen und pflanzen lassen. Rempfer hat eine Parkskizze gefertigt und darauf die vorgeschlagenen Bäume eingezeichnet.

Sie erreichen die große Spielwiese.

„Hier, meine Damen und Herren, würde ich drei Hickorys pflanzen, genauer gesagt schindelborkige Hickorys. Das sind Nussbäume. Sie stammen aus den USA und Kanada."

Schöllhorn schreitet ein Dreieck ab und steckt im Abstand von jeweils zwanzig Metern einen kleinen Zweig in den Schnee.

„Ich habe Ihnen ja Bilder gezeigt", sagt Rempfer. „Die Hickorys gehören nach meinem Geschmack zu den schönsten und robustesten Bäumen der Welt. Sie gedeihen auf jedem Boden und an jedem Standort. Im Herbst färben sich die Blätter goldgelb. Einzigartig!"

„Und was kostet das?", will eine Dame im gefütterten schwarzen Mantel wissen.

„Etwa drei Meter hohe Bäumchen kosten rund 500 bis 600 Euro das Stück", antwortet Rempfer. „Kleinere sind zwar viel billiger, würde ich aber nicht empfehlen. Größere sind schon an unser Klima angepasst."

Durch vieles Fragen klären sich die Einzelheiten: Die Bäume würden maximal 20 bis 25 Meter hoch, seien widerstandsfähig und würden äußerst selten von Schädlingen befallen. Zudem seien sie Pfahlwurzler und deshalb besonders sturmfest. Und sie könnten dreihundert Jahre alt werden. Das Holz sei nahezu astfrei, zäh, hart und elastisch zugleich. In Nordamerika fertige man daraus Axt- und Hammerstiele, Eishockeyschläger, Bodenbeläge und Möbel. Die Indianer verwendeten es für Tomahawks, Pfeile und Bögen. Heutzutage pflanze man Hickorys auch wegen der Nüsse an, woraus Suppen, Milch, Getränke, Mehl und Brot gemacht würden.

„Wir benötigen in Zukunft solche winterharten und vielseitigen Bäume", rundet Rempfer die Fragerunde ab. „Ich werde die Bäume bestellen und bis Anfang September liefern lassen. Dann ist für die Hickorys die beste Pflanzzeit."

*

Otto Langfeld spaziert gemächlich ins Städtchen zurück. Dabei rauscht jener Typ an ihm vorbei, der tagtäglich durch die Gassen protzt, immer auf der Suche nach einem Zeitvertreib und einer schönen, jungen Frau.

Klick! Das ist er! Mit dem hat er vor einer halben Stunde telefoniert.

Kann nicht sein! Der Geldbeutel weist eher auf einen bedächtigen Herrn hin, der alles im Griff haben will. Das dürfte bei diesem Luftikus nicht der Fall sein. Oder doch?

Der Kerl ist ungefähr fünfundsechzig Jahre alt und hat eine auffallend helle, hohe, fast schon weibliche Sopranstimme. Nach Kleidung und Auftreten ein Dandy, ein sehr reicher dazu. Seit rund zwanzig Jahren prahlt er mit seinen Flitzern, derzeit einem lapislazuliblauen Porsche, einer Sonderedition mit vergoldeten Radkappen. Allein die Farbe kostet ein Vermögen. Morgens sieht man ihn in einem der Cafés frühstücken. Gegen elf sonnt er sich vor einer der Bars. Nachmittags schlendert er, oft von jungen Damen begleitet, durch den Park oder stattet dem dortigen Café einen Besuch ab. Einer regelmäßigen Arbeit scheint er nicht nachzugehen. Manche munkeln, er habe geerbt. Andere behaupten, er mache krumme Geschäfte.

Wie der Playboy heißt, weiß Otto Langfeld nicht. Er wird es herausfinden.

Ein Gedanke durchzuckt ihn: Vielleicht kam der Kerl gerade aus dem Park zurück, wo er im Café den Umschlag hinterlegt hat.

Otto Langfeld setzt sich auf eine Bank. Er zieht den gefundenen Geldbeutel aus der Hosentasche und will den Papierstreifen aus dem Geldscheinfach herausreißen. Halt! Dann ist der Kerl ja vorgewarnt, wenn er seinen Geldbeutel wieder hat. Besser abschreiben, was auf dem Streifen steht.

Kein Stift, kein Papier zur Hand!

Also geht er zu Tchibo und bedankt sich: Das Handy funktioniere ganz prima. Er bestellt einen großen Espresso und bittet um Stift und Zettel. Vor dem Kaffeeladen stellt er seine Tasse auf einen der Stehtische und notiert sich das Passwort aus dem Geldscheinfach.

Zurück im Park schlendert er zum Café und fragt nach Fred. Der händigt ihm eine Luftpolstertasche aus. Darin ist ein zugeklebter Brief. Hundert Euro sind eingelegt, aber kein einziges Wort.

Otto verlässt das Café, schiebt draußen vor der Tür den gefundenen Geldbeutel in den gepolsterten Umschlag und klebt ihn zu.

Wieder drinnen, schaut er sich eingehend um. Der Playboy ist nicht da. Hätte doch sein können, dass der wissen will, wer seinen Geldbeutel gefunden hat.

Otto Langfeld legt den Umschlag auf den Tresen und sagt zu Fred: „Bitte zurück an den Absender."

Dann setzt er sich an einen Tisch am Fester und bestellt bei der blonden Bedienung einen grünen Tee und ein Stück Nusstorte. Von hier aus kann er alle

Gäste im Auge behalten, auch die ein- und ausgehenden.

Während er die Torte genießt, nimmt er sich vor, Informationen zu sammeln. Sehr diskret, sehr zurückhaltend. Keine direkten Fragen, kein Herumschnüffeln. Antippen und zuhören. Mehr nicht. Niemand soll ahnen, dass er den Frauenhelden und Lebemann ausspioniert.

*

Noch blühen die meisten Blumen im Park weiß. Die ersten Frühblüher sind schüchtern, ducken sich, wollen nicht auffallen. Ganz vorsichtig schieben sie ihre Köpfchen durch den kalten Boden und den Schnee, als wollten sie sich vergewissern, dass sie unentdeckt bleiben.

Doch dann erstrahlen die ersten Pflanzen in Gelb, Rot und Blau und betteln um die Aufmerksamkeit der Parkbesucher. Immer noch erfreuen uns Schneeglöckchen, Christrosen, Winterlinge, Winterschneeball und Zaubernuss. Dazuhin protzt der Elfen-Krokus mit blassvioletten Blütenteppichen auf den Wiesen rund um den Streichelzoo. Blausterne säumen den Weg zum Spritzbrunnen. Schwefelgelb blühende Erdprimeln zeigen sich unter einigen Bäumen und auf der Spielwiese. Blauviolette Winter-Iris wagen ihren

Auftritt an sonnigen Stellen, während sich weiße und violette Alpenveilchen unter Sträucher ducken oder sich im Laub verstecken. Vereinzelt blüht schon das Lungenkraut, das anfangs rot erscheint und zusehends ins Blaue changiert. Hänsel und Gretel nennen es deshalb viele Leute. Und zum Monatsende hin präsentieren vorwitzige Forsythien ihre goldgelben Blüten.

Vor allem toben sich wieder die Vögel in den Bäumen und Sträuchern aus. Sobald es frühmorgens hell wird, fliegen alle zum Frühstück, dann ist Putzstunde, dann Randale, wobei sich die Halbstarken hervortun. Von halb eins bis halb drei ist Mittagspause, alle hocken in den Nestern und dösen. Dann geht's wieder von vorne los, wie bei uns Menschen auch. Und gelegentlich stelzen Silber- und Graureiher über die Wiesen und lauern unachtsamen Mäusen auf.

März

Die Tage werden wieder länger. Die Sonne lockt mit wachsender Kraft die Pflanzen aus der Erde. Jetzt beginnt die eigentliche Zeit der Frühblüher. Krokusse, Tulpen und Narzissen weben Blütenteppiche und kleiden den Park festlich ein. Nur die zarten Gänseblümchen verstecken sich noch in den Wiesen und im Rasen. Dagegen zaubern die ersten Primeln mit ihren fröhlich bunten Blüten den Besuchern gute Laune ins Gesicht.

Chefgärtner Schöllhorn führt Buch:

9. März: die ersten Narzissen.

10. März: die ersten echten Veilchen.

12. März: der Goldflieder (Forsythie) blüht.

13. März: der weiße Rhododendron blüht.

14. März: die ersten Schlüsselblumen gesichtet.

21. März: Scharbockskraut, Zitterpappel und Ackerehrenpreis in Blüte. Auch Drosseln, Stare und Rotschwänzchen vom Winterquartier zurück, pünktlich zum Frühlingsbeginn.

Schöllhorn ist ein großer Freund der Primeln. Von den über fünfhundert Arten, die meisten aus Europa und Amerika, präsentiert er die schönsten zwanzig in vier Blumenrabatten. Weil viele Besucher diese ansehnlichen Stauden nur eingetopft kennen, hat er es sich zur Aufgabe gemacht, die Primeln als ausdauernde Wild- und Gartenpflanzen in seinem Park zu beheimaten. So gut wie alle Farben kann man bei den Primeln bewundern, von weiß über gelb, rosa und rot bis hin zu violett, wobei der Blütenschlund fast immer dunkelgelb ist. Weil diese Zierpflanzen so vielfältig sind, präsentieren Primelliebhaber in England ihre Schätze auf speziellen Blumenmärkten und prämieren alljährlich die attraktivsten Exemplare.

Nicht alle Primeln sind mehrjährig. Während viele auch einen kalten Winter überleben, gibt es Arten, die nur einmal blühen und dann neu gepflanzt werden müssen. Je aufwändiger die Blüte, desto weniger Kälte verträgt die Pflanze.

Primeln sind im Frühling wahre Sonnenanbeter. Sie genießen die wärmenden Strahlen. Doch im Sommer bevorzugen sie einen eher halbschattigen Platz. Deswegen achtet Meister Schöllhorn darauf, dass seine Primeln unter laubabwerfenden Gehölzen oder in der Nähe von hochwachsenden Stauden angepflanzt werden. So stehen sie im Frühling schön sonnig, und im Sommer spenden Bäume und Sträucher ausreichend Schatten.

Die echte Schlüsselblume, auch als Wiesenprimel bekannt, ist eine einheimische Wildstaude. Sie gedeiht auf nährstoffreichen Wiesen, an Waldrändern und unter lichtem Gehölz. Sie verziert viele Gärten und Parks, denn die frühen Blüten bieten Hummeln und Bienen reichlich Nahrung. In der freien Natur kommt sie leider nur noch selten vor. Sie steht inzwischen sogar unter Naturschutz. Wiewohl eine seltene Pflanze, ist sie so bekannt wie kaum eine andere Frühblüherin.

Die echte Schlüsselblume ist eine wertvolle Heilpflanze mit langer Tradition. Schon die keltischen Druiden brauten aus ihr allerlei Zaubersäfte. Miraculix, der Zauberer und Priester aus dem gallischen Dorf, in dem Asterix und Obelix zuhause waren, behauptete gar, sein Zaubertrank verleihe Riesenkräfte. Hildegard von Bingen, Äbtissin, Dichterin und heilkundige Universalgelehrte im Mittelalter, verordnete Schlüsselblumenextrakt gegen Husten, bei rheumatischen Beschwerden und psychischen Erkrankungen. Denn die Blume beziehe ihre geheimnisvollen Kräfte direkt von der Sonne. In ihrer natur- und heilkundlichen Schrift *Ursachen und Behandlungen* bezeichnete sie die Schlüsselblume als Himmelsschlüssel, der Menschen das Himmelreich aufzuschließen vermag. Pfarrer Sebastian Kneipp kochte Schlüsselblumenkraut in Wein und verabreichte das Getränk als

Heilmittel gegen Gicht und nach Schlaganfall. Homöopathie und Alternativmedizin verwerten die echte Schlüsselblume noch heute.

Nach einer alten Volkssage baten drei gelangweilte Engel den Heiligen Petrus, er möge ihnen seinen Himmelsschlüssel zeigen. Sie fertigten heimlich eine Kopie an, schlossen das Himmelstor auf, stiegen auf die Erde hinab und trieben dort allerlei Schabernack. Doch die drei Ungehorsamen vergaßen, das Himmelstor wieder hinter sich zuzuschließen. Petrus schickte ihnen sämtliche Erzengel hinterher. Als die drei Ausreißer ihre himmlischen Vorgesetzten kommen sahen, erschraken sie, ließen den nachgemachten Schlüssel fallen und versteckten sich. Da, wo sie vor Schreck den Schlüssel hatten fallen lassen, erblühte augenblicklich eine Wiese voller Schlüsselblumen. So konnten die drei Entflohenen ohne Mühe entdeckt und wieder eingefangen werden.

*

Die Sonne scheint vom nahezu wolkenlosen Himmel, doch von Osten bläst ein kalter Wind. Der Mann mit den Segeltuchschuhen kommt aus dem Städtchen zurück. In einem Stehcafé hat er einen Cappuccino genossen und dazu eine Brezel gegessen. Gerade geht er am Kiosk im Park vorbei, da spricht ihn der Mann hinter der Theke an.

„Haben Sie einen Moment Zeit?"

„Natürlich."

„Sie haben doch einen Computerladen."

„Ich hatte!"

Der Mann im Kiosk zuckt zurück.

„Erst die Scheidung, dann Corona." Der Mann mit den Segeltuchschuhen seufzt. „Jetzt ist mein Laden futsch."

„Aber Sie verstehen etwas von Computern?"

„Glaub schon."

„Trifft sich gut", sagt der Kioskbetreiber. „Ich müsste meine Kasse längst auf EDV umgestellt haben. Das Finanzamt bedrängt mich schon seit Monaten. Gestern habe ich den Kiosk wieder eröffnet, und heute Morgen hat mir das Finanzamt eine letzte Frist gesetzt. Könnten Sie das für mich regeln?"

„Kann ich." Der Mann mit den Segeltuchschuhen zögert einen Augenblick. „Aber nur gegen Stundenlohn."

„Was kostet mich das?"

„Beim IT-Support kostet die Stunde zwischen 70 und 100 Euro."

„Ich glaub, ich spinn!"

„Das ist der Stundenlohn, wenn Sie eine Computerfirma beauftragen." Ein feines Lächeln umspielt die Lippen des Informatikers. „Aber Ihnen zuliebe mach ich's für 40 Euro die Stunde, wenn ich das Geld sofort bar auf die Hand kriege. Gegen Rechnung fürs Finanzamt. Ich habe nämlich ein Kleingewerbe angemeldet."

Der Mann hinter der Theke nickt.

„Außerdem", sagt der Segeltuchmann, „kann ich Ihnen eine wöchentliche oder monatliche Fernwartung Ihres Kassen-PCs anbieten für 15 Euro je Viertelstunde. Auch das ein Sonderpreis unter Freunden. Machen Sie sich mal schlau und sagen Sie mir Bescheid, wenn ich's für Sie installieren soll."

„Und Sie besorgen auch den PC?"

„Mach ich. Ich besorge den PC und die Software und bringe Ihr Kassenprogramm zum Laufen. Dann müssen Sie abends nur noch einen Knopf drücken und haben in null Komma nix den kompletten Tagesabschluss. Und das Programm berechnet sogar die Steuern und mahnt rechtzeitig, damit Sie keine Steuertermine vergessen."

Der Kioskbetreiber denkt kurz nach. „Wann können Sie anfangen?"

„Pressiert's?"

„Ja!"

„Dann gegen eins, wenn noch ein Gratisvesper drin ist."

„Einverstanden." Der Kioskbetreiber wischt die Theke sauber. „Verraten Sie mir, wie Sie heißen?"

„Roland Lauter."

„Darf ich Roland sagen?"

„Klar."

Roland Lauter setzt sich in der Nähe des Spielbrunnens auf eine Bank, nimmt den Rucksack ab und schaut dem munteren Treiben im Park zu. Kinder planschen am Wasser, eine Schulklasse joggt vorbei, Jugendliche tummeln sich auf den Spielfeldern, und der Parkwächter streitet mit einer älteren Frau.

Worum es in dem Streit geht, ist nicht zu verstehen, aber plötzlich schlägt die Frau auf den Wächter ein. Lauter eilt ihm zu Hilfe. Die Frau randaliert und schreit. Der Wächter tritt ein paar Schritte zurück und spricht in sein Handy.

Kurze Zeit später fährt ein Streifenwagen vor. Zwei junge Männer in Uniform steigen aus. Bevor sie etwas sagen oder tun, rennt die Frau auf die beiden los und trommelt mit den Fäusten auf sie ein. Sie spuckt und beleidigt, sie kratzt und beißt. Die Polizisten wehren sich nicht. Sie packen die Zeternde an den Handgelenken und legen ihr Handschellen an. Dann setzen sie die Frau auf den Rücksitz ihres Autos und fahren weg.

„Danke", sagt der Parkwächter zu Roland Lauter. „Die ist mal wieder voll wie eine Haubitze."

„Sie kennen sie?"

„Eine Quartalsäuferin. Eigentlich ist sie friedlich, aber alle paar Monate lässt sie sich volllaufen. Dann weiß sie nicht mehr, was sie tut."

Lauter geht zu seinem Platz zurück und setzt den Rucksack wieder auf. Bevor er sich heute in die neue Aufgabe vertieft, will er durch den Park spazieren.

Er sieht zwei Gärtner, die eine der zahlreichen Laternen im Park reparieren. Er beobachtet ein Pärchen, das täglich, die Rucksäcke geschultert, durch die Anlagen schlendert. Er überlegt: Die übernachten doch nicht im Park, also wozu so zwei große Rucksäcke? Tragen sie wichtige Papiere mit sich herum? Geburtsurkunde, Taufschein, Zeugnisse, Ausweis, Impfpass, Postsparbüchle, Bausparverträgle, Versicherungspolicen? Und dazu den ganzen Familienschmuck? Es soll ja solche Menschen geben.

Lauter lacht in sich hinein. Sein erstes Lachen seit ein paar Wochen. Er schaut ein Weilchen der Schulklasse zu, die jetzt Volleyball spielt. Noch ein kurzer Blick auf das Schachspiel, in das zwei alte Männer vertieft sind. Dann strebt er zügig dem Kiosk zu.

∗

Die wesentlichen Fragen sind geklärt. Der Protzer nennt sich Johnny Schmid. Ob das sein richtiger

Name ist, steht in den Sternen. Angeblich ist er siebenundsechzig Jahre alt und wohnt in der Herrengasse zur Miete. Ob er Junggeselle ist oder geschieden, weiß man nicht. Jedenfalls geht er schon sehr lange keiner geregelten Arbeit nach. Ab und zu verschwindet er für ein paar Wochen. Wohin, darüber rätseln selbst seine Nachbarn und Bekannten. Viele zerbrechen sich den Kopf, woher er so viel Geld hat. Geerbt? In der Lotterie gewonnen? Manche munkeln, er beteilige sich an krummen Geschäften.

Für Otto Langfeld steht fest: Mit dem Kerl wird er sich nicht einlassen. Denn er hat das merkwürdige Wort am Schluss des Passwortes aus dem Geldscheinfach gegoogelt: *onion*. Auf Deutsch heißt das *Zwiebel*, aber er findet auch zahlreiche Hinweise auf *Dark Web* und *Deep Web*, die auf anonymes Surfen im Internet hindeuten.

Er wird Roland Lauter fragen. Den kennt er gut, hatte der doch seinen Computerladen im Haus nebenan.

Er passt Lauter am Marktplatz ab, wo er ihn in den letzten Tagen gesehen hat. Gegen halb sechs, die Sonne ist schon untergegangen, sieht er ihn beim Marktbrunnen unter einer Laterne stehen.

„Guten Abend, Herr Lauter. Wie geht's?"

„Ich rüttle mich wieder zurecht", sagt Lauter.

„Darf ich Sie was fragen?"

„Klar.“

„Ich habe gestern einen Geldbeutel gefunden, leer bis auf einen Zettel, auf dem eine merkwürdige Mischung aus Buchstaben und Zahlen notiert war, die sich kein Mensch merken kann. Und diese Mischung endet mit *onion*. Für was steht denn diese komische Bezeichnung?“

Lauter runzelt die Stirn. „Haben Sie den Zettel noch?“

„Nein, warum?“

„Könnte sein, dass jemand seine Zugangsdaten zum Dark Web verloren hat.“

„Was ist das?“

„Der nicht frei zugängliche Teil des Internets, den Geheimdienste, Journalisten und politisch Andersdenkende in Diktaturen nutzen, aber leider auch sehr viele Kriminelle.“

„Wegschmeißen war wohl keine gute Idee!?“

Lauter schüttelt den Kopf.

„Was hätte ich denn tun sollen?“

„Ich würde einen solchen Code entweder zur Polizei bringen oder auf die Webseite der Onlinewache der Polizei gehen und dort, notfalls auch anonym, auf den Fund hinweisen.“

Onlinewache der Polizei. Was es nicht alles gibt. Otto Langfeld zuckt die Achseln, bedankt sich und geht weiter.

In der Marktgasse ist der beste Handy-Empfang. Er setzt sich auf eine Bank und tippt *Dark Web* in die Suchmaschine ein.

Was er liest, lässt ihn schaudern. Vor allem die Seite, die aufschlüsselt, was man im Dark Web findet, gruselt ihn: Handel mit Kreditkartennummern, illegale Lieferung von Medikamenten und Drogen, Handel mit Waffen aller Art bis hin zu schwerem Kriegsgerät, Beschaffung von Falschgeld, Vertrieb von gestohlenen Anmeldedaten ins Internet, gehackte Netflixkonten und Handel mit Hackerprogrammen.

Einige Minuten sitzt er fassungslos da. Dann berappelt er sich und gibt *Onlinewache der Polizei* in die Suchmaschine ein.

Er holt tief Luft und ruft die angegebene Nummer an.

„Onlinewache der Polizei. Was kann ich für Sie tun?"

„Ich habe einen merkwürdigen Zettel gefunden, auf dem steht ein Zugangscode fürs Dark Web drauf."

„Können Sie mir den Code diktieren?", fragt eine angenehme weibliche Stimme. „Aber bitte ganz langsam."

Otto Langfeld legt den Zettel, den er vor dem Kaffeeladen beschrieben hat, neben sich und liest den Code deutlich und langsam vor.

„Danke. Und was wissen Sie noch?"

„Ich habe zufällig herausgefunden, wem der Code gehört. Es ist einer, der auf Playboy macht, nicht arbeitet, aber Moos ohne Ende hat."

„Und wie heißt dieser Playboy?"

„Johnny Schmid, aber ich fürchte, das ist nicht sein richtiger Name."

„Und weiter?"

Er gibt ihr die Adresse dieses Typs.

„Noch was?"

„Mehr weiß ich leider nicht." Da fällt ihm ein, dass er noch dessen Mobilnummer hat.

„Moment", sagt er, „ich habe auch seine Rufnummer." Er findet sie auf Anhieb in seiner hinteren Hosentasche und diktiert sie.

„Verraten Sie mir bitte Ihren Namen und Ihre Adresse?"

„Lieber nicht. Guten Abend."

*

Christian Kurz, Sportlehrer an der nahen Realschule, hat den Park in den letzten Herbstferien erkundet und hält seitdem den Sportunterricht der Klasse 7 a immer wieder im Freien ab. Ihm kommt es dabei auf Bewegung in der frischen Luft an. Das hat er den Eltern in einem Brief erläutert: Leben, schrieb er, sei wie Radfahren. Man müsse immer in Bewegung bleiben, wenn man die Balance halten wolle. Den Gedanken hat er von Albert Einstein. Und diese Weisheit hat den Eltern eingeleuchtet, zumal ihre Kinder sich viel zu wenig bewegen. Der Zuspruch der Eltern ist so groß, dass er diese Sportstunden im Park für Jungen und Mädchen gemeinsam abhält.

Mal joggen die Siebtklässler durch den Park, mal spielen sie Federball, Volleyball oder Fußball, mal machen sie Gymnastikübungen. Immer lässt der Lehrer ihnen so viel Freiheiten, dass jedes Kind nach seinen Möglichkeiten gefordert wird und die Lust an der Bewegung nicht verliert.

Heute lässt er Tempoläufe üben. Vom Spielbrunnen bis zum Kiosk rennen. Die kurze Strecke bis zum Parkcafé hüpfen. Dann durch den Park joggen bis zum Spielbrunnen. Nach einer kleinen Pause sollen die Kinder dem Trimm-dich-Pfad folgen und üben, was auf den kleinen Tafeln steht: balancieren, dehnen, strecken, klettern, schwingen, Gewichte stemmen, Liegestütz machen und weitspringen.

Doch dazu kommt es nicht mehr.

Zwei Mädchen rennen schreiend aus der Toilette: „Herr Kurz, Herr Kurz! Da drin liegt ein Baby!"

Christian Kurz eilt herbei und lässt sich von den beiden in den Waschraum vor den Mädchentoiletten führen. In einem der Waschbecken liegt ein Neugeborenes, in ein Handtuch gewickelt und auf Papiertücher gebettet. Das Baby weint.

Der Lehrer, Vater von drei Kindern, erfasst die Situation mit einem Blick, bittet die Schülerinnen, mit ihm nach draußen zu gehen und ruft erst den Notarzt und dann die Polizei an. Seinen Schülerinnen und Schülern erklärt er, was er gesehen und mit wem er telefoniert hat.

Die meisten Jungen blicken betreten zu Boden, während die Mädchen beratschlagen, wie man dem Neugeborenen helfen könnte.

Wenig später treffen der Notarzt, zwei Rettungssanitäter und kurz darauf zwei Polizisten ein.

Sportlehrer Kurz informiert Notarzt und Sanitäter mit wenigen Worten. Sie verschwinden in der Toilette. Dann wendet er sich den Polizisten zu und sagt ihnen, was er gesehen hat.

„Sie vermuten also, dass das Baby in der Toilette geboren und im Waschraum abgelegt wurde?", fasst der ältere Polizist das Gehörte zusammen. „Wie kommen Sie zu der Vermutung?"

„Im Waschraum habe ich keine Plazenta gesehen", sagt Kurz, „nur Blutspuren."

„Wissen Sie, ob die Toilettenanlage über Nacht geöffnet ist?"

„Meines Wissens öffnen und schließen die Türen automatisch. Morgens um sieben gehen sie auf und abends um halb acht oder acht wieder zu."

„Ist Ihnen heute eine Schwangere im Park begegnet?"

Kurz schüttelt den Kopf. Er wendet sich an seine Klasse: „Hört mal bitte her. Die Polizei möchte wissen, ob wir im Park eine Schwangere gesehen haben."

„Oder", ergänzt der Polizist, „vielleicht eine Frau mit einem Korb oder einer größeren Tasche, die es eilig hatte?"

Die Kinder reden durcheinander, aber niemand hat etwas beobachtet.

In diesem Augenblick kommen Notarzt und Sanitäter aus der Toilette. Einer der Sanitäter hält ein Bündel in den Armen.

Einige Mädchen umringen ihn sofort. „Dürfen wir das Kleine sehen?"

Der Notarzt lächelt und nickt. Der Sanitäter legt das Köpfchen des Babys frei.

„Oh, ist das süß!" Die Mädchen sind entzückt.

Der Notarzt gibt den Polizisten seine Visitenkarte und sagt: „Die Geburt war heute Morgen, ungefähr vor einer Stunde. Die Plazenta wurde durch die Toilette entsorgt. Aber jetzt muss ich mit der Kleinen rasch in die Klinik. Es ist nämlich ein Mädchen. Sie erreichen mich dort, wenn sie noch Fragen haben. Ich fahre im Sanka mit und hole mein Auto nachher ab.‟

∗

Zwei Baumpfleger bearbeiten die drei Mammutbäume. An Seilen hängend, sägen sie Vertrocknetes ab und beschneiden Überhängendes. Die feuerfeste Rinde schützt die Bäume vor Waldbränden. Der hohe Gehalt an Gerbsäure hält sogar Parasiten, Insekten und Pilze davon ab, die Borke anzugreifen. Die majestätischen Riesen können in der Sierra Nevada, ihrer Heimat, über hundert Meter hoch und anderthalbtausend Jahre alt werden.

Die Exemplare im Park sind bei weitem nicht so groß und so alt. Sie wurden erst vor rund hundertsechzig Jahren gepflanzt. Dennoch begeistern sie die Parkliebhaber. Der gleichmäßige, pyramidale Wuchs, die dunkelgrüne Farbe und die faserige braune Rinde machen diese Bäume so attraktiv.

Wenige Monate vor seinem Tod im Jahre 1864 gab König Wilhelm I. von Württemberg, ein ausgewiesener Naturliebhaber, der königlichen Forstdirektion einen außergewöhnlichen Auftrag: Samen der Baumgiganten aus Kalifornien besorgen und in seiner Stuttgarter Wilhelma aussäen. Förster sollten dann die

Setzlinge in den königlichen Wäldern, in Schlossgärten und Parkanlagen und im ganzen Land anpflanzen.

Die Stuttgarter Forstdirektion bestellte umgehend *1 Lot* Samen in Amerika und meinte damit das alte württembergische Feingewicht, etwa 15 Gramm. Man hatte jedoch nicht bedacht, dass Württemberg inzwischen Mitglied im deutschen Zollverein war, in dem seit 1856 das *neue Lot* (1 Pfund, also 500 Gramm) galt. In Kalifornien war nur das neue Lot bekannt. Und so schickte die kalifornische Forstbehörde ein Pfund Samen nach Stuttgart. Die Samenkörner des Mammutbaums sind klein und leicht. Etwa hunderttausend Stück wiegen 500 Gramm. Die Wilhelma-Förster konnten jedoch nur ein paar Tausend brauchen. Also ließ der König – Schwaben waren und sind nun einmal sparsame Leute – Samen und Setzlinge an Königs- und Fürstenhäuser in ganz Europa verkaufen.

*

Sportlehrer Kurz ist ein erfahrener Pädagoge. Er weiß, dass die Kinder aufgewühlt sind und über ihre Eindrücke und Empfindungen sprechen wollen. Also führt er sie zurück ins Klassenzimmer und lässt sie reden. Die aufgeworfenen Fragen notiert er an der Tafel: Warum tut eine Mutter das? Wird die Mutter bestraft, wenn man sie ausfindig macht? Was passiert bei einer Geburt? Was ist eine Plazenta? Ist das Neugeborene ein Findelkind? Wie kommt das Neugeborene zu seinem Namen? Wer versorgt das Kind in den nächsten Tagen und in Zukunft?

Die Pausenklingel unterbricht die Kinder. Herr Kurz eilt ins Lehrerzimmer und informiert die Schulleiterin und Frau Rother, die Klassenlehrerin, über den Vorfall. Er weist auf die unbeantworteten Fragen an der Tafel hin.

Frau Rother, selbst Mutter zweier Kinder im Vorschulalter, weiß sofort, dass sie auf die Fragen der Kinder eingehen muss. Während sie zum Klassenzimmer geht, ruft Herr Kurz auf Bitte der Schulleiterin das Standesamt, das Gesundheitsamt und das Jugendamt an und berichtet.

In der folgenden Schulstunde wollen die Schülerinnen und Schüler nicht nur reden, sondern etwas für das Neugeborene tun. Sie können nicht fassen, dass ein Kind in diese Welt hineingeboren wird und womöglich sein ganzes Leben nicht erfährt, wer seine Eltern sind und wo es hingehört.

Frau Rother kommt aus dem Staunen nicht heraus. Britta und Pia, zwei Mädchen der Klasse, übernehmen die Gesprächsleitung, als sei es das Selbstverständlichste der Welt. Sie sammeln die schönsten

Vornamen und lassen darüber abstimmen. *Anna* soll das Baby nach Meinung der Klasse heißen.

Sie verabreden, dass Britta, Pia und Manuel am Nachmittag in die Klinik gehen und sich nach dem Befinden des Kindes erkundigen. Und sie sollen den Namensvorschlag an den Stationsarzt weitergeben.

Am nächsten Morgen joggt die Klasse von der Schule durch den Park bis zu den Toiletten. Hier lässt Herr Kurz fünf Minuten Pause machen. Alle Mädchen drängen in den Waschraum. Vom Ereignis des Vortags ist nichts mehr zu sehen. Toiletten, Waschbecken und Boden sind klinisch rein.

*

Es regnet schon seit Tagen. Nicht ständig, aber täglich mehrere Stunden, zehn, zwanzig Liter und mehr auf den Quadratmeter. Und wenn es ein paar Tage nicht regnet, dann ist es schwül und für den März viel zu warm.

Andernorts in Deutschland hat der starke Regen große Überschwemmungen und Verwüstungen verursacht. Zweihundert Menschen seien in den Fluten ertrunken, berichten Radio, Fernsehen und Zeitungen seit Tagen.

Der Trompetenbaum im Park steht schon seit Jahren schief. Er wird bald blühen und dann lange

Schoten treiben. Jetzt liegt er da, entwurzelt. Er muss wohl letzte Nacht umgekippt sein, vielleicht ganz langsam und lautlos, vielleicht plötzlich mit einem lauten Aufschrei. Niemand weiß es. Niemand hat es beobachtet.

Nicht weit entfernt, vor dem Kiosk am großen Spielbrunnen, parkt ein Lkw, die Ladepritsche hydraulisch auf dem Boden abgestellt. Zwei Männer stehen in der Pritsche. Es regnet, aber es ist warm. Sie arbeiten mit nacktem Oberkörper und haben keinen trockenen Faden mehr am Leib. Unbeirrt schaufeln sie Splitt in Schubkarren, die sie hinter den Kiosk rollen. Dort entsteht eine zweite Besucherterrasse. Über den Schotter schaufeln sie den Splitt, ziehen ihn mit einer Latte glatt, schieben einen schweren Rüttler von der Pritsche und rütteln abwechselnd den Belag fest.

Unter dem überdachten Terrassenteil des Parkcafés sitzt Alice Adler, die braunhaarige Mitvierzigerin. Heute trägt sie weiße Sneakers, hellblaue Socken, eine hellblaue Jeans und einen leichten Pullover, aus dessen V-Ausschnitt ein weißer Blusenkragen hervorschaut. Sie ist die Konstante im Park, die Vertrauensperson verschiedener Leute, von nicht wenigen sogar bewundert, denn sie ist bekannt und stets hilfsbereit. Wenn man eine Sorge hat, kann man sich an sie wenden. Sie ist immer nahbar, wenn sie nicht gerade einen Kopfhörer aufhat und in ihr Notebook vertieft ist.

Kurz nach zehn Uhr ist sie gekommen, gleich nach Öffnung des Cafés. Sie frühstückt. Dabei sieht sie den beiden jungen Männern von weitem zu, die mit nacktem Ober-körper arbeiten. Dann entdeckt sie den liegenden Trompetenbaum. Dicke Tropfen klatschen urplötzlich gegen die Scheiben und verdunkeln den Gast-raum. Neonlicht flackert auf, summt und bleibt dann stabil und stumm.

Nach Frühstück und Regenguss steht sie auf. Es nieselt. Sie spannt einen Schirm auf, geht zum Baum und fotografiert ihn von allen Seiten. Mit zwei seiner fünf starken Wurzeln steckt er noch im Boden.

Und schon kommt eine Elektrokarre auf sie zu, darin Chefgärtner Schöllhorn am Steuer, neben ihm einer seiner Mitarbeiter.

Schöllhorn geht auf Frau Adler zu. „Na, große Überraschung am frühen Morgen?!"

„Ja! Und Sie wollen jetzt Holz machen?" Alice Adler deutet auf Werkzeug und Materialien auf der Fahrzeugpritsche.

Schöllhorn sieht die Journalistin überrascht an: „Wieso Holz?" Dann schlägt er sich vor die Stirn. „Ach so! Nein, nein, wir zersägen ihn nicht. Noch nicht! Der hat noch so viel Leben. Wir werden ihm kurz vor der Krone eine Stütze unterschieben, damit sich die Äste freier entfalten können, dann decken wir die in die Luft ragenden Wurzeln im Lauf des Tages mit guter Erde zu. Vielleicht blüht er heuer noch."

„Ein liegender Baum, der blüht, das wäre eine Sensation."

Der Gärtner schlägt ein paar Eisenstäbe rund um den Baum in den Boden. Schöllhorn zieht ein rot-weißes Flatterband um die Stäbe. *Betreten nicht gestattet*, steht auf den folierten Zetteln, die sein Mitarbeiter ans Flatterband tackert.

„Sehr fürsorglich!", lobt Alice Adler die beiden Männer.

„Wenn Kinder auf dem Stamm herumklettern und herunterfallen, sucht die Krankenversicherung nach einem Schuldigen, und das wäre dann die Parkverwaltung", sagt Schöllhorn.

Schöllhorn und Adler harmonieren gut. Er ist um alle Pflanzen und seine Mitarbeiter besorgt, kümmert sich um die Parkbesucher und geht frühmorgens und am späten Nachmittag durch sein Reich und macht sich Notizen, wenn ihm etwas auffällt oder missfällt. Und wenn er ein Anliegen hat, das in die Öffentlichkeit getragen werden soll, wendet er sich an Alice Adler. Sie berichtet dann sprachgewandt und feinfühlig in der Zeitung.

Jetzt setzt sie sich wieder an ihren Platz auf der Caféterrasse und streift sich den Kopfhörer über. Ein

Zeichen an alle, sie wolle nicht gestört werden. Sie öffnet ihren Laptop und schaltet leise Musik ein. *Er starb im frühen Morgenrot*, schreibt sie zu Beethovens fünfter Sinfonie und in Anlehnung an einen alten Schlager. Unter der Überschrift bildet sie zwei ihrer Fotos ab, dann folgt die Geschichte vom schiefen Trompetenbaum im Park. Und sie schwärmt vom liegenden Baum, der vielleicht bald blühen könnte.

Der Park, ihr zweites Zuhause, ist eine Mischung aus Augenweide, Entspannung und Vergnügen. Jetzt ist er fast menschenleer. Dort drüben ist der Spielbrunnen, in dem bei Sonnenschein die kleinen Kinder sitzen und planschen. Ringsum stehen viele leere Bänke, auf denen sich sonst Eltern und Großeltern niederlassen, um ihre Kleinen zu beaufsichtigen, die vom Wasser magisch angezogen werden. Der Kiosk neben dem Café öffnet erst um elf und schließt um fünf. Vielleicht bleibt er heute ganz zu, wenn das Wetter nicht besser wird.

Auch der kleine Streichelzoo in der Nordostecke des Parks ist verwaist. Hühner, Enten, Hasen, Zwergziegen, weiße Alpakas und braune Ponys warten ungeduldig auf streichelnde Kinderhände. An sonnigen Tagen führen Kinder in Begleitung einer Tierpflegerin die Alpakas durch den Park oder reiten auf den Ponys. Normalerweise wird das Tiergehege um sechs Uhr abends abgeschlossen, damit die Tiere zur Ruhe kommen. Heute könnte es gleich zusperren, kommt ja sowieso niemand mehr.

Ganz im Süden des Parks ist ein großer Klanggarten mit vielen Liegestühlen. Auch er liegt heute einsam und verlassen da. Zur vollen Stunde erklingt dennoch zwanzig Minuten lang leise Musik von den hohen Bäumen ringsum. Gleich daneben ist die Blühwiese, mit einem niedrigen Scherenzaun eingehegt, darauf Feldblumen in allen Farben und Formen dicht an dicht, die heute vergeblich Schmetterlinge, Bienen, Hummeln und mancherlei Insekten anzulocken versuchen. Auch die vielen Bäume, Sträucher und Blumenrabatte, die den Park bereichern, bleiben unbeachtet. Die abgegrenzten Flächen für Ballspiele, Boule, Mühle, Dame, Schach, für Fitnesstraining, Wasserkneippen und kleinen Wasserbecken, an warmen Tagen gut besucht, sind triefend nass und verwaist.

Kaum hat Alice Adler ihre kleine Geschichte beendet, schreibt sie eine zweite, diesmal ohne Foto. Sie berichtet über Männer und Frauen, die im Regen arbeiten müssen und bei diesem Wetter mal nass werden bis auf die Haut, mal schwitzen müssen wie ein Tourist in der Wüste, und das alles an einem einzigen Tag.

Gegen halb zwei Uhr lässt der Regen nach und hört schließlich ganz auf. Am Nachmittag wird es doch noch warm. Alice Adler zieht ihren Pullover aus und verstaut ihn in ihrer großen Handtasche.

*

Ins Gespräch vertieft gehen die Schülerinnen und Schüler in die Schule zurück. Britta, Pia und Manuel unterrichten unterwegs ihre Klassenkameraden über das, was sie gestern Nachmittag in der Klinik erfahren haben. Der Stationsarzt habe sich viel Zeit genommen und ihnen den Geburtsvorgang anhand von Bildern erklärt. Den Namensvorschlag werde er an die Behörden weitergeben. Und eine Hebamme habe sie durch den Kreissaal und die Kinderklinik geführt.

Im Klassenzimmer eine Überraschung: Klassenlehrerin Rother stellt Frau Krug vor, Leiterin des hiesigen Standesamts.

Frau Krug, eine resolute Mittfünfzigerin, geht zunächst auf die rechtlichen Aspekte einer Kindsaussetzung ein. Das Strafgesetzbuch enthalte einen Paragrafen, der das Aussetzen eines Menschen, gleichgültig ob Säugling oder Erwachsener, unter Strafe stellt. Vor Gericht werde geprüft, ob Todes- oder schwere Gesundheitsgefahr für den Säugling bestanden habe. Falls man die Mutter des Neugeborenen ausfindig macht, drohe ihr eine Freiheitsstrafe von drei Monaten bis zu zehn Jahren, je nach Schwere der Schuld und ihren Beweggründen.

Auch die Namensgebung sei für Findelkinder, abgelegte Kinder in Babyklappen oder anonyme Geburten im Personenstandsgesetz geregelt, sagt sie und erläutert den Unterschied zwischen den verschiedenen Rechtsformen von Geburten. Wichtig sei, dass Polizei, Gesundheitsamt, Jugendamt und Standesamt eng zusammenarbeiten. Das Gesundheitsamt setze Ort und Tag der Geburt fest und bestimme Vorname und Familienname des Kindes. Dann stelle das Standesamt die Geburtsurkunde aus.

Mehrere Kinder melden sich. Sie interessieren sich brennend für die Frage, wie Frau Krug einen passenden Namen für das im Park aufgefundene Kind festsetzt.

„Wenn man die Mutter ermitteln kann, weiß man schon mal den Nachnamen", sagt sie. „Wenn nicht, dann kommt die Kleine, die ihr gestern gefunden habt, so schnell wie möglich in die Obhut einer Pflegefamilie. Das Jugendamt hat eine Liste von Ehepaaren, die Kinder vorübergehend aufnehmen können. Dort bleibt das Kind, bis es zur Adoption freigegeben ist. Das kann bis zu einem Jahr dauern. Nach der Adoption bekommt das Kind den Nachnamen der Adoptiveltern."

„Und welchen Namen hat das Baby in der Zeit, in der es in der Pflegefamilie ist?", will Pia wissen.

Frau Krug lächelt und weicht zunächst aus: „Wir hatten vor vier Jahren ein Findelkind, das wurde vor dem Krankenhaus in einem Einkaufskorb entdeckt. Die Mutter konnte nicht ermittelt werden. Die Ärzte haben den neugeborenen Jungen untersucht und so den Geburtstag bestimmt. Das Gesundheitsamt hat entschieden, dass der Fundort als Geburtsort standesamtlich eingetragen werden soll. Und ich wurde von der Standesbeamtin gefragt, welchen Vor- und Nachnamen man dem Kind geben könnte. Ich habe gesagt, dass der Name weder veraltet noch hypermodern klingen sollte, sondern so, wie ihr es in eurer Schule gewöhnt seid.»

Britta gibt sich mit der Antwort nicht zufrieden: „Wie heißt der Kleine jetzt?"

„Das Jugendamt hat sich für Felix entschieden. Die Pflegefamilie hatte sich das gewünscht."

„Und mit Nachnamen?"

„Ich habe einen Allerweltsnamen gewählt, der möglichst neutral und alltäglich klingt. Darum heißt der Junge jetzt Felix Maier."

April

Überall frisches, grünes Gras. Die ersten wildwachsenden Wiesenblumen machen auf sich aufmerksam. Reichlich Löwenzahn, Pusteblumen sagen die Kinder, und viele, viele Gänseblümchen. Die Blütenteppiche der Krokusse verblassen und verschwinden schließlich ganz. Tulpen in allen Farben, weiße und gelbe Narzissen, himmelblaue Vergissmeinnicht und dunkelblaue Traubenhyazinthen stehen noch in voller Blüte.

Im feuchten Rasen nahe dem Streichelzoo zeigen sich die zierlichen, mehrjährigen Schachbrettblumen, auch Schachblumen oder Kiebitz-Eier genannt, erinnern sie doch mit ihrer eigenwilligen, purpurbraunen Musterung an ein Schachbrett oder ein Kibitz-Ei. Darunter haben sich weiß blühende Exemplare gemischt. Bei genauem Hinsehen haben sie die gleiche Zeichnung wie die anderen, nur viel blasser. In England heißen sie Schlangenköpfe. Schachbrettblumen sind sehr selten und stehen deshalb unter Naturschutz. Dabei sind sie robust und winterhart, allerdings auch scheu und zart. Bei warmem Wetter blühen sie rund fünf Tage lang, dann ziehen sie sich rasch in ihre

Zwiebeln im Boden zurück. Dort bilden sie Tochter- oder Brutzwiebeln, können sich aber auch über Samen vermehren.

Der Legende nach hatte ein Prinz das Schachspiel so sehr geliebt, dass er nur noch Augen dafür hatte und seine Braut kaum ansah. Die Braut, eine Prinzessin aus dem benachbarten Königreich, verfluchte ihn: „Soll er doch für immer und ewig Schach spielen müssen", empörte sie sich und stampfte mit dem Fuß auf. Eine Fee hörte das und erfüllte den Wunsch. Sie verwandelte den Prinzen in eine wunderschöne, schachbrettartig gemusterte Blume. Die Prinzessin weinte bitterlich, denn nun vermisste sie ihren Bräutigam ganz und gar. Die Fee erschien ein zweites Mal und gab der Prinzessin den Rat, sich auch in eine solche Blume verzaubern zu lassen. So geschah es. Und seitdem sind Braut und Bräutigam als Blumen wieder vereint und haben viele Blumenkinder. In hellen Nächten, wenn sich der volle Mond im Wasser spiegelt, tanzen die Elfen über jene Wiesen, auf denen Schachblumen blühen.

Waldwindröschen, auch Waldanemonen genannt, erfreuen die Parkbesucher im April mit ihren strahlend weißen Blüten bis in den Juni hinein. An leicht sonnigen bis halbschattigen Stellen, unter alten Bäumen und in Blumenrabatten treten sie großflächig auf. Sie wirken zart und schwach, sind tatsächlich jedoch robust und standfest, auch wenn mal ein scharfer Wind durch den Park fegt. Das besagt schon der Name Anemone, bedeutet er doch im Altgriechischen so viel wie Windblume.

Nach der griechischen Mythologie hatte Zephyr, der griechische Gott des Windes, ein Auge auf eine schöne Nymphe geworfen. Seine Gemahlin, die Göttin Flora, erwischte ihn dabei, wie er die junge Frau zärtlich in seinen Armen wiegte und küsste. Die Göttin wurde zornig und sann auf Rache. Zephyr, der seine Gemahlin fürchtete, verwandelte die Nymphe in eine Waldanemone. Doch der Nordwind Boreas verliebte sich so unsterblich in die schöne Blume, dass er sie mit einem Windstoß forttrug, damit sie niemand mehr finden könnte. Boreas hatte jedoch nicht mit den fleißigen Ameisen gerechnet. Die sammelten die Samen des Buschwindröschens und schleppten sie in Wald, Feld und Flur. Und so verbreitete sich die Wildblume sehr üppig.

Wissenschaftlich belegt ist übrigens, dass die Samen der Anemone Reizstoffe enthalten, die Ameisen anlocken und das in der Mythologie beschriebene Verhalten hervorrufen, obwohl die Samen für die Ameisen nicht genießbar sind.

Auch die ersten Hyazinthen sind aufgeblüht. Sie verströmen einen intensiven, süßlich-schweren Duft. Diese Zwiebelblumen zeigen sich in unterschiedlichen Farben, von Weiß über zartes Rosa, kräftiges Orange, feuriges Rot, Preußischblau bis zu Bordeauxviolett. Sogar mehrfarbige und gefüllt blühende Sorten erstrahlen in den Beeten.

Und noch eine Blume zeigt sich jetzt, die Iris, wegen ihrer spitz zulaufenden Blätter auch Schwertlilie genannt. Sie ist hierzulande eine der ältesten und robustesten Zierpflanzen. Sie tritt in allen Regenbogenfarben auf: weiß, rot, orange, gelb, grünlich, hellblau, dunkelblau und violett. Deshalb hat man sie nach Iris benannt, der griechischen Göttin des Regenbogens. Alte Sorten konkurrieren mit vielen Neuzüchtungen, großen und kleinen, zierlichen und widerstandsfähigen.

Rund um den Streichelzoo blühen die Forsythien immer noch. Kaum ein anderer Strauch ist so eng mit dem Beginn des Frühlings verbunden wie der Goldflieder, wie die Forsythie in manchen Gegenden auch genannt wird. Leider bilden die Forsythien nur selten Pollen oder Nektar aus, bieten den Bienen und Hummeln also keine Nahrung. Hier im Park dienen sie als Sichtschutz für scheue Tiere und als Farbtupfer zwischen dem frischen Grün.

*

Drei sonderbare Herren gehen vor dem Café im Park auf und ab. Sie tuscheln erregt. Auf einer Bockleiter steht ein Mann und putzt die Fenster. Hinter der großen Glasscheibe kniet eine Frau und drapiert allerlei ins Fenster: blühende Hyazinthen, Tulpen und Narzissen, Teddybären verschiedener Größen aus Plüsch und Fotos von spielenden Kindern. Im Inneren des Cafés summt es wie in einem Bienenkorb.

Fred, der Mann hinter der Theke, schaut irritiert auf, lauscht, kann aber nichts verstehen. Da stolpern die drei Sonderlinge schon zur Tür herein und sehen sich suchend um.

Alle Gäste blicken verwundert auf, haben die Herren doch barocke Figuren und Frisuren. Überdies sind sie feierlich herausgeputzt wie wohlhabende Kaufleute vor dreihundert Jahren.

Das ganze Lokal tuschelt und rätselt. Sieht der Löwenmähnige nicht aus wie Johann Sebastian Bach? Aber wer sind dann die beiden anderen? Wohl Schauspieler, denken sich die meisten. Aber wo im Park oder im Städtchen wird gerade ein Film gedreht?

Der große Schmale mit den braungelockten Haaren trägt einen knielangen, goldbetressten Rock, oben eng und von der Taille abwärts aufflammend, darunter weiße Beinkleider und rote Schnallenschuhe. Ein weißes Tuch ist um seinen Hals geknotet. Aus den kurzen Rockärmeln schauen weiße Rüschenman-schetten hervor.

Der so Herausgeputzte deutet auf einen Gardero-benständer. Er hängt seinen weit ausladenden Hut auf. Der Löwenmähnige im senfgelben Rock und der Grünbetresste mit den blondgelockten Haarsträhnen folgen seinem Beispiel.

Dann bleiben sie mitten im Saal ratlos stehen und blicken sich suchend um.

Schließlich wendet sich der große Schmale an Fred, den Mann hinter der Theke: „Guter Mann, wir suchen ein ruhiges Plätzchen.“

„Sie dürfen sich hinsetzen, wo sie wollen. Unsere Küche ist jedoch bis halb sechs Uhr geschlossen.“

„Und das bedeutet?“

„Warme Speisen gibt es erst wieder ab halb sechs Uhr.“

„Verstehe. Aber warme Getränke und Kuchen gibt es schon?“

„Natürlich. Wir sind Restaurant und Café in ei-nem. Das Restaurant macht Pause, das Café freut sich über Ihren Besuch, meine Herren.“

„Was es nicht alles gibt“, murmelt der mit der Lö-wenmähne. Oder ist das etwa eine Perücke?

Der große Schmale mit den braungelockten Haa-ren, offensichtlich der Wortführer, nimmt an einem Tisch in der Nähe der Theke Platz und lädt mit ausholender Geste seine beiden Kompagnons ein, sich auch zu setzen.

Er reibt sich die Hände, als fröstle er. Irritiert blickt er sich um. Dann winkt er Fred energisch herbei: „Verzeihen Sie, Wertester, ich sehe nirgendwo einen Ofen und auch kein Brennholz. Dieses Café wird nicht beheizt?"

„Doch, doch", versichert Fred, „wir haben sogar Zentralheizung und fließend warmes Wasser."

Der große Schmale legt die Stirn in Falten. „Ich sehe aber nichts davon."

Fred grinst. „Die Heizung ist im Fußboden und die Warmwasserleitung verläuft in der Wand, Wertester. Sie kommen wohl aus dem Süden?"

„Ganz recht, wir sind von weit hergereist. Bildlich gesprochen, sind wir Gesandte aus dem Himmelreich."

„Und da ist es immer warm?"

„Und ob! Wir kommen ganz ohne Fußbodenheizung und Warmwasser aus."

„Dann schlage ich Ihnen etwas Erwärmendes vor: heißen Tee, heißen Kaffee, heiße Schokolade, heiße Himbeeren mit Sahne oder warmen Apfelstrudel zum Beispiel."

„Für mich bitte einen heißen Tee." Und an seine Begleiter gewandt: „Und was wollen Sie, meine Herren?"

Die Angesprochenen werfen sich fragende, unruhige Blicke zu. Der Grünbetresste mit den blondgelockten Haarsträhnen zieht das Genick ein. Endlich rückt der Löwenmähnige mit der Wahrheit heraus: „Verehrter Meister Böhm, wir besitzen weder Taler noch Gulden."

Der Schmale lacht: „Zappadäus Zwackelmann hat mir eine moderne Schuldverschreibung zugesteckt." Er greift in die inwendige Tasche seines goldfarbenen Rockes und legt einen kolorierten Schein auf den Tisch.

„Reicht das für uns drei?", fragt er den vor ihm stehenden Barkeeper.

Fred reißt die Augen auf. Vor ihm liegt ein nigelnagelneuer 200-Euro-Schein. „Ist der echt?"

„Herr!", braust der Rosafarbene auf, „Sie halten uns wohl für Spitzbuben!?! Das verbitte ich mir! Zappadäus Zwackelmann gibt uns immer echtes Geld mit. Andernfalls würde ihm Petrus den Marsch blasen."

„Verzeihung." Fred verbeugt ich leicht. „Natürlich reicht das. Sie können wählen, was sie wollen."

„Sie haben es gehört, meine Herren. Also wonach gelüstet es Sie?", wendet sich der Goldfarbene an den Löwenmähnigen im senfgelben Rock und an den Grünbetressten mit den blondgelockten Haarsträhnen.

Der Senfgelbe mit der Löwenmähne wünscht eine heiße Schokolade und der Grünbetresste wählt einen großen, starken Kaffee. Am Kuchenbüffet sucht sich jeder zwei Stücke Torte aus.

Breitbeinig setzen sie sich wieder, schauen sich stolz erhobenen Hauptes im Café um und beginnen eine lautstarke Unterhaltung. An den Nebentischen spitzt man die Ohren und reibt sich vergnügt die Hände. Es geht um Musik, genauer gesagt um Orgelmusik und um die richtige Tonart für die biblische Ostergeschichte. Der Goldfarbene plädiert für A-Dur, der Löwenmähnige verteidigt D-Dur. A-Dur klinge zu fidel und sei den Protagonisten eines Oster-Oratoriums nicht angemessen, denn sowohl Maria Magdalena und Maria als auch Petrus und Johannes würden ja ihre Stimme erheben.

Und dann rätseln die drei, wo das Oratorium aufgeführt wird. „Hat Petrus nicht gesagt, wir müssten eine Kirche aufsuchen?", fragt der Goldbetresste.

„Wohin denn sonst?", mokiert sich der Löwenmähnige. „Oratorien sind ja eigens für den Gottesdienst erschaffen worden."

Einen älteren Mann an einem der Nachbartische hält es nicht mehr auf seinem Platz. Er steht auf und tritt vor den Tisch der drei: „Oberstudienrat Richard Rumpler vom hiesigen Gymnasium", stellt er sich vor und verbeugt sich. „Verzeihen Sie, meine Herren, wenn ich mich einmische. Das Oster-Oratorium bringt man heute um sechs Uhr in der hiesigen Stadtkirche zu Gehör."

„Das ist ja wunderbar", sagt der Rosafarbene.

„Leider nicht, mein Herr. Die Aufführung ist nämlich ausverkauft."

„Ausverkauft?" Der Löwenmähnige ist außer sich. „Seit wann muss man denn Eintritt zahlen, wenn man in den Gottesdienst geht?"

„Es findet kein Gottesdienst statt", sagt Oberstudienrat Rumpler, „nur das Oratorium wird aufgeführt."

Der Löwenmähnige empört sich: „Was fällt denen ein?! Ich hab's ja extra so kurz gemacht, damit es in jeden Gottesdienst hineinpasst!"

„Johannes", ermahnt ihn der ansonsten eher schweigsame Grünbetresste und tritt seinem Kollegen unter dem Tisch vors Schienbein. „Benimm dich! Du weißt, sonst dürfen wir künftig nicht mehr …"

„Bitte setzen Sie sich doch an unseren Tisch, werter Herr Oberstudienrat", fordert der goldfarbene Wortführer den Stehenden auf. Und als jener Platz genommen hat, stellt er sich und seine beiden Kompagnons vor: Er heiße Georg Böhm und sei Organist und Komponist. Die beiden anderen seien am Gymnasium in Lüneburg seine Schüler gewesen. Der Grünbetresste heiße Georg Erdmann, habe Jura in Jena studiert und sei Diplomat in russischen Diensten geworden. Und Georgs Klassenkamerad Johannes, er deutet auf den Löwenmähnigen, arbeite inzwischen auch als Organist und Komponist und bekleide das Amt des Thomaskantors und Musikdirektors zu Leipzig.

Oberstudienrat Richard Rumpler verbeugt sich erneut, dieses Mal im Sitzen. „Angenehm. Auch mich hat die Musik in ihren Bann geschlagen. Ich bin Fachlehrer für Musik."

„Ein Kollege, wie angenehm!" Der Goldfarbene zeigt sich hocherfreut. „Dürfen wir Sie zu einer Tasse Kaffee oder Tee und einem Stück Torte einladen, Herr Oberstudienrat?"

Bei heißem Kaffee, heißem Tee und wärmender Schokolade und mit süßen Torten voller Buttercreme und Sahne vertiefen sie sich in eine Fachsimpelei, bis ihre Ohren glühen und der Goldfarbene seinen Rock aufknöpft. Auch ihm ist warm geworden.

Oberstudienrat Rumpler weiß alles über das Osteroratorium, das heute in der hiesigen Stadtkirche zu hören sein wird. Es werde in jener Fassung aufgeführt, die Johann Sebastian Bach nach wiederholter Überarbeitung 1730 hinterlassen habe. Und das Werk trage das gesamte Ostergeschehen in elf Sätzen vor: Maria Magdalena begegnet dem auferstandenen Jesus, berichtet den Jüngern, woraufhin diese zum Grab eilen, es jedoch leer finden, weil Jesus auferstanden ist.

Der Löwenmähnige freut sich und feixt in einem fort. „Ja", fragt er den Herrn Oberstudienrat scheinheilig, „ist denn der Bach nicht längst vergessen?"

„Vergessen? Bach vergessen?", empört sich der Schulmusikus. „Johann Sebastian Bach gehört weltweit zu den fünf bedeutendsten Komponisten aller Zeiten und die Matthäus-Passion und die sechs Brandenburgischen Konzerte zu den größten Meisterwerken der Musikgeschichte! Wie kann man ein solches Genie jemals vergessen?! Ich bitte Sie, mein Herr!"

Das Gesicht des Löwenmähnigen erstrahlt, als würde die Sonne in diesem Café aufgehen. Vorbeugend tritt ihm der Grünbetresste unter dem Tisch erneut vors Schienbein.

„Wir werden es ja später selbst erleben", bilanziert der Goldfarbene das Thema.

„Ja, haben Sie denn überhaupt Eintrittskarten?", fragt Rumpler irritiert.

Der Löwenmähnige rümpft die Nase: „Brauchen wir nicht, brauchen wir nicht."

*

Als Oberstudienrat Rumpler anderntags zur Mittagszeit die Tür zum Café im Park aufzieht, weil er hungrig ist, eilt Alice Adler auf ihn zu: „Und, wie war's?"

„Was?"

„Das Oster-Oratorium."

„Gut. Nur die Oboe-d'amore war zu leise und das Querflötensolo ein bisschen schwach. Aber sonst war's ein Genuss. Warum fragen Sie?"

„Was haben die drei barocken Typen von gestern dazu gesagt?"

Rumpler lacht. „Sie haben ihren gestrigen Auftritt auch mitbekommen?"

„War ja nicht zu übersehen und zu überhören."

„Mir ist immer noch ganz schwummerig, wenn ich daran denke", gesteht Rumpler. „In der Kirche habe ich sie nicht gesehen, obwohl ich mir den Hals verrenkt habe. Während der gesamten Aufführung saß mir das dumpfe Gefühl im Nacken, als ob sie hinter mir flüsterten. Immer wieder habe ich mich umgedreht, aber nirgendwo eine Spur von ihnen."

„Na ja", sagt Frau Adler, „es werden wohl Schauspieler gewesen sein, die ihren gestrigen Auftritt genossen und sich ins Fäustchen gelacht haben."

„Trotzdem kommt mir das Ganze spanisch vor."

„Weshalb?"

„Ich habe gestern Abend im Internet gelesen, dass es diese drei Herren wirklich gegeben hat. Der Wortführer der drei, der mit dem goldbetressten Rock, dem anfangs so kalt war, hatte sich mir als Georg Böhm vorgestellt. Er sagte, er sei Organist und Komponist und Lehrer am Gymnasium in Lüneburg gewesen. Und was lese ich im Internet: Einen Georg Böhm gab es wirklich! Vor dreihundert Jahren!"

Frau Adler schüttelt missbilligend den Kopf: „Was ist daran besonders? Den Landvogt Gessler gab es doch auch, vor siebenhundert oder achthundert Jahren. Und jedes Mal, wenn man irgendwo Schillers Wilhelm Tell aufführt, trifft man auf einen Schauspieler in mittelalterlicher Verkleidung, der vorgibt, er sei Hermann Gessler."

„Kann sein. Aber merkwürdig ist, dass auch alles andere stimmt, was die gestern erzählt haben", beharrt Rumpler. „Georg Erdmann hatte nach der Schule in Lüneburg in Jena Jura studiert und war dann Diplomat in russischen Diensten. Und dessen löwenmähniger Klassenkamerad, den sie Johann nannten, war Organist und Komponist und arbeitete als Thomaskantor und Musikdirektor in Leipzig. Und wie hieß der?" Nach einer kleinen Pause triumphierend: „Johann Sebastian Bach."

„Lieber Herr Rumpler, Ihre Fantasie geht mit Ihnen durch."

Rumpler zieht die Stirne kraus. „Der Löwenmähnige hat doch gestern gesagt, er habe das Oster-

Oratorium eigens für den Gottesdienst komponiert. Und er hat sich geärgert, dass man für das Konzert Eintritt zahlen muss. Das klang nicht, als würde er eine Rolle spielen."

„Sondern?"

Rumpler druckst verlegen herum.

„Sie werden mir doch nicht erzählen wollen, Herr Oberstudienrat, dass drei Männer von den Toten auferstanden sind und sich ausgerechnet in unserem Park ins Café gesetzt haben, oder?"

„Weiß man's?"

„Ich bitte Sie! In ein paar Wochen zeigt das Fernsehen, dass Sie drei Schauspielern auf den Leim gegangen sind und eine versteckte Kamera alles gefilmt hat. Dann stehen Sie mit abgesägten Hosen da, und das ganze Städtchen lacht sich krumm und buckelig."

„Warten wir's ab."

∗

Zwei Tage später ist Alice Adler um zwölf Uhr mit Ole Ottensen verabredet. Es ist der letzte Schultag vor den Osterferien. Ottensen hat um das Treffen gebeten. Es sei sehr wichtig für ihn.

Alice Adler kennt Ole gut. Er ist Lehrer an einer der hiesigen Grundschulen und Helenes Klassenlehrer, Frau Adlers Patenkind. Außerdem holt sich

Ottensen regelmäßig bei Frau Adler Tipps fürs Schreiben. Er brütet gerade über seinem ersten Roman.

Ottensen ist überpünktlich. Bleich im Gesicht, schwarze Ringe unter den Augen, wirkt er abgekämpft, erschöpft und müde.

Alice Adler erschrickt, als sie ihn sieht. Sie weiß sofort: Der Mann hat Probleme und Sorgen, große Sorgen. Sie bittet ihn, Platz zu nehmen, und lädt ihn zum Essen ein.

Ottensen lehnt die Einladung dankend ab. Er sei in Eile. Fahrig fährt er mit den Fingern durch seine langen, blonden Haare. Dann setzt er sich doch, das Gesicht versteinert, den Kopf gesenkt, den Oberkörper leicht zur Seite gedreht.

Wie ein Häufchen Elend, denkt sie und wartet.

Er stiert auf den Tisch, wagt es nicht, ihr in die Augen zu schauen.

Dann hebt er den Blick, sieht zunächst zum Fenster hinaus und schließlich seiner Gesprächspartnerin für einen winzigen Moment direkt ins Gesicht.

„Ich habe eben gekündigt", bricht es auch ihm heraus. „Ich kann und ich will nicht mehr Lehrer sein."

Seine Augen werden feucht, er räuspert sich und senkt wieder den Blick. „Sie müssen mir helfen. Bitte!"

Alice Adler ist bestürzt, ratlos. „Natürlich", sagt sie hastig, „natürlich, aber wie und wobei?"

Mit tränenerstickter Stimme erzählt er, leise, langsam, stockend. Er habe fürs Lehramt Grundschule studiert. Schon zu Beginn des zweiten Semesters sei ihm klar geworden, dass das kein Beruf für ihn ist. Also habe er sich umgetan, sei sogar bei der akademischen Berufsberatung gewesen. Doch genau in jenen Tagen habe er eine Kommilitonin in der Mensa kennengelernt. Viertes Semester Grundschullehramt, blond, gute Figur, lebenslustig, helles Lachen. Wenig später seien sie ein Paar gewesen. Ihr Vater sei Rektor einer Grundschule und werde bald Schulrat, berichtete sie. Die Mutter sei Erzieherin mit Leib und Seele. Auch ihre beiden Großväter seien Volksschullehrer gewesen.

„Eine durch und durch pädagogische Dynastie", sagt Ole bitter. Seine Freundin habe ihm ausgeredet, das Lehramtsstudium abzubrechen. Das könne sie ihrem Vater nicht beibringen. Ole müsse durchhalten. Andernfalls müsse er sich eine andere Freundin suchen. Und als er widersprechen wollte, habe sie ihn getröstet, Pädagogik studieren und Kinder unterrichten seien zwei Paar Stiefel. Wenn er erst einmal vor einer Klasse stehe, werde er sich pudelwohl fühlen. Sie wollte ein Semester vor der Regelstudienzeit das erste Examen im Freischuss probieren. Doch vorher müssten sie heiraten, damit sie im Referendariat in seiner Nähe bleiben dürfe, bis auch er sein Studium beendet habe. Ihre Eltern habe sie schon eingeweiht, sie seien einverstanden und würden sie finanziell unterstützen.

„Meine Frau hat die Hosen an." Ole lacht leise vor sich hin. „Darum habe ich durchgehalten, bin Lehrer geworden und habe, wie Sie ja wissen, zu Beginn dieses Jahres hier meine erste Dienststelle angetreten. Die bisherige Klassenlehrerin ist zwar immer noch an Krebs erkrankt, aber ich habe dennoch einen Schlussstrich gezogen. Mit so vielen Kindern komme ich nicht klar. Eben war ich beim Schulleiter und habe den Bettel hingeschmissen."

„Ja, geht das denn so einfach?"

„Ich bin noch in der Probezeit."

„Und jetzt?"

„Morgen fange ich bei der Post an. Vorläufig!" Er ist den Tränen nahe. „Als Briefträger."

„Wo?"

„Möchte ich lieber nicht sagen." Ottensen holt tief Luft. „Noch nicht. In ein paar Tagen verrate ich es Ihnen."

„Warum erzählen Sie mir das alles?"

„Weil ich Ihnen vertraue. Und weil ich mit Ihnen in Verbindung bleiben will. Aber jetzt müssen Sie mir helfen."

„Wie?"

„Bitte rufen Sie heute Nachmittag meine Frau an und sagen ihr, dass ich sie liebe und mich morgen Abend bei ihr melde."

Er schiebt ihr einen Zettel mit der Rufnummer zu.

„Und wenn Ihre Frau zur Polizei geht und Sie als vermisst meldet?"

„Bitte reden Sie ihr das aus. Und sagen Sie ihr, dass ich niemals in den Schuldienst zurückgehe. Das ist meine einzige Bedingung für eine gemeinsame Zukunft mit ihr, wenn sie die überhaupt noch will."

Dann steht er abrupt auf, gibt Frau Adler die Hand und verlässt schnellen Schrittes das Café.

∗

Die Gärtner gehen einer ungewohnten Arbeit nach. Mit schwerem Gerät schaffen sie Betonklötze, Marmorsockel und eiserne Fundamente herbei und verteilen sie im Rasen links und rechts des Hauptweges. Einige Besucher bleiben kopfschüttelnd stehen, wird doch an etlichen Stellen der feuchte Boden und das gerade sprießende Grün erheblich beschädigt. Andere erkundigen sich neugierig, was das Ganze werden soll. Chefgärtner Schöllhorn beantwortet geduldig alle Fragen. Bis Ende Oktober stellten Bildhauer und Objektkünstler, Männer und Frauen aus Deutschland,

Österreich und der Schweiz, sich und ihre Werke vor. Am kommenden Sonntag um elf Uhr finde am Musikpavillon eine Vernissage statt, zu der die gesamte Bevölkerung eingeladen sei. Anschließend würden einige der Künstlerinnen und Künstler die Interessenten gruppenweise oder auch einzeln durch die Ausstellung führen.

Wenig später werden Skulpturen, Plastiken, abstrakte Gebilde, Menschen, Tiere und Pflanzen aus Eisen, Stein und bemaltem Ton von zwei Gabelstaplern auf die Sockel gehievt und verschraubt. Vor jedes Objekt treibt ein Gärtner einen Eisenstab in den Boden, an dem ein Täfelchen hängt. Darauf steht der Name des Künstlers, sein aktueller Wohnort, das Jahr der Herstellung der Plastik und der Titel des Objekts. Weil man viele dieser Kunstwerke kaufen kann, sind auch noch die Kontaktdaten des Verkäufers verzeichnet. Einige wenige Plastiken sind nur unverkäufliche Leihgaben.

Luise Mehrer, pensionierte Grundschullehrerin und tägliche Besucherin des Parks, beobachtet eine Frau mittleren Alters mit lockigen, braunen Haaren, die vor einem Traktor steht und Anweisungen gibt.

Sie geht zu ihr hin und fragt: „Verzeihung, sind Sie verantwortlich für den Aufbau der Ausstellung?"

„Nein", antwortet die Angesprochene in unverkennbar Tiroler Dialekt, „ich bin Bildhauerin."

„Oh, das trifft sich gut. Haben Sie diese lebensgroßen Figuren erschaffen."

„Ich bin so frei", sagt die Österreicherin und lacht. „Gefallen Ihnen meine Geschöpfe?"

„Bezaubernd", gesteht Frau Mehrer. Sie betrachtet die Figuren. Ein pfiffiger Junge steht schon auf seinem Sockel und staunt Löcher in den Himmel. Weitere drei der Figuren, wie alle übrigen auf dem Anhänger eines Traktors festgezurrt, kann sie erkennen: einen rüstigen, alten Mann mit Baskenmütze, der den Rasen vor sich betrachtet; drei Mädchen, die auf einer Mauer aus Ziegelsteinen sitzen und vergnügt miteinander schwatzen; ein altes Ehepaar, das sich schweigend auf einer Parkbank ausruht.

„Eine Figur ist schöner als die andere", lobt sie die Künstlerin. „Wie viele sind's denn insgesamt?"

„Acht. Vier hier und vier weitere zum Tierpark hin."

„Alle aus Ton?"

„Ja, bemalter Ton. Die Figuren sind hohl. Massiv würden sie im Ofen explodieren."

„Da müssen Sie aber einen großen Brennofen haben."

„Nein, nein", lacht die Künstlerin. „So große Figuren passen nicht in meinen Ofen. Vor dem Brennen zerlege ich meine Figuren in zwei oder drei Teile. Stützgerüste in den Figuren sind leider nicht möglich.

Sie würden im Ofen verbrennen oder die Form verbiegen."

„Also eine sehr aufwendige und anspruchsvolle Kunst", fasst Frau Mehrer das Gehörte zusammen.

„Sind Sie an einer meiner Plastiken interessiert?", fragt die Künstlerin.

„Was kostet dieser Hans-guck-in-die Luft?"

„Auswendig weiß ich's nicht genau, aber so um die dreitausend Euro, frei Haus geliefert, sofern Sie hier wohnen. Aber erst Ende Oktober, wenn die Ausstellung wieder abgebaut wird."

Frau Mehrer nickt versonnen.

„Soll ich Sie vormerken?"

Frau Mehrer erschrickt, besinnt sich und sagt dann hastig: „Ja, bitte. Dieser fidele Bengel würde gut auf meine Terrasse passen."

Sie tauschen Namen und Adressen aus. Frau Mehrer zückt ihr Handy und macht Fotos des pfiffigen Jungen von allen Seiten. Er trägt eine hellgrüne Hose und ein pastellblaues Hemd, hat blonde Haare und braune Schuhe. Die Haut ist unbemalt und zeigt die Farbe des gebrannten Tons.

Die Gelassenheit ist der Figur ins Gesicht geschrieben. Der suchende Blick und die sorgfältige Bemalung überzeugen. Keine Spur von Unruhe, keine wilde Geste, nur das verträumte Suchen, als wolle der Junge an den Wolken ablesen, wie das Wetter wird.

Heitere Ruhe und stilles Nachdenken liegen in der Luft. Eine feine Arbeit, die ihr Geld wert ist.

*

Heuer schon im April, in manchen Jahren erst im Mai blühen die vier Taschentuchbäume. Viele Besucher des Parks bleiben stehen und fotografieren die malerischen, ungewöhnlichen Gewächse. Die Kronen der Bäume sind rund. Aus der Ferne betrachtet, sehen sie aus wie junge Linden.

„Bei uns in Mitteleuropa werden die Taschentuchbäume meist nur sechs, sieben Meter hoch", erklärt ein Gärtner zwei Damen auf Nachfrage. „Sie sind hitzeverträglich, wärmeliebend, als Setzlinge jedoch frostempfindlich. An den Boden stellen sie keine hohen Ansprüche. Im Herbst färbt sich das Laub gelb bis orange."

Viele Insekten umschwirren die weißen, sehr langen Blütenblätter, die aussehen, als wären Taschentücher zum Trocknen aufgehängt. In China heißen diese Exoten deshalb Auf-Wiedersehen-Bäume. Von weitem könnte man meinen, ein Schwarm weißer Tauben habe sich in den Zweigen niedergelassen, daher auch der Name Taubenbaum.

Dieser Laubbaum ist ein Relikt aus der erdgeschichtlichen Kreidezeit. Der französische Missionar

Armand David entdeckte ihn vor über hundertfünfzig Jahren in China, presste ein paar der lindgrünen Blätter im Herbarium und schickte sie nach Paris. David zu Ehren bekam diese in der Botanik bisher unbekannte Baumart den wissenschaftlichen Namen Davida. Viele Jahre später brach der englische Botaniker und Gärtner Ernest Henry Wilson im Auftrag einer englischen Handelsgärtnerei zu einer Expedition nach Asien auf. Er sollte den sagenhaften Taschentuchbaum finden und seine Samen sammeln. Als Wilson die Fundstelle, die David beschrieben hatte, endlich erreichte, stellte er fest, dass der spektakuläre Baum inzwischen gefällt worden war. Nach langer und beschwerlicher Reise mit Maultieren und Trägern fand Wilson zunächst nur ein weiteres Exemplar, schließlich etliche dieser Bäume, die dort rund zwanzig Meter hoch werden, in den feuchten und kühlen Regionen Chinas. Zu Beginn des zwanzigsten Jahrhunderts kehrte er mit reicher Beute nach England zurück. Er hatte die Fundstellen des seltenen Baumes kartiert, etliche Exemplare gezeichnet und ihre Früchte gesammelt.

Der Stamm des Taschentuchbaums hat eine graubraune, längsgefurchte Borke, die sich in Platten ablöst. Die Äste und Zweige sind olivgrau bis hellbraun. Die Früchte ähneln unseren Walnüssen, haben eine grüne Schale, darin meist fünf hartschalige Samen.

Sie sind zwar nicht giftig, aber doch ungenießbar. Dafür sind die frischen Blätter essbar. In China werden sie, reichlich gewürzt, zu einem leckeren Salat verarbeitet. Der Baum ist pflegeleicht, widerstandsfähig und gegen Schädlinge gefeit.

In China erzählt man sich, Wang Zhaojun, eine der vier schönsten Frauen des Landes, sei so liebreizend gewesen, dass die Gänse bei ihrem Anblick vergaßen, mit den Flügeln zu schlagen und zu Boden fielen. Sie lebte zurzeit der Han-Dynastie um 50 vor Christus und wurde mit einem Herrscher der Reiternomaden verheiratet, was dem Kaiserreich laut den Überlieferungen viele Jahre Frieden sicherte. Doch die bezaubernde Wang Zhaojun hatte Heimweh. Und so sandte sie jeden Tag eine Taube nach Hause, die im Baum vor dem Haus ihrer Familie landete, dem Taubenbaum.

*

Alice Adler ist aufgewühlt. Sie muss sich erst beruhigen, bevor sie ihren Auftrag erfüllen kann. Also bestellt sie sich ein Wiener Schnitzel mit Pommes frites und grünem Salat, dazu ein alkoholfreies Weizenbier.

Sie isst und trinkt mit Appetit und Genuss und entspannt sich wieder. Dann geht sie in den Park, setzt sich auf eine Bank und ruft Frau Ottensen an.

„Ja, bitte."

„Alice Adler hier."

„Sie wünschen?"

„Ich rufe Sie im Auftrag Ihres Mannes an."

Eine gereizte Stimme fragt: „Ist ihm etwas passiert? Warum ruft er nicht selbst an?"

„Bitte lassen Sie mich erklären …"

„Er ist bei Ihnen! Geben Sie's zu!"

„Nein! Jetzt hören Sie …!"

„Wo ist er dann?"

„Wo er jetzt ist, weiß ich nicht. Aber vorhin war er hier im Café im Park und hat mir Ihre Rufnummer gegeben ..."

Höhnisches Lachen.

„Frau Ottensen, ich bin Journalistin und Romanschreiberin und kenne Ihren Mann nur beruflich."

„Und ausgerechnet Ihnen hat er meine Nummer gegeben?"

„Ich sitze hier oft im Café im Park und arbeite. Meine Nichte ist Schülerin in der Grundschulklasse Ihres Mannes. Von daher kennt er mich."

„Glauben Sie doch wohl selber nicht!"

„Ist aber so!"

„Und was wollte er von Ihnen?"

„Ihr Mann war sehr aufgewühlt und völlig von der Rolle." Frau Adler macht eine kleine Pause, dann, weil Frau Ottensen schweigt, fährt sie fort: „Er hat seinen Lehrauftrag gekündigt."

„Was??!!" Ein Aufstöhnen, dann ein Keifen, Schimpfen und Fluchen.

„Frau Ottensen, sind Sie noch dran?"

Eine weinerliche Antwort: „Warum sagt er das nicht mir?"

„Das weiß ich nicht. Aber ich weiß, dass er Sie morgen Abend anrufen wird. Und dass er Sie liebt. Ihr Mann hat mich ausdrücklich beauftragt, Ihnen das zu sagen."

„Kann er mir das nicht selber sagen?"

„Er befürchtet, Sie könnten ihn unter Druck setzen. Er habe unter das Schulkapitel einen Schlussstrich gezogen, weil er sich nicht auf Schüler einstellen könne. Das sei ihm in jüngster Zeit endgültig klar geworden. Deshalb war er heute beim Schulleiter und hat seinen Arbeitsvertrag gekündigt."

„Und wovon will er leben?", fragt eine schniefende Stimme.

„Morgen früh fängt er bei der Post an, als Briefträger. Ich vermute, das macht er nur so lange, bis er genau weiß, was er will. Nur eines hat er kategorisch ausgeschlossen: seine Rückkehr in den Schuldienst."

„Wie soll ich das nur meinen Eltern beibringen?"

„Frau Ottensen, Ihr Mann liebt Sie. Sie, nicht Ihre Eltern! Sie müssen nun entscheiden, was Sie selbst wollen: mit ihm zusammenbleiben oder die Wünsche Ihrer Eltern erfüllen."

Stille in der Leitung.

„Frau Ottensen, sind Sie noch da?"

Ein Schniefen, eine lange Pause, dann eine zaghafte Frage: „Was würden Sie mir raten?"

„Bis morgen Abend gar nichts tun. Auf keinen Fall Ihre Eltern informieren. Und morgen Abend mit Ihrem Mann reden. Alles Weitere ergibt sich dann von selbst, wenn Sie Ihren Mann noch lieben."

„Meinen Sie wirklich?"

„Ja, Frau Ottensen, ich meine, dass ihr Mann fühlt und auch weiß, dass er kein Lehrer sein kann und dass er ein großer Schriftsteller werden möchte. Er ist zugleich etwas Rebellisches in ihm, das ihm sagt, was er will."

„Und was will er?"

„Nach seinen Vorstellungen glücklich sein, glücklich zusammen mit Ihnen."

Mai

Kein Monat wird so oft in Liedern und Gedichten besungen wie der Mai. Zwei berühmte Beispiele:

Der Mai ist gekommen, die Bäume schlagen aus,
da bleibe, wer Lust hat, mit Sorgen zu Haus!
Wie die Wolken wandern am himmlischen Zelt,
so steht auch mir der Sinn in die weite, weite Welt.

Komm, lieber Mai, und mache die Bäume wieder
grün, und lass mir an dem Bache die kleinen Veil-
chen blühn!
Wie möchte ich doch so gerne ein Veilchen wieder
sehn, ach, lieber Mai, wie gerne einmal spazieren
gehn!

Der Wonnemonat Mai startet mit mildem Wetter und zartem Grün an den Bäumen. Dazu Farben- und Blütenpracht in Beeten und Rabatten, auf Wiesen und an Sträuchern. Aufgekratzte Vogelbalz und fideler Vogelgesang von Kuckuck, Didädidä und Düriodiri bis Zitzibä.

Besonders auffällig sind die Farben der Blumen, Bäume und Sträucher im Mai. Feuerrot leuchtet der Klatschmohn auf saftgrünen Wiesen. Allüberall im Park das strahlende Weiß der Gänseblümchen, Margeriten und Maiglöckchen, das fröhliche Gelb von Butterblumen und Löwenzähnen, die changierenden Rottöne der Ranunkeln und Tränenden Herzen, das vielfältige Blau der Stiefmütterchen und Hortensien, das samtige Violett von Flieder und Zierlauch. Der Blauregen entfaltet seine Pracht rund um den Musikpavillon. Und viele Bäume sind zartrosa gekrönt.

Trotz aller Frühlingsgefühle tobt sich der Winter mit allerletzten Wetterkapriolen aus. Die Eisheiligen Pankratius, Servatius und Bonifatius bringen oft Frost und Eis. Deshalb hält sich Chefgärtner Schöllhorn an die eiserne Regel: Erst nach der Kalten Sophie, also nach dem 15. Mai, werden die nicht winterharten Blumen und Stauden in die Rabatte und Beete gepflanzt. Vorgezüchtet sind sie schon in der parkeigenen Gärtnerei hinter dem Streichelzoo.

Von Anfang Mai bis Mitte September wird der Park freitags und samstags zur farbenprächtigen Kulisse für Hochzeitspaare. Fotografen legen sich in den Rasen, kriechen unters Gebüsch und klettern auf Bäume, um diesen Festtag in ungewöhnlichen und unvergesslichen Bildern festzuhalten.

*

Vor allem Mütter und Großeltern, seltener Väter setzen sich, Kinder an der Hand oder im Kinderwagen, in die Nähe des Spielbrunnens. Das Wasser ist nur knöcheltief und deshalb schon recht warm. In der Mitte des Brunnens stehen Hühner, Enten und Gänse aus Bronze. Sie laden die Kleinen zum Draufsitzen und Herumplanschen ein. Zwischen dem Federvieh spritzen drei kleine Fontänen auf, wenn ein Kind seinen Fuß auf eines der drei Spritzlöcher stellt. Das probieren die wagemutigen Kinder immer und immer wieder aus. Stundenlang möchten sie hier planschen, aber besorgte Mütter und Großeltern zerren sie schon nach wenigen Minuten am Arm aus dem Wasser.

Alice Adler lässt sich heute Bratwürste mit Kraut und Brot schmecken. Ihr Vormittag war erfolgreich. Fertig ist ein Artikel für die morgige Zeitung, ein zweiter für übermorgen, dazu zwei Seiten an ihrem neuen Roman. Sie genießt das Essen, die Sonne und die fröhliche Stimmung im Park. Am Nachmittag will sie das dritte Kapitel ihres Buches fertigstellen. Sie schreibt an einem historischen Roman über Königin Katharina von Württemberg, Schwester des russischen Zaren Alexander I. und verheiratet mit Wilhelm I., dem zweiten württembergischen König. In

Stuttgart hatte die Königin in Zeiten größter Hungersnot ein großartiges Wohltätigkeitswerk erschaffen.

Wenn es nicht regnet, kommt das Mädchen gegen zwei Uhr. Es setzt sich auf eine Bank neben dem tönernen Hans-guck-in-die Luft und entnimmt ihrer Stofftasche Stifte, Hefte und Bücher. Aus der Hosentasche holt es einen Gummiring, klemmt ihn zwischen die Zähne, umfasst die schulterlangen blonden Haare mit einer Hand und bindet sie mit dem Gummi zu einem Pferdeschwanz zusammen. Dann legt es sich bäuchlings auf die Bank und beginnt zu lesen und zu schreiben. Wenn es nicht schreibt, steckt es sich den Stift in den Mund, überlegt und liest. Und dann schreibt es weiter.

Nicht nur Alice Adler beobachtet das Mädchen schon seit Tagen, auch eine gut gekleidete Frau in ihren Sechzigern.

Wie alt mag die Kleine sein? Vielleicht zweite Klasse? Oder doch eher dritte? Jedenfalls scheint es hier seine Hausaufgaben zu erledigen.

Die Frau steht auf und geht auf das Mädchen zu, hält höflichen Abstand und fragt: „Machst du Hausaufgaben?"

Die Kleine dreht den Kopf zu ihr und nickt.

„Welche Klasse?"

„Dritte."

Jetzt nickt die Frau. „Du bist fleißig", lobt sie. „Mathe, Deutsch, Englisch?"

„Und Sachunterricht."

„Sachunterricht auch? Welches Thema?"

„Das Wetter."

„Verrätst du mir, was du machen musst?"

„Zum Wetter?"

„Ja."

„Bis Ende Mai müssen wir für jeden Tag die Bewölkung, den Niederschlag, die Temperatur und den Wind aufschreiben."

„Und wie machst du das?"

„Neben dem Kiosk ist eine Wetterstation. Ich schaue, was dort steht und schreibe es auf."

„Und die Wolken und den Wind?"

„Da schaue ich in den Himmel und in die Bäume. Dann sehe ich es.

„Kluges Mädchen".

Die Frau überlegt kurz, tritt einen Schritt näher und fragt: „Möchtest du ein Eis?"

Die Augen des Mädchens leuchten. Dann verdüstert sich sein Gesicht. Es wendet sich wortlos wieder seinen Hausaufgaben zu.

Die Frau schlendert hinüber zum Kiosk und kauft zwei Eis am Stiel. Auf dem Rückweg geht sie über die Caféterrasse.

Die Publizistin lacht. Sie hat keinen Kopfhörer auf, ihr Laptop ist zugeklappt. „Heute zwei Eis auf einmal, Frau Mehrer? Oder ist das zweite etwa für ihre neue Freundin?"

„Ihnen entgeht auch wirklich nichts", sagt Luise Mehrer anerkennend, geht auf das Mädchen zu und streckt ihr ein Eis hin. „Für dich, weil du so fleißig bist."

Das Mädchen zögert. Verlegen wandern seine Blicke zwischen dem Eis und der Frau hin und her. „Ich habe aber kein Geld", sagt es schließlich.

Die Frau lacht. „Ich will es dir doch schenken. Komm, nimm's einfach! Ist für dich!"

Das Mädchen richtet sich auf, bedankt sich und nimmt das verpackte Eis entgegen.

„Darf ich mich zu dir setzen?", fragt die Frau.

Das Mädchen will ihre Schulsachen in die Tasche stecken, doch die Frau winkt ab und setzt sich ans andere Ende der Bank.

Das Mädchen reißt die Verpackung auf und strahlt. Vanilleeis am Stiel mit einem Überzug aus Schokolade und Mandeln. Das schmeckt ihm besonders gut.

Während das Mädchen das Eis genießt, beobachtet die Frau aus den Augenwinkeln.

„Dein erstes Eis in diesem Jahr?"

„Ja", sagt das Mädchen.

„Lecker?"

„Mhm.“

„Darf ich dich etwas fragen?“

„Ja.“

„Wohnst du in der Nähe?“

Das Mädchen deutet über den Streichelzoo hinaus: „Dort hinten.“

„Und ich wohne“, die Frau zeigt in die entgegengesetzte Richtung, „gleich beim Ausgang des Parks hinterm Klanggarten.“

Der Parkwächter schlendert vorbei und sagt im Vorübergehen: „Na, Linda, wieder fleißig?“

„Ja, Herr Wiegner.“

„So, so, Linda heißt du“, sagt die Frau. „Ein schöner Name.“

Das Mädchen hat das Eis verspeist, steht auf und entsorgt Verpackung und Stiel im Papierkorb nebenan. „Danke schön“, sagt sie zu der Frau und verstaut ihre Sachen in der Tasche. „Ich muss jetzt gehen. Meine Mama wartet. Tschüss!“

„Sehe ich dich morgen wieder?“

„Wenn's nicht regnet.“

„Dann bis morgen, Linda.“

*

Der strahlend blaue Nachmittagshimmel, die leuchtende Sonne und die vielen Blumen und Sträucher bilden die perfekte Kulisse für eine Hochzeit. Die Vögel zwitschern ausgelassen, und der Wind fährt raschelnd durch die Blätter der Bäume.

Der Klanggarten ist liebevoll dekoriert. Blumenarrangements aus weißen Rosen und Lavendel säumen den Weg, der auch mit Lichterketten geschmückt ist. Die Gäste kommen und nehmen auf weißen Holzstühlen Platz.

Ein zartes Glöckchen läutet die Zeremonie ein. Der Bräutigam im eleganten, schwarzen Anzug tritt nervös von einem Bein auf das andere. Ein Trauzeuge klopft ihm aufmunternd auf die Schulter. Endlich erscheint die Braut, anmutig und wunderschön in ihrem weißen Kleid. Sie schreitet am Arm ihres Vaters langsam den Gang entlang, begleitet von den bewundernden Blicken der Gäste.

Ein Streichertrio, bestehend aus einer Violinistin, einer Bratscherin und einem Cellisten, spielt Mozarts *Streichtrio in G-Dur*.

Der Trauredner hält eine herzliche und sehr persönliche Ansprache. Dann werden die Ringe getauscht. Das Brautpaar sieht sich tief in die Augen. Mit den Worten des Redners „Ihr dürft euch jetzt küssen" besiegelt ein leidenschaftlicher Kuss die vormittags im Standesamt geschlossene Ehe.

Das Trio beschließt die kleine Zeremonie mit dem Wiegenlied von Franz Schubert.

Danach folgt ein Empfang auf der weitläufigen Wiese nur wenige Schritte vom Klanggarten entfernt. Stehtische mit weißen Tischdecken und Blumengestecken laden die Gäste zum Sektempfang ein. Ein Cateringteam serviert Champagner und köstliche Häppchen. Die Streicher spielen beliebte Melodien von Johann Strauß: *An der schönen blauen Donau, Wiener Blut, Rosen aus dem Süden, Frühlingsstimmen* und den *Schatz-Walz*er aus dem *Zigeuner-Baron.*

Ein Fotograf fängt die schönsten Momente ein. Das Brautpaar, das sich lachend umarmt. Die Großeltern, die ihre Enkelkinder herzen. Die Freunde, die ausgelassen Walzer tanzen und das Hochzeitspaar hochleben lässt. Eine Fotowand mit Kindheits- und Jugendbildern der frisch Vermählten sorgt für Heiterkeit und bringt unvergessliche Momente in Erinnerung.

Am späteren Nachmittag geht die Feier auf der Terrasse des Parkcafés weiter. Auch sie ist festlich dekoriert. Lange Tafeln sind mit weißen Tischdecken, Silberbesteck und Kerzenleuchtern gedeckt. Ein Mehr-Gänge-Menu wird gereicht, von Reden unterbrochen: Die Eltern des Brautpaares, die Trauzeugen und enge Freunde erzählen lustige und rührende Geschichten. Tränen der Freude und des Lachens mischen sich in die herzliche Atmosphäre.

Als der Abend naht und der Himmel in warmen Farben erstrahlt, zieht eine Combo in Trachtenanzügen auf. Der erste Tanz gehört dem Brautpaar. Unter einem Baldachin aus Lichterketten wiegt es sich zum Lieblingslied der Braut: *Alles aus Liebe* von den Toten Hosen. Die Gäste stehen im Kreis und applaudieren. Kinder spielen Fangen und toben herum. Die herrlich herausgeputzte Dessertstation mit Hochzeitstorte, Pralinen und anderen Leckereien zieht alle Naschkatzen an. In die Dämmerung hinein erhellt ein kleines Feuerwerk den Himmel.

Langsam geht der Tag zu Ende. Die Gäste verabschieden sich herzlich vom Brautpaar und nehmen kleine Gastgeschenke mit: handgefertigte Seifen und Gläser mit Honig aus der Region.

Das Brautpaar verweilt noch einen Moment allein im Park, genießt die Ruhe und das Gefühl, den großen Tag gut überstanden zu haben. Hand in Hand verlassen die beiden den Park, bereit für das gemeinsame Leben, das vor ihnen liegt.

*

Pflanzen faszinieren seit eh und je. Sie sind für Mensch und Tier lebensnotwendig. Sie betören mit ihrer Schönheit. Und sie heilen allerlei Krankheiten.

Schöpfungsmythen ranken sich um Blumen und Bäume. So heißt es im Alten Testament zum dritten Schöpfungstag: *„Und Gott sprach: Sehet da, ich habe euch gegeben alle Pflanzen, die Samen bringen, auf der ganzen Erde, und alle Bäume mit Früchten, die Samen bringen, zu eurer Speise."*

Bäume und Blumen sind auch Symbole, Zeichen, Gleichnisse, Bilder, die uns Menschen helfen können, unser Seelenleben zu verstehen. So steht die Eiche für Ewigkeit. Die Zeder für Ausdauer, Veränderung und Geduld. Die Birke für Frühling, Jugend und Erneuerung. Mit Blumen drücken wir Gefühle, Wünsche, Bitten und Beschwerden aus, oft ohne Worte. Schlüsselblumen können angeblich Tore zu verborgenen Schätzen aufschließen. Im Märchen *Jorinde und Joringel* öffnet Joringel mit einer blutroten Blume das Tor zur alten Zauberin. Nelken haben angeblich die besondere Gabe, vor dem Bösen zu schützen und alle Wünsche zu erfüllen. *Schneeweißchen und Rosenrot* blühen in ihrem Garten wie weiße und rote Rosen. Vor allem die Rose gilt als Symbol für wahre Liebe. Und die blaue Blume steht für eine ganze Epoche, die Romantik.

Chefgärtner Schöllhorn war vor ein paar Jahren in Mexiko. Dort hat er nicht nur die Maya-Stadt Chichén Itzá und andere Sehenswürdigkeiten besichtigt, sondern vor allem die Bäume und Pflanzen in diesem riesigen Land studiert. Dabei hat er jene zierliche Schönheit entdeckt, die ihn mit ihrem eleganten Wuchs und ihrem betörenden Duft bis heute fasziniert: die Orangenblume. Wieder daheim, hat er etliche dieser Sträucher im Park angepflanzt. Alle sind angewachsen und erfreuen seitdem jedes Frühjahr die Besucher. Die winterharten, immergrünen Sträucher sind dann über und über mit kleinen, weißen, sternförmigen Blüten übersät. Die zarte Orangenblume ist robust und kälteresistent, sie trotzt allen Wetterlagen. Überschwänglich lockt sie mit ihrem weißen Blütenmeer und dem intensiven Duft nach Honig, Orangen und Vanille Heerscharen von Insekten an. Zerreibt man die Blätter zwischen den Fingern, wird der Duft noch betörender. Sogar rund um das Café hat Schöllhorn ein paar Orangenblumen in Kübeln gepflanzt. Im September und Oktober blühen sie ein zweites Mal.

*

Kaum ist das Mädchen hinter Bäumen verschwunden, schon steht Frau Mehrer auf und macht sich auf die Suche nach dem Parkwächter. In der Nähe des Spielbrunnens weist er gerade einen älteren Herrn zurecht, der auf seinem Fahrrad im Park unterwegs ist. „Beim nächsten Mal gibt's eine Anzeige!", droht er dem

Uneinsichtigen. „Durch einen Park fährt man nicht mit dem Rad! Das sagt einem doch schon der gesunde Menschenverstand. Außerdem ist am Eingang ein Verbotsschild."

Der Radfahrer steigt ab und schiebt schimpfend sein Rad weiter.

Die Frau geht auf den Parkwächter zu: „Darf ich Sie etwas fragen, Herr Wiegner?"

Herr Wiegner atmet tief durch. Er muss sich erst abregen. Dann lächelt er die Frau an: „Gern, wenn ich eine Antwort weiß."

„Seit Tagen beobachte ich Linda. Sie ist ein liebes Mädchen, aber ich denke, sie hat große Sorgen."

„Stimmt. Sie muss ihre kranke Mutter versorgen. Die Kleine kocht, putzt, wäscht und bügelt wie eine Erwachsene."

„Ich würde ihr gern helfen."

„Schwierig. Ihr Vater ist vor einem Jahr über alle Berge und hat jede Menge Schulden hinterlassen. Lindas Mutter pfeift aus dem letzten Loch. Jetzt hat sie psychische Probleme."

„Ich überleg mir was. Aber behalten Sie's bitte für sich."

„Mach ich. Und wenn Sie eine Lösung haben, dann geben Sie mir bitte Bescheid. Vielleicht kann ich etwas dazu beitragen."

Er geht hinüber zur Caféterrasse und setzt sich an den Nebentisch der Publizistin.

„Haben wir uns heute schon aufregen müssen, Herr Wiegner?", fragt sie und lacht.

Er winkt ab: „Jeden Tag dasselbe: borniere Radfahrer, nicht angeleinte Hunde, dazu auch noch Raucher, die ihre Kippen überall hinschmeißen." Dann sieht er die Frau vorbeigehen, die ihn eben angesprochen hat, deutet mit dem Kopf auf sie und fragt: „Kennen Sie die?"

„Warum? Hat sie etwas angestellt?"

„Nein, nein. Sie will sich um ein Mädchen kümmern, ein ganz armes Ding."

„Das ist Frau Mehrer, eine pensionierte Lehrerin. Sie ist oft im Park unterwegs. Haben Sie sie noch nie gesehen?"

„Doch, doch, aber heute habe ich zum ersten Mal mit ihr gesprochen."

„Der können Sie vertrauen, Herr Wiegner. Die kümmert sich, wenn sie etwas in die Hand nimmt."

Herr Wiegner dankt, tippt mit dem Finger an seine Dienstmütze und setzt seinen Kontrollgang fort.

*

Britta und Pia, Manuel und Daniel treffen sich mit Chefgärtner Schöllhorn vor der Toilettenanlage.

„Vier Fragen müssen wir klären", sagt Herr Schöllhorn. „Welcher Baum soll es sein? Wer bezahlt ihn? Wann pflanzen wir ihn? Und vor allem: Wo pflanzen wir ihn hin?"

„Den Baum zahlt unsere Klasse, das haben wir ausgemacht", sagt Pia entschlossen, „und zu den drei anderen Fragen bitten wir Sie um Rat."

„Ich schlage vor, wir pflanzen den Baum da drüben hin." Herr Schöllhorn deutet auf die Grünfläche vor ihnen.

„Mitten auf den Rasen?" Daniel ist erstaunt.

„Warum nicht?", fragt der Chefgärtner zurück. „Immerhin wurde das kleine Mädchen hier geboren. Da steht der Baum genau richtig. Hier hat er genug Platz, kann Wurzeln schlagen und sich nach allen Richtungen ausbreiten. Außerdem fällt er da den Besuchern sofort auf."

Die vier sind einverstanden. „Welchen Baum empfehlen Sie uns?", will Britta wissen.

„Zuerst müsst ihr mir sagen, ob ihr einen einheimischen oder exotischen Baum wollt." Herr Schöllhorn präsentiert beschriftete Fotos auf seinem Tablet. „Wenn nichts dabei ist, das euch gefällt, dann zeige ich euch noch mehr Bilder."

Er gibt Britta das Tablet. Die drei anderen schauen ihr über die Schulter.

Ganz langsam geht Britta die Bildergalerie durch und liest vor. „Das sind die fünf bekanntesten einheimischen Bäume: Buche, Eiche, Kastanie, Kiefer und Linde. Und das die fünf beliebtesten Exoten: Blauglockenbaum, Fächerblattahorn, Ginkgo, Trompetenbaum und japanischer Schnurbaum."

„Mein Rat", schaltet sich Schöllhorn ein, „ihr solltet einen Baum wählen, der winterhart ist und unsere Frosttage übersteht."

„Und welcher von den zehn ist winterhart?"

Schöllhorn grinst: „Alle!"

Sie schauen sich die Fotos wiederholt an, kommentieren und diskutieren und entscheiden sich schließlich für einen Exoten.

Sie lassen sich die Eigenschaften der fünf Bäume erläutern und ziehen dann den Blauglockenbaum und den japanischen Schnurbaum in die engere Wahl. Die Blüten der beiden Bäume haben es ihnen angetan. Schließlich fällt ihre Wahl einstimmig auf den Schnurbaum.

„Eine sehr gute Wahl", sagt Herr Schöllhorn.

„Warum?", will Daniel wissen.

„Der Schnurbaum ist ein Blickfang. Außerdem passt er perfekt zum Standort", versichert Schöllhorn. „Er hat gelbgrünes Laub, und im Sommer blüht er gelblichweiß. Bienen und Schmetterlinge lieben ihn. Seine Blätter färben sich im Herbst gelb. Zugleich treibt er schotenförmige Früchte, die bis in den November am Baum hängen. Er mag einen sonnigen Standort, ist anspruchslos und, ganz wichtig, er übersteht selbst längere Trockenphasen problemlos."

„Und wie hoch wird der Baum?", will Manuel wissen.

„Zehn Meter mindestens, oft sogar fünfzehn bis zwanzig Meter."

„Was kostet er?"

„Etwa dreißig Euro, wenn die Pflanze ungefähr einen halben Meter hoch ist."

„Das ist aber arg mickrig", meint Pia und zeigt die Höhe mit beiden Händen an. „Was meint ihr?" Die drei nicken zustimmend.

„Anderthalb bis zwei Meter hohe Containerpflanzen kosten aber um die zweihundert Euro und mehr", gibt Herr Schöllhorn zu bedenken. „Besprecht das in eurer Klasse und gebt mir rechtzeitig Bescheid."

*

Zum Abend hin verziehen sich die Wolken, die Sonne strahlt vom azurblauen Himmel. Die Vögel pfeifen und singen in den Bäumen und Sträuchern.

Die Handwerker haben ihre Arbeit für heute beendet und sind mit dem Lkw davongefahren. Der Streichelzoo hat seine Pforten bereits geschlossen. Auch der Kiosk ist zu. Die meisten Kinder sind längst zuhause.

Auf der großen Spielwiese begegnen sich zwei Schnecken. Eine hat ein blaues Auge.

„Woher hast du das blaue Auge?"

„Vom Joggen."

„Und wie ist's passiert?"

„Ich jogg durch die Wiese beim Klanggarten …, und auf einmal schießt ein Champignon vor mir in die Höhe."

Eine elegant gekleidete dunkelhäutige Frau zieht ihre Tochter aus dem Wasser des Spielbrunnens, trocknet sie ab und setzt sie in den Buggy. Die Kleine quengelt, aber die Mutter scherzt, macht Faxen und fotografiert das Kind mit dem Handy von allen Seiten, bis es lacht.

Nur noch ältere Leute sitzen in der Sonne oder genießen im Café einen letzten Tee oder Cappuccino.

Roland Lauter ist auf dem Heimweg. Gedankenverloren geht er auf dem Hauptweg zum Ausgang. Ab und zu wirft er einen müden Blick auf die Figuren und Skulpturen zu beiden Seiten des Weges. Er hat sie längst studiert und sich die schönsten eingeprägt. Wenn er genug Geld hätte und ein eigenes Haus mit Garten besäße, würde er sich die eine oder andere Plastik kaufen. Immerhin verdient er wieder so viel, dass er seinen Lebensunterhalt bestreiten und Zukunftspläne machen kann.

„Guten Abend." Lauter erschrickt. Er hat den Mann nicht kommen sehen.

„Ach, Sie sind's", sagt er und bleibt stehen.

„Sie haben eine neue Bleibe gefunden?"

„Ja. Ich danke Ihnen, dass Sie mich nicht verpfiffen haben."

Thomas Specht, der Abendgärtner, macht eine wegwerfende Handbewegung. „Ich freue mich für Sie, dass Sie wieder Fuß gefasst haben."

Lauter ist unsicher, was er darauf erwidern soll. So sagt er lieber nichts.

„Sie arbeiten wieder in der Computerbranche?", fragt Specht.

Lauter nickt. Er entnimmt seiner Jackentasche eine Karte und überreicht sie Specht. „Wenn Ihr PC mal streikt oder Sie einen neuen Laptop brauchen, dann rufen Sie mich bitte an. Für Sie gibt's immer einen Sonderpreis." Er wendet sich zum Gehen, dreht sich aber noch einmal um: „Übrigens, mein Geschäft ist angemeldet. Also alles ganz legal."

Specht steckt die Visitenkarte ein und setzt seinen Rundgang fort. Feiner Kerl, dieser Lauter. Er ist froh, dass er beide Augen zugedrückt und ihm in der Not ein paar kostenlose Übernachtungen ermöglicht hat.

Sei ein Mensch, das ist seine Antwort auf die vielfältigen Übelstände in dieser unmenschlichen Zeit.

Das dunkelhäutige Mädchen in seinem Buggy lächelt ihn an. Specht winkt der Kleinen, was wiederum die Mutter amüsiert, die das Wägelchen schiebt. Kleinigkeit, was Kinder freut.

Maikäfer flieg, summt Specht vor sich hin. Er ist bestens gelaunt, schiebt die Lippen nach vorn, zieht die Augenbrauen zusammen und ahmt einen Erpel nach, der schnatternd einer Ente hinterher watschelt. Tierstimmen haben es ihm angetan.

*

Linda ist wieder da, vertieft in ihre Hausaufgaben. Luise Mehrer, die pensionierte Lehrerin, beobachtet aus der Ferne und wartet ab. Eine halbe Stunde später geht sie zu dem Mädchen hin, bleibt vor ihm stehen und fragt: „Kann ich dir helfen?"

Linda schaut kurz auf und schüttelt den Kopf.

„Herr Wiegner hat mir gesagt, dass du sehr fleißig bist und dich um deine kranke Mutter kümmern musst."

Das Mädchen tut so, als vertiefe es sich wieder in seine Arbeit, doch seine angespannte Haltung verrät, dass es genau zuhört.

„Wenn du die Hausaufgaben fertig hast, lade ich dich zu ein paar Wiener Würstchen mit Kartoffelsalat und Limonade ein. Und danach noch ein Eis. Wie wäre das?"

Linda schaut nicht auf und sagt verlegen: „Vielleicht."

„Ich setze mich auf die Bank gegenüber. Wenn du mit deiner Arbeit fertig bist, dann komm bitte zu mir."

Zwanzig Minuten später packt Linda ihre Sachen in die Tasche und schaut zu der Frau hinüber. Frau Mehrer winkt und ruft: „Komm! Wer so fleißig ist, hat eine Belohnung verdient."

Sie gehen zum Café, und auf dem Weg dahin sagt Frau Mehrer, dass sie Lehrerin an der hiesigen Grundschule war und jetzt ganz allein lebt, weil ihre Tochter in Hamburg wohnt.

Sie nehmen am Tisch neben der Publizistin Platz.

„Was möchtest du trinken?", fragt Frau Mehrer, und als das Mädchen die Schultern zuckt, bestellt sie zweimal Wienerle mit Kartoffelsalat und zweimal Bio-Orangenlimo.

Alice Adler nimmt ihren Kopfhörer ab. „Ja, wen haben wir denn da?", fragt sie.

„Das ist Linda", sagt Frau Mehrer. „Sie war heute wieder fleißig und hat sich das Essen verdient."

Die Bedienung serviert Speisen und Getränke. Mit großem Appetit verzehrt Linda die Würstchen samt Kartoffelsalat und genießt die Limonade.

„Was hast du heute für deine Mutter zu Mittag gekocht?", fragt Frau Mehrer.

„Kartoffeln mit Quark."

„Und was hast du gestern Mittag gekocht?"

„Kartoffeln mit Karottengemüse."

„Was gibt es bei dir heute zum Abendessen?"

„Brot."

„Und was dazu?"

„Fleischwurst."

„Und morgen Abend?"

„Brot und Fleischwurst."

„Sonst nichts?"

Linda schüttelt den Kopf. „Wir haben nur Brot und Fleischwurst."

„Keinen Käse, keinen Honig, kein Obst?"

„Mama hat dafür kein Geld."

Sie schlendern zum Kiosk.

Linda weint.

„Was ist denn, Linda?"

„Meine Mama hat jetzt nichts zu essen gehabt."

Frau Mehrer legt ihre Hand auf Lindas Schulter: „Warst du schon mal im Tafelladen?"

„Was ist das?"

„Ein Tante-Emma-Laden für Leute, die wenig oder gar kein Geld haben."

Linda schaut Frau Mehrer ungläubig an.

„Doch, doch, das gibt's wirklich. Kannst mir's glauben."

Und als Linda nichts sagt und fragend aufsieht, erklärt die ehemalige Lehrerin: „Der Tafelladen verschenkt Pakete. Da sind Gemüsedosen, Nudeln, Reis und Mehl drin. Außerdem gibt es auch frisches Obst und Gemüse, Milch, Butter, Brot, Brötchen und Käse zu kaufen. Kostet nur ganz wenig. Und jeden Mittwoch und Freitag kannst du für dich und deine Mama ein kostenloses Mittagessen abholen. Zuhause musst du es nur noch aufwärmen."

Linda schweigt, in ihrem Kopf arbeitet es.

„Wenn du willst, gehen wir hin, und du schaust dir das mal an."

„Wann?"

„Gleich."

Linda ist unschlüssig, doch Frau Mehrer nimmt sie an der Hand und verlässt mit dem Mädchen den Park durch den Ausgang bei der Kneippanlage.

*

„Warte einen Augenblick", sagt Frau Mehrer, steigt aus dem Auto und geht zur Leiterin des Tafelladens, die sie gut kennt. Sie erklärt Lindas brenzlige Lage und bittet um einen vorläufigen Ausweis für das Mädchen, bis die rechtliche und finanzielle Situation von Mutter und Tochter geklärt sind. Sie bürge für beide und komme für eventuelle Unkosten auf.

„So", sagt Frau Mehrer zu Linda und übergibt ihr den Ausweis. „Damit kannst du hier einkaufen, wann immer du etwas brauchst."

Sie führt Linda in den Tafelladen, wo ihr die Leiterin alles erklärt. Frau Mehrer geht zufrieden lächelnd hinterher.

Linda nimm eine fertig gepackte Tragetasche mit Konserven, Nudeln, Spaghetti und Reis entgegen und wählt noch Brot, Äpfel, Aprikosen, Pfirsiche, Salat, Tomaten, Gurken und Kartoffeln aus. Frau Mehrer bezahlt vier Euro fünfzig.

Linda strahlt und bedankt sich überschwänglich. Sie ist überglücklich. „Mama wird sich freuen."

Zu zweit tragen sie die schwere Tasche zum Auto. Frau Mehrer fährt zu Lindas Wohnung. Unterwegs fragt sie: „Besucht dich dein Papa noch?"

Linda schüttelt traurig den Kopf. „Ich habe ihn schon lange nicht mehr gesehen. Ich glaub, er mag mich nicht mehr." Sie bricht in Tränen aus. „Mama weiß auch nicht, wo er steckt", schnieft sie.

Die restliche Wegstrecke schweigen sie. Als sie vor Lindas Wohnung angekommen sind, sagt Frau

Mehrer: „Grüße bitte deine Mama. Ich würde mich freuen, wenn wir uns morgen wieder treffen."

Das Mädchen stammelt ein Dankeschön und versichert, morgen wieder im Park zu sein.

Als Linda anderntags den Schulhof überquert und nach Hause gehen will, steht Frau Mehrer neben ihrem Auto und winkt.

Linda rennt zu ihr hin und fragt besorgt: „Ist etwas passiert?"

„Nein, nein, Linda, alles in Ordnung. Steig ein, wir fahren zum Tafelladen. Dort gibt's heute kostenloses Mittagessen."

Auf der Fahrt berichtet das Mädchen über den vormittäglichen Unterricht, und Luise Mehrer hört zu.

Direkt vor dem Tafelladen findet die ehemalige Lehrerin eine Parklücke. Bevor Linda aussteigt, sagt sie zu ihr: „Zuerst kaufen wir ein. Ganz zum Schluss nehmen wir das Essen mit. Dann ist es noch warm, wenn du zuhause ankommst."

Brot, zwei Liter Milch, Joghurt, Honig, Erdbeermarmelade, Emmentaler Käse und Stangenbohnen sind rasch verstaut. Dazu gibt es zwei Portionen Gulasch mit Nudeln in einer Frischhalteschale, mit Folie luftdicht verschlossen.

Überglücklich sitzt Linda neben Frau Mehrer im Auto und kann es kaum erwarten, ihre Mutter mit einem fertigen Mittagessen zu überraschen. Vor ihrer

Wohnung angekommen, umarmt sie Frau Mehrer und bedankt sich überschwänglich. Dann steigt sie aus und rennt zur Haustür.

„Treff ich dich wieder im Park?", ruft Frau Mehrer ihr hinterher.

Linda dreht sich rasch um: „Ja, gern!" Sie verschwindet im Haus.

*

Otto Langfeld sitzt auf einer Bank in jener abgelegenen Ecke des Parks, wo die Besucher Volleyball, Schach, Dame und Boule spielen können. Er hat sich in Antoine Laurains neuesten Roman *Auf gefährlich sanfte Art* vertieft. Er mag Laurains Schreibstil, und er schätzt diesen französischen Autor als meisterhaften Erzähler und genialen Erfinder von kuriosen Geschichten. Doch leider werden Laurains Romane oft von phantasielosen Titelbildern verhunzt. Alle stammen offensichtlich von demselben Designer. Meist präsentieren sie ein paar stilisierte Versatzstücke aus dem Roman in kindlicher Manier gezeichnet, häufig auf türkisfarbenem Karton.

Auch das neue Buch hat einen solchen Umschlag: ein dreigeschossiges, schematisch gezeichnetes Haus, drumherum vier schablonenhafte Wolken, eine dreiarmige Straßenlaterne und eine Brücke, die im Nirgendwo endet. Ein liebloses Bild, denkt sich

Langfeld. Irgendwann sollte man dem Verlag eine Mail schicken und sich beschweren. Wäre wohl den Mäusen gepfiffen, kommt ihm sofort in den Sinn. Für einen Verlag fällt ein Leser mehr oder weniger nicht ins Gewicht.

Türkis steht für Offenheit und gedankliche Klarheit. Das weiß Otto Langfeld als Hobbymaler. Und er weiß, dass Türkis als Mischfarbe aus Blau und Grün die Ruhe und Gelassenheit von Blau und die Ausgewogenheit und das Wachstum von Grün ausdrücken. So weit, so gut. Aber Türkis entspricht bei weitem nicht der Grundstimmung dieses Romans. Türkis gibt auch nicht die Seelenlage der beiden Hauptfiguren wieder, des Psychoanalytikers Faber und der Fotografin Natalia. Statt Heiterkeit und Frohsinn liest Langfeld in dem Roman viel von Tristesse und seelischen Abgründen. Aber einfallsreich ist das Buch, das muss man Laurain lassen. Er beschreibt das Leben in Paris so herrlich, dass man die frischen Croissants auf Doktor Fabers Frühstückstisch riechen kann.

„Guten Tag, Herr Langfeld. So abseits?"

Der korpulente Mann bleibt stehen und wischt sich mit dem Taschentuch den Schweiß aus dem Genick."

„Guten Tag, Herr Wiegner. Heiß heute, gell."

„Die Schwüle macht mir zu schaffen."

„Darum habe ich mich ja hierhergesetzt. Hier ist's luftiger."

„Sie haben sich in letzter Zeit rar gemacht."

Dass er vorläufig nicht mehr das Parkcafé besucht, will er Wiegner nicht auf die Nase binden. Aber es stimmt schon, seit Wochen meidet er das Café, genauer gesagt geht er Fred, dem Barkeeper, aus dem Weg. Es könnte ja sein, dass Fred, kaum sieht er ihn, sofort Johnny Schmid anruft. Bevor er nicht in der Zeitung gelesen hat, dass man diesen Protzer, der vermutlich ein Krimineller ist, enttarnt hat, will er nichts riskieren.

Also weicht er aus: „Ich lese derzeit sehr viel. Darum ist es mir rund ums Café und am Skulpturenweg zu laut."

„Dachte ich mir, denn Sie waren doch sehr in Ihr Buch vertieft. Ist's ein Krimi?"

„Kein Krimi, aber so etwas Ähnliches."

„Verraten Sie's mir?"

„Lesen Sie viel?"

„Und ob! Ich lese so viel, dass ich auf E-Books umgestiegen bin." Wiegner zieht seinen E-Book-Reader aus der Jackentasche und zeigt ihn vor. „Die elektronischen Bücher sind billiger als die gedruckten und nehmen keinen Platz weg."

„Dann empfehle ich Ihnen Antoine Laurain. Er ist in Frankreich ein Bestsellerautor, in Deutschland inzwischen auch." Langfeld hält Wiegner das geschlossene Buch hin, den Zeigefinger zwischen den Seiten, die er gerade liest.

„Und worum geht es in dem Roman?"

„Nathalia, eine junge Pariser Fotografin, konsultiert den Psychoanalytiker Doktor Faber. Sie könne nicht mehr schlafen und fotografieren, seitdem sie zufällig einen Mord fotografiert habe. Der Psychoanalytiker schlägt ihr vor, schriftlich über alle Bewohner des Hauses zu berichten, was sie weiß oder gehört hat. Von Sitzung zu Sitzung kommen Faber und Nathalia der Wahrheit immer näher."

„Klingt spannend."

„Ist es auch."

„Danke für den Tipp." Wiegner grüßt und geht weiter.

Juni

Linda kommt in den Park, Hand in Hand mit einer blonden, schlanken Frau, die verhärmt wirkt. Die beiden gehen direkt auf Luise Mehrer zu, die beim Hansguck-in-die-Luft auf einer Bank sitzt und liest.

Frau Mehrer steht auf, und Linda sagt: „Das ist meine Mama."

„Rosa Ruff", stellt sich die Blonde vor. „Ich bin Ihnen unendlich dankbar, dass Sie uns so viel geholfen haben."

Weil Linda Hausaufgaben machen muss, lädt Frau Mehrer Lindas Mutter ins Parkcafé ein. „Und wenn du deine Aufgaben erledigt hast, kommst du zu uns", bittet sie Linda beim Weggehen.

Sie setzen sich an einen Tisch im Freien, aber unter den Dachvorsprung. „Für alle Fälle", sagt Frau Mehrer. „In diesem Sommer muss man vor einem plötzlichen Regenguss immer auf der Hut sein."

Lindas Mutter wirkt unsicher. Vielleicht, weil sie kein Geld für das Café hat. Gewiss auch, weil sie ihr Selbstvertrauen verloren hat. Deshalb sagt Frau Mehrer: „Sie sind mein Gast. Was darf ich bestellen: Kaffee oder Tee?"

Frau Ruffs Augen werden feucht. Sie zieht ein Taschentuch aus ihrer Hose und wischt sich über die Augen. „Kaffee bitte", sagt sie leise.

Frau Mehrer bestellt zwei Kännchen Kaffee und Himbeerkuchen. „Ist Ihnen doch recht?"

Frau Ruff nickt.

„Ich weiß, wie Ihnen zumute ist." Frau Mehrer blickt die Verhärmte besorgt und aufmunternd zugleich an.

„Was hat Linda erzählt?"

„Nicht viel, nur, dass ihr Vater ausgezogen ist und Ihnen Schulden hinterlassen hat."

„Eine ungeheuerliche Geschichte." Frau Ruff wischt sich erneut die Augen. „Ich kann kaum glauben, dass ausgerechnet mir das widerfahren musste."

Widerfahren. Frau Mehrer horcht auf. Ein Wort, das nicht alltäglich ist.

„Er hat bei der Bank einen Kredit über hunderttausend Euro aufgenommen und dann das Geld beiseitegeschafft."

Beiseitegeschafft. Frau Mehrer sieht ihre Tischnachbarin aufmerksam an. Noch so ein Wort, das gebildete Menschen verwenden. „Und Sie wussten nichts von dem Kredit?"

„Nein. Klingt merkwürdig, ich weiß. Aber nur er hatte ein Konto. Auch mein Gehalt ging dorthin. Ich hatte keinen Zugriff auf mein eigenes Geld. Jeden

Monatsersten hob er tausend Euro ab und gab mir sechshundert als Haushaltsgeld."

„Kein eigenes Konto?"

„Heute weiß ich, dass das nicht klug war."

„Und was hat er mit den hunderttausend Euro gemacht?"

Frau Ruff zuckt die Schultern: „Ich weiß nur, dass die Bank nun das Geld von mir will."

„Dann lassen Sie doch sein Gehalt pfänden?"

„Wie denn? Ich weiß ja nicht einmal, wo er ist." Frau Ruff schnäuzt sich. „Eines Abends rief er mich an. In der Firma habe ihn die Nachricht erreicht, seine Mutter liege im Sterben. Darum habe er sich gleich in den Zug nach Berlin gesetzt. Ich solle mir keine Sorgen machen, wenn er sich ein paar Tage nicht melde. Er müsse jetzt viel erledigen."

„Und dann?"

„Hat er sich nicht mehr gemeldet. Als ich drei Tage später in Berlin angerufen habe, ist seine Mutter aus allen Wolken gefallen. Sie wusste von nichts. Ich bin sofort zur Polizei. Die vertröstete mich. Ich solle warten, in ein paar Tagen sei er wieder zuhause."

Frau Mehrer sitzt mit offenem Mund da. Sie kann nicht glauben, was sie hört.

„Ich wurde in die Bank zitiert." Frau Ruff schüttelt den Kopf, als könne sie das Ganze immer noch nicht fassen. „Dort eröffnete man mir, mein Mann habe die ganze Kreditsumme auf ein Bankkonto auf Zypern transferiert und dort abgehoben. Ich müsse für den Schaden haften, denn das Konto meines Mannes sei auch mein Gehaltskonto. Das hat mir den Boden unter den Füßen weggezogen."

„Sie arbeiten nicht mehr?"

„Ich bin seitdem wie gelähmt, kraftlos, bettlägerig. Mein Arzt will mich für ein paar Wochen in eine psychosomatische Klinik einweisen. Aber ich kann nicht weg." Frau Ruff bricht in Tränen aus. „Dann wäre Linda ja allein." Sie weint lautlos vor sich hin.

Frau Mehrer nimmt Rosa Ruffs Hände in ihre eigenen und schweigt. Einfach nur da sein und Mitgefühl zeigen. Gedanklich sucht sie aber schon nach Lösungen.

Bei der Serviererin, die gerade den Nebentisch abräumt, bestellt sie noch zwei Zwetschgenkuchen. Dann hat sie eine Idee.

„Sie müssen wieder gesund werden. Am besten, Sie gehen so bald wie möglich in die Klinik."

Frau Ruff horcht auf: „Und Linda?"

„Sie kann so lange bei mir wohnen, wenn sie mag. Dann müssen Sie sich keine Sorgen machen."

Frau Ruff schaut die pensionierte Grundschullehrerin verwundert an.

„Ich weiß, das kommt überraschend für Sie. Denken Sie darüber nach. Und besprechen Sie es mit Linda."

Wenig später steht Linda vor ihrem Tisch. Frau Mehrer bittet sie, sich zu setzen und sich etwas zu bestellen.

Bis das gewünschte Eis kommt, erzählt Linda von den gerade erledigten Hausaufgaben und ihrer Schule. Frau Mehrer fragt dies und das. Frau Ruff hört nur zu.

*

Kaum haben sich Frau Ruff und Linda verabschiedet, schon steht Alice Adler vor Luise Mehrers Tisch und fragt, ob sie sich setzen darf. Sie ist neugierig.

Die ehemalige Lehrerin berichtet über die Krankheit von Frau Ruff und ihr Angebot, Linda bei sich aufzunehmen. Und sie informiert die Publizistin über das Verhalten von Lindas Vater und das Vorgehen der Bank.

„Vielleicht geht das gar nicht mit rechten Dingen zu", erregt sich Alice Adler. „Ich kenne Leute von der Schuldnerberatung und auch drei Anwälte. Ich werde mich kundig machen und sage Ihnen dann Bescheid."

Frau Mehrer verabschiedet sich. Sie will noch in der Stadtbibliothek ein paar Bücher ausleihen.

Alice Adler ruft Andreas Beutler an, einen guten Bekannten aus gemeinsamen Schul- und Studienzeiten. Damals saßen sie oft in der Mensa zusammen. Seither treffen sie sich gelegentlich bei Konzerten, Lesungen und Empfängen.

Andreas ist zuhause. Sie lädt ihn ins Parkcafé ein. Zu ihrer Überraschung nimmt er die Einladung sofort an.

Eine Stunde später ist er da, eine Aktentasche unterm Arm, und hört aufmerksam zu. Dann fährt er seinen Laptop hoch, ruft ein paar höchstrichterliche Urteile auf und telefoniert mit einem befreundeten Kollegen.

„Also", sagt er, „die Sache ist nach geltender Rechtsprechung nicht so eindeutig, wie die Bank das darstellt. Denn das Konto gehörte ausschließlich ihrem Mann, und seine Frau hatte keine Befugnisse über das Konto. Sie wurde zu der Kreditvergabe weder gehört, noch hatte sie ihr zugestimmt."

„Danke!" Alice Adler zieht eine Schnute. „Und was mache ich jetzt?"

„Geh unangemeldet zur Bank. Die wissen, wer du bist, und werden nicht wagen, dich abweisen. Lege die höchstrichterlichen Entscheidungen und meinen Kurzkommentar der Bank vor. Beides werfe ich dir morgen in den Briefkasten. Verlange von der Bank eine schriftliche Stellungnahme."

„Und wenn sie sich weigert?"

Der Anwalt lächelt. „Dann könntest du Frau Ruff zur Schuldnerberatung bei der Verbraucherzentrale oder ins hiesige Sozialamt schicken. Deren Beratung ist kostenlos. Oder Frau Ruff könnte einen Verbraucheranwalt hinzuziehen. Der kostet allerdings Geld. Anwalt oder Schuldnerberater verhandeln im Auftrag von Frau Ruff mit der Bank. Die meisten Banken sind übrigens darauf vorbereitet, mit ihren Kundinnen und Kunden einen Weg zur Schuldenbereinigung zu suchen."

„Und was heißt das?"

Der Anwalt runzelt die Stirn. „Im Idealfall stimmt die Bank zu, Frau Ruff die Schulden teilweise oder ganz zu erlassen. Keinesfalls sollte Frau Ruff jedoch einem Bankkredit oder einer Umschuldung zustimmen, denn sie hat ja keinerlei Einkommen, um neue Verbindlichkeiten zu bedienen."

„Und wenn die Bank sich nicht auf einen Schuldenerlass einlässt, was dann?"

„Dann muss Frau Ruff zur Schuldnerberatung und mit deren Unterstützung beim Amtsgericht einen Antrag auf Eröffnung der Privatinsolvenz stellen. Sie muss ihre persönlichen und wirtschaftlichen Verhältnisse offenlegen und alles Pfändbare dem Insolvenzverwalter überlassen. Dabei wird ihr nichts genommen, was sie und ihre Tochter zum Leben brauchen.

Anschließend muss sich Frau Ruff verpflichten, jede zumutbare Arbeit anzunehmen, sofern sie arbeiten kann, und im Falle einer Erbschaft die Hälfte davon abtreten. Nach Abschluss der Wohlverhaltensphase, die in der Regel drei Jahre dauert, folgt die Restschuldbefreiung. Das heißt, Frau Ruff ist von allen noch ausstehenden Forderungen befreit.“

„Puh!“, stöhnt Frau Adler. „Viel Zeug auf einmal. Und was empfiehlst du mir?“

„Geh zur Bank, rede mit den Leuten und schildere ihnen drastisch die ausweglose Lage von Frau Ruff.“ Der Anwalt fügt grinsend hinzu: „Du könntest auch mit einem Zeitungsartikel winken, in dem beschrieben wird, wie die Bank eine Frau und deren Kind in den Ruin treibt.“

Frau Adler lacht. „Typisch ausgebuffter Anwalt. So kenne ich dich gar nicht.“

„Was weißt du schon von mir?“

Sie sieht in aufmerksam an: „Wir haben uns irgendwie aus den Augen verloren.“

„Ich habe alles gelesen, was du publiziert hast. Deine Artikel in Zeitungen und Zeitschriften und deine Romane.“

„Wie kommt´s?“

„Vielleicht bist du mir nicht gleichgültig.“ Er lacht spitzbübisch. „Wäre ich sonst so schnell gekommen?“

Sie schaut ihn mit großen Augen an. Sieh da, der liebe Andreas. Wer hätte das gedacht. Erstaunt und verwundert mustert sie sein Gesicht.

„Hast du wohl nicht erwartet."

„Stimmt. Ich bin, gelinde gesagt, überrascht. Sonst bist du doch immer der kühle, distanzierte Anwalt, der über seinen Gefühlen steht."

„Beruflich schon. Doch wie's da drin aussieht …"

„… geht niemand etwas an, oder doch?"

„Probier's aus."

„Wie?"

„Tagsüber gehen wir unserer Arbeit nach. Ich in meiner Kanzlei, du hier im Café …"

„… woher weißt du das?"

„Die Spatzen pfeifen es von den Dächern."

„Und du hast Zeit, den Spatzen zuzuhören?"

„Abends schon. Also wie wär's? Ich lad dich ein."

„Wozu?"

„Theater, Konzert, Lesung … Was du magst."

„Und das interessiert dich?"

Andreas lacht. „Sollen wir's versuchen? Zum Beispiel könnten wir gleich heute Abend Beethovens Siebte anhören. Und anschließend zum Italiener gehen."

*

Die Parkstiftung tagt zweimal im Jahr. Anfang Februar immer nur eintägig, an einem Wochenende im Juni meist zweitägig. Gerade sitzen neun Personen um einen großen Tisch im Nebenzimmer des Parkcafés. Drei Männer und drei Frauen, dazu Forstdirektor Rempfer als Experte für einheimische und exotische Bäume. Weil er zum Jahresende in den Ruhestand verabschiedet wird und seine Nachfolge noch nicht geregelt ist, nimmt auch seine Stellvertreterin, Frau Sailer, teil. Außerdem Chefgärtner Schöllhorn als Gartenfachmann und Vertreter des Parkpersonals.

Während die Kommission im Februar den Zustand des Parks im Winter begutachtete und Anpassungsmaßnahmen der Bäume, Sträucher und Stauden an den Klimawandel besprach, geht es heute um das Erscheinungsbild des Parks im Sommer und seine Attraktivität.

Frau Düllmer, Vorstandsvorsitzende der Parkstiftung, trägt ein Exposé vor, das sie in Auftrag gegeben hat.

Im Park, sagt sie, könnten Familien, Kinder und ältere Menschen ihre Freizeit auf vielerlei Weise genießen. Auch sehr viele Sportmöglichkeiten seien in den letzten Jahren geschaffen worden. Hier bestehe deshalb kein Handlungsbedarf, zumal nicht wenige Besucher beklagten, der südwestliche Bereich des

Parks ähnele inzwischen eher einem Vergnügungspark als einer Erholungsoase.

Hingegen werde den Kindern noch zu wenig geboten. Für kleine Kinder wünschten sich viele Familien ein Karussell und ein Kasperletheater. Und für die Mädchen und Jungen wäre ein Abenteuerspielplatz wünschenswert. Auch Wasserbecken, auf denen man Schiffchen schwimmen lassen oder Wasserrädchen ausprobieren kann, würden vermisst.

Gewünscht seien vor allem Freiluftkonzerte vor dem Musikpavillon und ein Bienenhaus, das ins geheimnisvolle Leben der Bienen einführt.

Und noch eine Bitte sei vielfach an die Parkstiftung herangetragen worden, führt Frau Düllmer aus: „Typisch für unseren Park sind die roten Stühle mit geneigter Lehne, die sich bestens für ein Sonnenbad eignen. Viele Besucher leben in Wohnungen ohne Balkon, sind also gezwungen, nach draußen zu gehen und den Park zu besuchen, wenn sie frische Luft schnappen wollen. Die weißen Sitzbänke und die roten Stühle sind sehr begehrt, wenn man ein Buch lesen oder sich bräunen will. Wenn es in der Sonne zu heiß wird, nehmen die Leute einen Stuhl und suchen sich ein ruhiges Schattenplätzchen. Deshalb sollten wir mehr Stühle beschaffen, weil gerade an den Tagen, wenn das Wetter schön ist, derzeit zu wenige Sitzmöglichkeiten geboten werden."

Die Kommission entscheidet, noch in diesem Sommer fünfzig neue Stühle zu beschaffen und im nächsten Frühjahr ein Kasperletheater mit Sitzplätzen für die Kleinen einzurichten. An Herrn Schöllhorn geht der Auftrag, mit seinen Mitarbeitern einen geeigneten Standort ausfindig zu machen. Und Frau Düllmer sichert zu, umgehend die Stühle zu besorgen. Überdies beschließt das Gremium, keinen Abenteuerspielplatz einzurichten, weil sonst das Remmidemmi im Park zu groß würde.

Dann machen die Damen und Herren auf ihren üblichen Rundgang durch den Park. Sie wollen besonders darauf achten, dass die Blickachsen des Parks und die Wegführungen nicht zu sehr von der ursprünglichen Anlage abweichen, auch wenn die Baumkronen inzwischen deutlich gewachsen sind und den Rundumblick zu behindern drohen.

„Das Besondere an unserem Park ist der Wechsel von Licht und Schatten", betont Forstdirektor Rempfer. „Das sollten wir erhalten."

Sie erreichen den Rosengarten und bewundern die herrlichen Rosen, die in allen Farben und Formen blühen.

„Wo viel Licht ist, da ist auch viel Schatten", greift Schöllhorn Rempfers Worte auf. „An den Sommerabenden sitzen hier manchmal zu viele Menschen und hinterlassen eine große Menge Müll. Wie wir das

Problem in den Griff kriegen, weiß ich leider noch nicht. Für Vorschläge wäre ich dankbar."

Frau Düllmer verspricht, das Problem im Laufe dieser Sitzung zu vertiefen. Dann wandern sie weiter zum Spielgelände, sehen Besuchern kurz beim Schach, beim Boulespiel und auf dem Trimm-dich-Pfad zu und flanieren dann den Hauptweg entlang. Sie bewundern die Statuen, verweilen beim Spielbrunnen mit seinen Wasserspielen und erreichen einen abgelegenen Platz, abgeschirmt von einem gelben Fingerstrauch, einem violetten Hibiskus, drei weißen und violetten Fliedern und einem rosa Perlmuttstrauch.

„Hier", sagt Schöllhorn, „wo es so schön duftet und auch so leise ist, könnte ich mir das Kasperle- und Marionettentheater für die Kleinen vorstellen. Zudem ist es nicht weit vom Spielbrunnen entfernt."

*

Alice Adler klappt ihren Laptop zu und steht auf: „Freut mich, dich zu sehen. Du bist auf die Minute pünktlich."

„Als selbstständiger Anwalt muss man das sein, sonst kriegt man nichts auf die Reihe", sagt Andreas Beutler.

„Kommst du gerade vom Büro?"

„Nein, von einer Firma."

„Was machst du in einer Firma?"

Andreas lacht. „Ich bin Fachanwalt für Gesellschaftsrecht, wenn dir das was sagt."

„Familienrecht und Strafrecht sagt mir was, aber Gesellschaftsrecht?"

„Ich berate und vertrete Gesellschaften, also Unternehmen in allen rechtlichen Angelegenheiten, und habe deshalb mit Firmen aller Art zu tun."

„Aha." Sie gibt ihm die Speisekarte. „Such dir was Schönes aus. Ich habe schon gewählt, schließlich bin ich hier zuhause."

Er schlägt die Karte auf, und sie ergänzt: „Du bist übrigens eingeladen."

„Danke! Wie komme ich zu der Ehre?"

„Immerhin hast du mich zum Konzert eingeladen. Und, wie du weißt, gilt inzwischen Gleichberechtigung."

„Leider, liebe Alice, hattest du nach dem Konzert keine Zeit. Wie hat es dir gefallen?"

Während er die Karte mit einem Auge überfliegt, schildert sie ihm ihre Eindrücke. Aufs Ganze gesehen habe sie die Musik als übermütig und ausgelassen erlebt.

Er bestellt ein Maultaschenpfännle und ein stilles Wasser. Dann lehnt er sich zurück und grinst Alice an: „Schön, dass es dir gefallen hat. Ich liebe

Beethovens Siebte. Diese Sinfonie ist heiter, fröhlich, beschwingt, wie du es auch empfunden hast. Gerade so, als sei Beethoven beim Komponieren besoffen gewesen."

„Na, na! Hast du heute schon was geraucht?"

Andreas lacht. „Beethoven war zuweilen ein Chaot. Nachts randalierte er öfter in seiner Wohnung, weshalb er alle paar Monate umziehen musste. Er sah zuweilen verwahrlost aus und lebte in einem unbeschreiblichen Durcheinander. Einmal wurde er sogar auf offener Straße von Gendarmen festgenommen, weil sie ihn für einen Streuner hielten, so heruntergekommen war er."

„Seine Musik wirkte aber nicht so auf mich."

„Das ist ja das Erstaunliche an Beethovens Musik. Im Leben war er, milde ausgedrückt, unsortiert und nachlässig, beim Komponieren hingegen konzentriert und systematisch."

„Wie kommt's, dass du dich so sehr mit Musik beschäftigt?"

Er sieht sie nachdenklich an. „Du weißt vermutlich wenig von mir."

„Stimmt. Dass du im selben Gymnasium warst wie ich, wenn auch drei Klassen über mir, habe ich erst an der Uni registriert. Und beim gemeinsamen Essen damals in der Mensa waren wir meist in Eile."

„Also für dich im Schnelldurchgang, liebe Alice. Nach dem juristischen Referendariat war ich ein paar Jahre in einer großen Anwaltskanzlei. Dort habe ich mich auf Gesellschaftsrecht spezialisiert und dann vor sechs Jahren selbstständig gemacht ..."

„.. und bist inzwischen erfolgreich, gib's zu."

„Wie kommst du darauf?"

„Du trägst eine teure Schweizer Uhr."

„Und du bist erfolgreich und berühmt geworden, gib's zu."

Alice lächelt ihn an. „Bist du eigentlich verheiratet?"

Er mustert sie lange, dann bekennt er, dass er weder verheiratet noch geschieden ist. Der Arbeitsalltag habe ihm wenig Spielräume gelassen, aber die nütze er konsequent. Er spiele ganz leidlich Klavier, besuche Konzerte und lese viel. Vor allem alles, was eine gewisse Alice Adler veröffentlicht.

Sie schweigt.

Er weiß vom Hörensagen, dass sie alleinstehend ist. Doch sonderlich schlau wird er nicht aus ihr. Ihm imponiert ihre immer gleiche, beherrschte Art, aber er kann sie nicht deuten. Warum hat sie ihm diese Frage gestellt? Ist sie an ihm interessiert? Zweifellos ist sie eine moderne Frau, gut aussehend, gebildet, selbstständig und selbstbewusst. Gerade schaut sie zur Theke, als wolle sie das bestellte Essen endlich herbeizaubern. Er wirft ihr einen heimlichen Blick zu. Ihre kurzen, braunen Haare, ihr flottes Aussehen, ihre angenehme, keinesfalls aufreizende Kleidung, das alles mag er. Und er fragt sich, warum sie sich damals an der Uni nicht nähergekommen sind. War er zu abweisend gewesen?

Das Essen wird serviert. Alice strahlt ihn an: „Lass dir's schmecken."

*

Der Riesenlebensbaum, der in der Nähe des Trimm-dich-Pfades aufragt, ist bis zur halben Höhe rundum mit weißen Blüten bedeckt. Eine einzige Kletterrose umarmt den Baum mit ihren Ranken und setzt ihm viele weiße Glanzlichter auf. Ein Wunder der Natur.

Parkbesucher stehen staunend vor dem blühenden Baum, fotografieren ihn von allen Seiten und verschicken ihre Fotos in die ganze Welt: Seht her, ein Weihnachtsbaum mitten im Sommer.

Der Riesenlebensbaum, ein Zypressengewächs, ist immergrün und kann bis zu sechzig Meter hoch werden. Er ist verwandt mit der Thuja, die in vielen Gärten als Hecke dient. Seine Baumkrone ist schmal und sehr aufrecht. Der Stamm ist am Fuß relativ dick, verjüngt sich dann rasch. Die schuppenförmigen, plattgedrückten Nadeln hängen von den Zweigen herab, sind oben glänzend und smaragdgrün, unten jedoch heller. Sie duften aromatisch. Im Herbst bilden sich an den Triebspitzen kugelige, hellbraune Zapfen. Sie bleiben sehr klein. Pilze und Läuse können dem Baum nichts anhaben, auch andere Schädlinge meiden ihn. Allerdings ist er ein Flachwurzler, weshalb er bei heftigem Sturm nicht sicher steht. Im Wald trifft man den Baum recht selten an. Meist findet man ihn in Gärten und Parks.

Sein Holz ist wertvoll und wird unter dem Namen Western Red Cedar gehandelt. Es ist zwar nicht so zug- und druckfest wie manch anderes Holz, dafür ist es sehr dauerhaft und trotzt Wind und Wetter. Deshalb eignet es sich besonders für Holzschindeln, Zaunpfähle, Holzbrücken, Hochsitze und Gartenmöbel. Auch beim Bootsbau und bei Außen- und Innenvertäfelungen wird es gern verwendet. Und die Instrumentenbauer wissen, dass es als Deckenholz von Gitarren besonders gut klingt. Übrigens fertigten die Indianer ihre Totempfähle und Kanus aus Red Cedar, und die innere Rinde des Baumes verarbeiteten sie zu Decken, Kleidung, Seilen und Dachplanen ihrer Tipis. Sie verehrten den Baum und schrieben ihm spirituelle Kräfte zu. Der Legende nach soll sich ein Mann zeit seines Lebens für seine Mitmenschen eingesetzt haben. Als er starb und verbrannt wurde, wuchs an dieser Stelle, wie vom Großen Geist vorhergesagt, der Riesenlebensbaum zum Segen aller Menschen.

In unmittelbarer Nachbarschaft zum Riesenlebensbaum steht ein Apfeldorn, von einem weiß-rosa Blütenmeer umhüllt, das betörend duftet und von Bienen und Hummeln umschwärmt wird. Wegen der dunkelgrünen Blätter heißt er auch Lederblättriger Weißdorn. Der kugelige Baum mit dem imposanten symmetrischen Wuchs wird nur sechs bis sieben Meter hoch. Er wurzelt sehr tief und ist an den Ästen mit langen Dornen bewehrt. Im Herbst verliert er als letztes Gehölz seine Blätter. Wenn alle anderen Bäume schon kahl sind, ist er noch saftig grün belaubt und imponiert mit knallroten Äpfelchen, etwa so groß wie Hagebutten, die den Vögeln als Nahrung dienen und auch für uns Menschen wohlschmeckend sind, allerdings nur gekocht. Meisen und Kleiber nisten gern in dem Baum, weil er sie mit seinen langen Dornen vor Feinden schützt. Der Apfeldorn braucht keine Pflege, ist sehr anpassungsfähig und mag sonnige bis halbschattige Standorte. Trockenheit und Hitze verträgt er gut. Fröste schaden ihm nicht. Unser Apfeldorn stammt aus einer Züchtung aus der südfranzösischen Provence. Er ist 1910 gepflanzt worden, wie auf einer Tafel am Baum steht.

*

Alice Adler steht bei den drei Mädchen aus Ton, die auf einer Ziegelsteinmauer hocken. Sie muss ihre Gefühle sortieren. Das Mittagessen mit Andreas Beutler hat sie ein wenig aus dem inneren Gleichgewicht gebracht. Ganz in Gedanken setzt sie sich auf die Bank neben den Tonfiguren.

Ihr fällt ein, was sie als Vierzehnjährige ihrem Tagebuch anvertraut hat. Journalistin wollte sie einmal werden, eine Familie mit zwei Kindern haben und in Wien leben. Nur so, glaubte sie damals, könne sie als Erwachsene ein glückliches Leben führen. Nun gut, Journalistin ist sie geworden, dazu Buchautorin, das ist perfekt. Doch geheiratet hat sie nicht, auch kein Kind bekommen. Es hat halt nicht sein sollen. Und dennoch ist sie mit sich und ihrem Leben im Reinen. Sie verdient genug. Sie hat sich einen Namen gemacht. Sie lebt selbstständig, ist unabhängig und alles in allem glücklich.

Natürlich weiß sie, dass die Geschichte und das menschliche Leben einem Grundmuster folgen: Veränderung. Nichts bleibt auf ewig. Alles ist auf Zeit angelegt. Und sie weiß, dass ihr Leben dem kreativen Zusammenspiel ihrer physischen und geistigen Natur unterliegt und vielfältige Beziehungen es mitformen.

Mal ehrlich, fragt sie sich, bin ich wirklich glücklich und zufrieden, oder bilde ich mir das nur ein? Sie sitzt in der Sonne und denkt nach. Vermisse ich etwas in meinem Leben? Eigentlich nicht. Aber warum dann dieses flaue Gefühl im Bauch nach dem Treffen mit Andreas? Hat mich Beethovens Musik gepackt, oder ist mein Interesse an diesem Mann erwacht?

Das, gesteht sie sich ehrlich ein, sind nicht die richtigen Fragen. Ich muss wissen, was *ich* will. Was ist *mir* wichtig? *Muss* ich überhaupt etwas ändern? Und wenn ja, was kann, was *will* ich ändern?

Goethe fällt ihr ein. In seinem Briefroman *Die Leiden des jungen Werthers* sagt er: *Ach, so gewiss ist's, dass des Menschen Herz allein sein Glück macht.* Egal, wie die Umstände sind, unter denen wir leben. Recht hat er.

Resolut sagt sie vor sich hin: Ich muss nichts ändern. Und wenn, dann mache ich es allenfalls freiwillig. Und meine Selbstständigkeit gebe ich niemals auf.

Gefallen hat ihr das Konzert, zweifellos, aber noch mehr hat ihr gefallen, wenn sie ganz ehrlich zu sich selbst ist, dass sie nicht allein hingehen musste. Auch auf die erneute Begegnung mit Andreas hat sie sich gefreut. Aber daraus gleich Konsequenzen ziehen?

Lieber mal abwarten, ob er sich wieder meldet, denn verabredet hat sie sich heute nicht. Das richtige Maß an Zuwenden und Erobern, das will sie ausprobieren. Vielleicht! Aber etwas ändern? Schickt er, ohne eine Antwort abzuwarten, mehrere Nachrichten

hintereinander und spricht gleich von Liebe, dann ist
er sowieso unten durch.

*

Der herbeigesehnte Tag ist da. Die Schülerinnen und
Schüler der Realschulklasse 7a haben sich gut vorbereitet. Sie haben Geld für einen Japanischen Schnurbaum gesammelt, einen prächtigen Solitär, haben ein
Lied einstudiert und ein Drehbuch geschrieben. Die
Rollen sind verteilt. Zwei Mädchen filmen die Aktion
mit ihren Handys. Zwei Jungs und zwei Mädchen
wollen daraus einen Film schneiden, vertonen und ins
Netz stellen. Und zwei Schüler haben ihre Gitarren
mitgebracht.

Alle sind gekommen, die sich der Schule und die-
sem Ereignis verbunden fühlen. Natürlich die ganze
Klasse, dazu Klassenlehrerin Rother, Sportlehrer
Kurz, Schulleiterin Schneeberger, etliche Eltern der
Klasse, Frau Krug vom Standesamt, die pensionierte
Lehrerin Luise Mehrer, Chefgärtner Schöllhorn,
Forstdirektor Rempfer und Alice Adler, heute in grü-
ner Jacke und weißer Hose. Sie hat sich vorgenom-
men, ausführlich in der Zeitung zu berichten.

Chefgärtner Schöllhorn bleibt im Hintergrund,
auch wenn er die gärtnerischen Arbeiten überwacht.
Seine Leute haben gestern ein tiefes Pflanzloch

ausgehoben, es teilweise mit Komposterde und mineralischem Dünger gefüllt und neben das Pflanzloch zwei Pfähle eingeschlagen. Schellhorn hat den Kindern vorher erklärt, wie sie den Solitär einsetzen müssen. Später, wenn alles vorbei ist, werden seine Männer den Setzling anbinden und das Pflanzloch ebnen.

Passanten bleiben stehen, fragen viel und wollen die kleine Feier miterleben.

Zuerst singt die Klasse, begleitet vom Gitarrenspiel, den Erfolgsschlager *Ein bisschen Frieden*. Dann stellt sie, zwischen Rollenspiel und Vortrag abwechselnd, das unvergessliche Ereignis dar. Daraufhin setzen ein Junge und ein Mädchen den Solitär genau zwischen die Pfähle, während andere Kinder in Gummistiefeln die Erde einschaufeln, festtreten und die Pflanzgrube mit den bereitgestellten Gießkannen wässern. Danach hängen sie ihre guten Wünsche für die kleine Anna auf bunten Zetteln in die noch jungen Zweige. Schließlich singt die ganze Klasse zweistimmig, wieder begleitet von den Gitarren, das Wiegenlied *Schlaf, Kindlein schlaf*.

Die Eltern haben es sich nicht nehmen lassen, auf zwei Tischen belegte Brötchen und Getränke aufzutragen und alle Beteiligten und Gäste aufzufordern, sich zu bedienen.

*

Jetzt sind die längsten Tage des Jahres. Die Temperaturen erreichen ihren Höhepunkt. Die Natur strotzt vor Kraft, die Pflanzen stehen voll im Saft. Der Juni wartet mit ganz besonders schönen Blautönen auf. Von zartem Hellblau bis zum tiefdunklen Violett ist alles dabei, gerade so, als wollten die Blumen und Sträucher den Sommerhimmel widerspiegeln: der Sommerflieder, die Bougainvillea, der Rhododendron, die Klematis, der Blauregen, die Bartblume, dazu Hortensien, blaue Disteln, Skabiose, Rittersporn, Eisenhut, Ehrenpreis, Vergissmeinnicht, Wegwarte, Kornblume und viele andere.

Die Stars in unserem Park sind derzeit die Pfingstrosen. Gefüllte und ungefüllte Sorten in roten, weißen und gelben Farbtönen, manche zart duftend, glänzen in der Sonne. Die winterharten Stauden können bis zu fünfzig Jahre alt werden. Sie stammen ursprünglich aus China, wo man sie schon seit über zweitausend Jahren verehrt, allerdings nicht der Blüten, sondern der Wurzeln wegen, denen man heilende Kräfte zuschreibt. Bei Hautproblemen und Altersbeschwerden verordneten und verordnen noch immer die chinesischen Mediziner einen Tee oder eine Salbe aus diesen Wurzeln.

Aus dem Himalaya stammen die Jasminsträucher, ähnlich duftend wie die Orangenblumen. Übersetzt aus dem Persischen bedeutet Jasmin *Duft*. Nach der indischen Mythologie hat Kama, der Gott der Liebe, Jasminblüten an seinen Pfeilen befestigt, bevor er sie abschoss. Jasmintee stärkt nachgewiesenermaßen das Immunsystem wegen seiner antioxidativ wirkenden Inhaltsstoffe. Er soll, mit grünem Tee vermengt, auch beim Abnehmen helfen. Außerdem wird er bei Bluthochdruck eingesetzt, um Herzattacken oder Schlaganfälle zu verhindern. Häufig werden auch andere Teesorten mit Jasminblüten parfümiert.

Weil die Parfümindustrie viel Jasminöl benötigt, werden bestimmte Jasminsorten in Plantagen angebaut. Ihre Blüten werden im Morgengrauen geerntet und noch vor Tageslicht zu einem Öl verarbeitet, das intensiv, süßlich und blumig nach Honig und Zitrusfrüchten riecht.

Der bei uns übliche Bauernjasmin wird etwa drei bis vier Meter hoch. Ab Ende Mai betört er Menschen wie Insekten mit seinem weißen Blütenmeer und seinem betörenden Duft. Der Strauch ist unkompliziert, liebt es sonnig bis halbschattig und wächst in jedem Gartenboden.

Anders der Japanische Blumenhartriegel. Er benötigt durchlässige, kalkarme Böden. Seine cremeweiß gefärbten Blüten sind der Traum eines jeden Gärtners. Sie zeigen sich ab Juni etwa vier bis sechs Wochen lang. In dieser Zeit changieren die weißen Blüten ins Zartrosa. Im Herbst färben sich die Blätter, je nach Sorte, leuchtend gelb bis scharlachrot. Die roten Früchte sind zwar essbar, schmecken aber fad. In Japan wird aus ihnen ein Fruchtlikör hergestellt.

Der Legende nach wurde Jesus an einen großen Hartriegelbaum genagelt. Weil Gottvater verhindern wollte, dass weitere Verurteilte an diesem schönen Baum ihr Leben lassen müssen, verkleinerte er ihn zum Strauch und färbte die Ränder der Blütenblätter rot.

Und überall dort, wo es sonnig und trocken ist, leuchten die Sterne des Sonnenröschens in über hundert verschiedenen Arten, mal weiß oder leuchtend gelb, mal orange oder rot. Sonnenröschen sind bienenfreundlich, blühen reichlich, aber zeigen ihre Pracht nur bei gutem Wetter, wobei sie sich dabei immer nach der Sonne ausrichten. Nach der Blüte schneiden die Gärtner die Pflanzen kräftig zurück, damit sie im nächsten Jahr Polster bilden und noch robuster werden.

Der Steppensalbei ist den Bienen und Schmetterlingen wohl bekannt. Sie fliegen gern zu diesem aromatisch duftenden Lippenblütler. Die schöne Staude mit den aufrechten Blütenkerzen erfreut uns etwa acht Wochen lang. Ein bodennaher Rückschnitt zum Ende der Blütezeit garantiert einen zweiten, ebenso üppigen Flor. Der Steppensalbei ist äußerst pflegeleicht und anspruchslos. Er will aber einen warmen, sonnigen Standort und toleriert keine Winternässe. Am besten gedeiht er auf durchlässigem, mäßig nährstoffreichem Boden. Trockenheit verträgt er gut, kein Wunder, stammt er doch ursprünglich aus den Steppen Asiens. Es gibt unzählige Sorten mit unterschiedlichen Eigenschaften und Farben, von violett bis rosa und weiß. Etwa alle drei Jahre teilen die Gärtner jede Pflanze. Damit erhalten sie die Blühfreudigkeit, denn ältere, ungeteilte Exemplare neigen zum Vergreisen und bilden deutlich weniger Blüten.

Auch der Blaue Bubikopf ist ein Dauerblüher. Von Mai bis Oktober erfreut die niedrig wachsende Pflanze die Parkbesucher mit ihrer reichen Blütenpracht. Wie kleine Sterne erheben sich unzählige Blüten in atemberaubendem Blau über dem polsterartigen Blattkleid. Kriechend bildet die Pflanze mithilfe von Ausläufern schnell dichte Teppiche. Aber sie ist leider nicht ausreichend winterhart, braucht also einen Winterschutz. Die Gärtner legen ein Vlies darüber und beschweren es mit Erde. Dass die auch als Scheinlobelie bekannte Staude nur bedingt winterhart ist, erklärt sich aus ihrer Herkunft. Sie entstammt ursprünglich dem Südosten Australiens und ist in milden Küstenregionen zuhause. Auch auf Tasmanien kommt sie vor und bildet riesige Blütenteppiche. Das herrliche Blau hellt im Laufe der Zeit merklich auf, sodass manche Blüten zum Herbst hin fast weiß in der

Sonne aufscheinen. Unermüdlich bildet sie neue Knospen, die sich rasch sternförmig entfalten.

Im Rosengarten, einem speziellen Abschnitt des Parks, blühen jetzt die Rosen in allen Farben und Formen: gefüllte und ungefüllte, alte Sorten und Neuzüchtungen, Beetrosen, Strauch- und Buschrosen, Kletterrosen, Wildrosen und Bodendeckerrosen.

Juli

Unser kleines Paradies ist an zwei aufeinander folgenden Wochenenden ein Mekka für Künstler und Kunstinteressierte. Chefgärtner Schöllhorn hatte auf seiner Mexikoreise auch den größten Park Lateinamerikas besucht, den Bosque de Chapultepec, der im Herzen von Mexiko-Stadt liegt. Er beherbergt das Chapultepec-Schloss, einst Wohnsitz des glücklosen Kaisers Maximilian, den Botanischen Garten, den Zoo und das Nationalmuseum für Anthropologie. Großzügige Baumalleen erschließen das riesige Gelände, das mit botanischen Kostbarkeiten protzt. In den Sommermonaten präsentieren vor allem mexikanische Künstlerinnen und Künstler an jedem Wochenende ihre Werke entlang der Hauptallee. Meist stellen junge Maler aus, die erste Kundenkontakte suchen. Man kann sich an Ort und Stelle auch porträtieren lassen oder den Künstlern beim Malen und Modellieren zuschauen.

Von der Reise zurückgekehrt, hat Schöllhorn mit Zustimmung der Parkstiftung ein paar Kunstakademien angeschrieben und für einen Kunstmarkt in unserem Park geworben. Man belächelte ihn. In der

Provinz einen Kunstmarkt aufziehen, und das noch in der freien Natur? Was, wenn es stürmt und wie aus Eimern gießt? Was, wenn niemand kommt?

Provinz – ein Reizwort, das Schöllhorn nicht gelten ließ. „Kommen wir nicht alle vom Land?", keilte er ärgerlich zurück. „Die in Stuttgart und Berlin wollen uns nur nicht zugestehen, dass auch wir auf dem Land lesen und schreiben können und Radio und Fernsehen empfangen wie sie."

Schon beim ersten Mal war der Markt erfolgreich. Das hat sich herumgesprochen, weshalb die Zahl der ausstellenden Maler und Bildhauer und auch die der Besucher von Jahr zu Jahr steigt.

Heuer sind Künstlerinnen und Künstler aus Dresden, Düsseldorf, Karlsruhe, Leipzig, München, Nürnberg und Stuttgart da. Sogar die Kunsthochschulen Basel, Kopenhagen und Wien sind vertreten. Der Park hat sich in eine lebensfrohe Freiluftgalerie verwandelt, in der nicht nur fertige Werke ausgestellt werden, sondern auch neue Werke entstehen. Parkbesucher haben die einmalige Gelegenheit, Kunst hautnah zu erleben und den Künstlern bei der Arbeit über die Schulter zu schauen.

Von überall strömen Leute herbei. Schon am Eingang des Parks werden sie von großen Plakaten begrüßt. Wegweiser führen direkt zu den Stationen: Wo werden Bilder ausgestellt, wo Plastiken? Wo sieht man Maler bei der Arbeit, wo Bildhauer? Wo gibt es Kunstbücher und Künstlerbedarf? Schon gegen Mittag herrscht ein buntes Treiben im Park. Neugierige schlendern von einem Stand zum nächsten.

Auch Frau Mehrer, die pensionierte Grundschullehrerin, lässt sich so eine Gelegenheit, Künstler kennenzulernen und Kunst zu genießen, nicht entgehen, hat sie doch selbst einmal Kunst unterrichtet. Zunächst bummelt sie ziellos die Hauptallee entlang. Überall abstrakte Bilder, Landschaften und Porträts an Stellwänden sowie Skulpturen und Installationen auf ausgewiesenen Rasenflächen unter Bäumen. Jeder Künstler hat seinen eigenen Bereich, oft ausgestaltet mit Informationen zu den gezeigten Werken und zum kreativen Prozess.

In der Nähe des Spielbrunnens bieten Kunstverlage und Händler alltäglichen Künstlerbedarf an. Bücher, Zeichenpapiere, Malpappen, Skizzenblocks, Farbkästen, Buntstifte, Radiergummis, Bleistiftspitzer und vielerlei mehr präsentieren sie auf Tischen und in Rollwagen, die von vielen Menschen umlagert sind.

Ein paar Schritte weiter erklärt ein Aquarellmaler gerade einer Gruppe von Kindern, warum er für ein Aquarell das Papier mit einem kleinen Schwamm anfeuchtet, dann mit einem wasserlöslichen gelben Aquarellstift das Motiv vorzeichnet und schließlich die passenden Farben auswählt und mit Wasser anrührt.

In Frau Mehrer erwacht der schlummernde pädagogische Instinkt. Das will sie genauer sehen. Sie bleibt stehen, die Arme im Rücken verschränkt, und verfolgt interessiert, wie ein Kind nach dem anderen einen Pinsel aus einem großen Glas zieht, sich einen der ausliegenden Zeichenblöcke schnappt, den Pinsel in die bereitgestellten Farbtöpfe taucht und sein eigenes Kunstwerk erschafft. Hier ein Selbstporträt, da ein majestätischer Baum mit roten Blüten, dort eine Fantasielandschaft mit blauen Bergen und gelben Häusern im Hintergrund. Einfach so. Alles ohne Anleitung einer Lehrerin. Frau Mehrer staunt und ist begeistert.

Nebenan arbeitet ein Pastellmaler an einem Bild mit Sonnenuntergang über dem Meer. Oder soll das ein Sonnenaufgang werden? Er hat zwei Staffeleien und drei Leinwände aufgestellt, darauf seine Gemälde ausgestellt: Landschaft am Fluss, Schiffe auf dem Meer, drei Kinderporträts, Ansicht einer Großstadtstraße bei Nacht im Regen. Zuschauern zeigt er gerade, wie er mit harten und weichen Kreiden Details herausarbeitet.

Unter Platanen werkeln vier Bildhauer. Mit Hammer, Meißel, Kettensäge und anderen Werkzeugen formen sie aus Stein, Holz, Gips, Ton oder Metall auffallende Skulpturen. Wenn man lange genug zuschaut, kann man miterleben, wie allmählich immer feinere Details herausgearbeitet und schließlich die Oberflächen geglättet werden.

Vor dem Café ist eine große, weiße Wand aufgespannt, auf der jedermann mit farbigen Kreiden und Markern zeichnen und schreiben darf. *Hier entsteht ein kollektives Gesamtkunstwerk* steht über der Wand. Links und rechts liegen in Kartons Kreiden und allerlei Buntstifte, Faserstifte und bunte Acrylmarker bereit. Frau Mehrer lässt sich das nicht zweimal sagen, greift sich ein paar Buntstifte und malt einen Blumenstrauß.

„Auch unter die Künstler gegangen?", hört sie eine vertraute Stimme neben sich.

Es ist Alice Adler, die gerade mit Faserstiften ein Mädchen auf einem braunen Pony zeichnet.

„Sie mögen's wohl bunt", kommentiert Frau Mehrer die Arbeit ihrer Nachbarin.

Frau Adler geht darauf nicht ein, sondern lobt die vielen Anregungen, die großen und kleinen Besuchern heute geboten werden.

Beim Streichelzoo ist ein spezieller Bereich für die Jüngsten abgesteckt. Dort können sie mit Farben auf Papier oder mit Ton und Knetmasse arbeiten. Unter Anleitung zweier erfahrener Kunstpädagoginnen erschaffen sie ihre eigenen kleinen Kunstwerke, die sie stolz nach Hause tragen dürfen.

*

Die Blumen im Juli gehören zu den farbenprächtigsten des Jahres. Sie drücken die ganze Lebensfreude und Heiterkeit des Sommers aus. Sonniges Gelb strahlt neben kräftigem Orange und leuchtendem Rot. Dazwischen sanfte Rosa- und Cremetöne in Kontrast zu beruhigendem Blau, hellem Purpur und dunklem Violett. Eingerahmt werden die kraftvollen Farben von prächtigem Grün in allen Schattierungen.

Gerade blühen Sonnenblumen, Gladiolen, Glockenblumen, Dahlien, Kornblumen, Lilien, Hortensien, Löwenmäulchen, Rittersporn und Malven. In speziellen Staudenbeeten erstrahlen scharfer Mauerpfeffer, Sonnenhut, vielerlei Formen und Farben der Rudbeckien, echte Schlüsselblumen, Mädchenaugen, Fenchel, Münzkraut, Goldmargeriten, Geranien, Ehrenpreis und viele andere mehr. Und in der Etage darüber blühen Eibisch, Spierstrauch, Schmetterlingsstrauch, Schneeball, Fingerstrauch, Pfeifenstrauch und Weigelie.

Jetzt ist die Zeit der Wegwarte. Die blaublühende Pflanze ist ein altes, früher sehr geschätztes Heilkraut, von dem man Blüten, Blätter und Wurzeln verwenden kann. Das Bittere regt den Appetit und die Verdauung an und kommt Galle, Leber und Milz zugute. Eine Teekur hilft bei Gicht und Rheuma. Und eine zerdrückte Wegwarte auf den geschlossenen Lidern lindert Augenentzündungen.

Die Wurzeln der weißblühenden Wegwarte, auch unter dem Namen Zichorie bekannt, werden seit alters her zu einem Kaffeetrunk verarbeitet. Im Gegensatz zur blaublühenden Warte, die ursprünglich ein böser Mensch gewesen sein soll, verberge sich in der weißblühenden Wegwarte in Wahrheit ein verzaubertes Wesen, behauptet die Legende. Doch dessen Zauberkraft könne man sich nur zunutze machen, wenn man die Wurzel an Jakobi barfuß aufsucht und genau um zwölf Uhr mittags unter Zuhilfenahme einer Goldmünze ausgräbt. Dann habe ein kleines Wurzelstück die Kraft, Dornen und abgebrochene Nadeln aus der Haut zu ziehen. Und ein großes mache unverwundbar und unsichtbar und könne sogar helfen, Türen und Schlösser zu überwinden.

Die anspruchslose und winterharte Goldmelisse aus Nordamerika bevorzugt einen nährstoffreichen und frischen Boden in sonnigen Lagen, gibt sich aber auch mit Halbschatten zufrieden. Sie will jährlich mit frischem Kompost gedüngt werden.

Die wilde Indianernessel stammt aus Mexiko und Kalifornien und fühlt sich in trockenem und sandigem

Boden wohl, auch ohne zusätzlichen Dünger. Die etwa ein Meter hohe Pflanze blüht purpurrot, rosa, gelblich oder weiß. Die Oswego-Indianer brühten mit den Blüten einen wohlschmeckenden Tee, der bei Erkältungen und Erkrankungen der Bronchien sowie bei Übelkeit heilsam war. Ein Genuss für alle Sinne sind ihre zitronig duftenden und wohlschmeckenden Blätter. Sie werden anstelle von Thymian in der Küche verwendet.

*

An einem warmen, sonnigen Samstagnachmittag treffen sich Heiratswillige aus nah und fern. Eine internationale Partneragentur hat die Veranstaltung organisiert. Nach und nach finden sich die gemeldeten Teilnehmerinnen und Teilnehmer im Park ein, meist ältere Semester.

In der Nähe des Sportgeländes ist ein Empfangsbüro aufgebaut. Dort begrüßt die Regionalchefin der Agentur die Ankommenden, registriert sie und steckt ihnen eine kleine Blume an. So erkennt jede und jeder auf den ersten Blick, wen man auf der Suche nach einem Partner ansprechen darf.

Ein älterer Herr geht zufällig mit einer blonden Dame an dem Tisch vorbei, dreht sich wiederholt um und sagt spöttisch: „Da sind viele Mauerblümchen dabei, die inzwischen zur Passionsblume herangereift sind." Die Frau lacht zwar, weist ihn aber dennoch zurecht, er solle seine lockeren Sprüche für sich behalten, denn es gäbe mindestens genauso viele ungenießbare Männer.

Das Kennenlernprogramm startet mit einer Vorstellungsrunde. Je zehn Damen und Herren bilden nach dem Zufallsprinzip einen Kreis und erzählen kurz über sich: Name, Beruf, Hobbys, Herkunft und Wohnort. Man sieht den Teilnehmern an, dass sie noch reichlich angespannt sind.

Dann bekommt jeder Kreis eine Liste mit Aufgaben, die gemeinsam abgearbeitet werden müssen. Beispielsweise immer paarweise Selfies vor einem bestimmten Baum knipsen oder eine auf einem Foto ausgewiesene Stelle im Park finden.

Während der Spiele kommen die Teilnehmer ins Gespräch und lernen sich noch etwas besser kennen. Dabei entdeckt ein grauhaariger Herr, dass eine ältere Dame seine Vorliebe für klassische Musik teilt. Also plaudern sie die ganze Zeit über ihre Lieblingskomponisten. Zwei andere finden heraus, dass sie leidenschaftlich gern kochen und für Pasta schwärmen. Also tauschen sie Rezepte zu Nudelgerichten aus.

Nach den Spielen lädt die Agentur zu Kaffee und Tee. Neben dem Empfangsbüro sind Tische und Bänke aufgestellt. Kuchen, Torten und belegte Brötchen muss man einer gläsernen Vitrine selbst entnehmen. Selbstbedienung ist angesagt. Nur Getränke werden am Platz serviert.

Danach finden Gruppenführungen durch den Park statt, bis man sich am Musikpavillon trifft, wo eine Combo wartet. Sie spielt zum Tanz auf, während nebenan Würstchen und Gemüse gegrillt werden, die man sich zu Wein, Bier, Wasser oder Saft schmecken lässt.

Als es kühler wird, bedankt sich die Organisatorin für die Teilnahme und lädt alle ein, sich weiterhin über die Agentur zu treffen. Adressen werden ausgetauscht. Einige vereinbaren erste private Treffen für die kommenden Tage und Wochen. Der Himmel ist tiefblau und taucht die Erde in ein mildes Licht.

*

Früh am Morgen, die ersten Sonnenstrahlen blitzen durch die Bäume und verwandeln den Tau auf dem Gras in funkelnde Diamanten, zwitschern die Vögel in allen Tonlagen und begrüßen fröhlich den neuen Tag. Eine Stunde später ist eine ältere Dame auf ihrem täglichen Morgenspaziergang, begleitet von einem kleinen Jungen. Als sie dem Ausgang zustrebt, herrscht am Spielplatz schon ein munteres Treiben. Kinder schwingen auf den Schaukeln hin und her.

Andere sausen lachend die Rutschen hinunter oder hangeln sich durch ein Klettergerüst. Eltern schauen zu, andere unterhalten sich über Erziehung, gutes Essen und tägliches Allerlei.

In der Nähe haben sich zehn, zwölf Enten versammelt. Ein kleines Mädchen füttert sie mit Brotkrumen und kichert, als ein besonders mutiger Erpel näherkommt und ihr einen Leckerbissen entreißt. Ein paar Meter weiter sitzt ein Mann auf einer Decke und malt das kleine Idyll. Den Zeichenkarton auf dem Schoß und den Aquarellkasten in der linken Hand, wirft er den Kopf hoch, blickt zu dem kleinen Mädchen hinüber und vertieft sich wieder in sein Bild.

Am Spielbrunnen nähert sich ein kleiner Bub ganz vorsichtig einer der Fontänen. Er streckt seine Hand aus, lacht laut auf, wenn der Wasserstrahl seine Arme oder Beine trifft, rennt zu seiner Mutter und probiert es wieder und wieder.

Daneben ein Mädchen, das ein neues Spiel entdeckt hat. Sie nennt es Wasserstrahlen fangen. Sie rennt zwischen den Fontänen hindurch, die Arme weit ausgestreckt. Andere Mädchen und Jungen schließen sich ihr an. Kreischend jagen sie durch das aufspritzende Wasser.

„Es gibt dreierlei Kinderspiele", erklärt ein älterer Herr einer jungen Mutter, die auf der Nachbarbank sitzt und ihren Buben bewacht, „kindliche, kindgemäße und kindische."

Die junge Frau sieht ihn fragend an.

„Die kindlichen erfinden die Kinder selber", sagt der Erklärer, „das sind die besten Spiele. Die kindgemäßen haben Erwachsene erfunden, weil sie wollen, dass die Kinder sich frühzeitig aufs Erwachsensein vorbereiten. Zum Beispiel die Puppe versorgen, im Kaufladen mit Spielgeld einkaufen oder Bastelarbeiten erledigen. Und die kindischen Spiele haben Werbestrategen ausgebrütet. Da geht es gar nicht ums eigentliche Spielen, sondern um den Profit der Spielwarenindustrie."

„Von mir aus können's auch fünferlei sein", sagt die Mutter.

„Es gibt aber nur dreierlei."

„Und was ist mit Mensch-ärgere-dich-nicht, mit Vier-gewinnt und Mau-mau?"

„Alles kindisches Zeug!"

„So so", sagt die Mutter und beobachtet ihren Buben, der fasziniert ein paar älteren Kindern zuschaut, die sich ein Ballspiel ausgedacht haben. Sie versuchen, sich einen Gummiball durch die Wasserstrahlen hindurch zuzuwerfen. Dabei muss man den Ball fangen, ohne selbst nass zu werden. Sie jubeln und feuern sich gegenseitig an, weichen geschickt dem aufspritzenden Wasser aus und lassen den Ball durch die Luft wirbeln.

Kinder schließen schnell neue Freundschaften. Und so stapfen einige um die Fontänen herum, setzen sich ins seichte Nass und versuchen gemeinsam, das Wasser mit bloßen Händen aufzustauen oder zu kanalisieren.

Ein paar Mütter und Väter stehen am Rand des Brunnens und beobachten das Geschehen mit einem verträumten Lächeln, als würden sie Erinnerungen an ihre eigene Kindheit auffrischen. Ein Vater nimmt seinen kleinen Sohn an die Hand und führt ihn vorsichtig ins Wasser. Der Junge tapst zwei Schritte vorwärts und quietscht vor Vergnügen, als kalte Tropfen seine Füße kitzeln.

Zwischendurch setzen sich die Kinder immer wieder zu ihren Familien, essen und trinken etwas, bevor sie wieder ins Wasser waten.

Unter einem großen, schattigen Baum sitzt ein älteres Ehepaar auf einer Decke und genießt Tee aus Gläsern und selbstgebackenen Marmorkuchen. Sie erzählen sich Geschichten aus ihrer Kindheit. Nicht weit entfernt spielen Jugendliche eine Partie Frisbee. Ein Jogger zieht seine Runden auf dem Schotterweg, der sich durch den Park schlängelt, während ein Akkordeonorchester im Musikpavillon bekannte Melodien intoniert.

*

Wieder ein sonniger Tag. Hochgefühl und Lebensfreude in unserem kleinen Paradies. Besonders im
Streichelzoo, der sich in einem abgegrenzten Bereich
des Parks befindet. Dort mischen sich große Aufregung der Kinder mit freudiger Erwartung.

Viele Familien sind schon da, freundlich begrüßt
von den Mitarbeitern des Streichelzoos. Ein großes
Schild zeigt auf Piktogrammen, was hier erlaubt ist
und was nicht.

Gleich am Eingang ist das Gehege mit den Zick-
lein. Die sind zutraulich und rennen neugierig näher,
sobald ein Kind seine Hand ausstreckt. Ein kleiner
Junge lacht laut auf, als eine weiße Ziege seine Finger
ableckt.

Nicht weit entfernt steht ein Stall, in dem Kanin-
chen und Meerschweinchen hausen. Manche Tiere
sitzen im Käfig, andere flitzen zwischen den Beinen
der großen und kleinen Besucher hin und her. Eine
Mitarbeiterin des Streichelzoos hat einen Informati-
onstisch aufgebaut. Sie erklärt den Kindern, was die
Tiere fressen und was schadet. Neben dem Stall ist
das Gehege, in dem Hühner scharren und ein stolzer
Hahn inmitten seiner Hennen gockelt.

Im hinteren Teil des kleinen Tierparks verharren
Ponys in der Sonne. Jungs und Mädchen haben sich

in einer Reihe aufgestellt und warten aufgeregt. Ein Tierpfleger hilft gerade einem Bübchen auf ein kleines Pferd und führt es dann langsam im Kreis. Der Knirps sitzt zum ersten Mal auf einem Pony, strahlt wie ein Honigkuchenpferd und winkt stolz seiner Mutter zu, als er an ihr vorbeireitet und sie ein Foto macht.

Nach dem Rundgang durch den Streichelzoo setzen sich viele Familien auf die umliegenden Wiesen und genießen mitgebrachtes Obst und Vesperbrote. Kinder erzählen von ihren Lieblingsmomenten oder spielen Fangen, während die Eltern plaudern oder in der Sonne dösen.

Die Stunden vergehen wie im Flug. Die Sonne verschwindet hinter Wolken. Die Mitarbeiter des Zoos treiben die Tiere zurück in ihre Ställe. Eltern und Kinder machen sich auf den Heimweg. Die Kleinen sind müde, aber glücklich. Sie halten Souvenirs wie Federn oder Tierbildchen in den Händen und erzählen ihren Eltern begeistert von den Erlebnissen des Tages.

*

Im Juli ist der Park ein Paradies voller Farben und Düfte. Etliche Bäume stechen hervor, bieten sie doch den Besuchern ein großartiges Schauspiel.

Zuerst sind da die Linden. Sie verströmen einen süßen, angenehmen Duft, der durch den ganzen Park zieht. Ihre kleinen, gelblichen Blüten hängen in Büscheln herab und locken zahlreiche Bienen und Schmetterlinge an, die fleißig Nektar sammeln. Die großen, herzförmigen Blätter zaubern zudem wunderbare Schattenbilder auf den Boden und laden zu einer Ruhepause ein.

Die mächtigen Eichen haben im Juli eine dichte, sattgrüne Krone. Unter ihren schattenspendenden Laubdächern sitzen viele Besucher und plaudern, lesen oder genießen einfach die Natur.

Auch die Rosskastanien, die im Mai rot und weiß geblüht haben, glänzen im Juli mit ihren sehr großen, fingerförmig gefiederten, sattgrünen Blättern, die getrocknet, geschnitten oder gemahlen für die Naturheilkunde wichtig sind. Der daraus aufgebrühte Tee wirkt antibakteriell, blutreinigend und entzündungshemmend. Vor allem bei Venenleiden, schweren Beinen, Gicht, Rheuma und Magen-Darm-Problemen verschafft er Linderung. Auch bei Hämorrhoiden hilft ein Rosskastaniensud.

Besonders die Ahornbäume zeigen sich jetzt in ihrer ganzen Pracht. Drei Spitzahorn mit ihren tief eingeschnittenen Blättern und vier Zuckerahorn mit ihrer üppigen, dichten Krone wurden hier schon vor weit über hundert Jahren gepflanzt.

Die Platanen stammen aus der Gründungszeit des Parks. Sie säumen den Hauptweg und erwecken im Juli Bewunderung wegen ihrer glatten, schuppenartig abblätternden Rinde in verschiedenen Grün- und Brauntönen. Ihre riesigen Baumkronen spenden reichlich Schatten.

Vor etwa zwanzig Jahren hat die Parkstiftung sogar einige Kirsch- und Apfelbäume pflanzen lassen. Die Süßkirschen sind bereits reif und spenden vor allem den Kindern kleine Leckerbissen. Jeder Parkbesucher darf sich die Früchte schmecken lassen, aber die Gärtner passen auf, dass niemand körbeweise Kirschen erntet. Auf die Äpfel hingegen muss man noch warten, sie sind erst in zwei bis drei Monaten reif.

Die drei Silberweiden im Park sind jetzt besonders attraktiv. Ihre langen, herabhängenden Äste mit den schmalen, silbrig glänzenden Blättern berühren fast den Boden und bieten einen malerischen, romantischen Anblick. Bereits in der Antike wurde ihre Borke in der Heilkunde verwendet. Der Extrakt, der im Frühjahr aus der Rinde junger Äste gewonnen wird, wirkt schmerzlindernd, fiebersenkend und entzündungshemmend. Daraus entwickelte man im 19. Jahrhundert das Aspirin.

Der Sommerflieder steht im Juli voll im Saft. Die langen, dichten Blütenrispen, meist in Lila, Weiß oder Rosa, ziehen viele Schmetterlinge an, was dem

Strauch den Beinamen Schmetterlingsstrauch einge-
bracht hat.

*

Der Juli ist oft einer der heißesten Monate des Jahres.
Deshalb muss viel gewässert werden. Die Gärtner
gießen die Blumenbeete und Kübelpflanzen schon
früh am Morgen, lange bevor die sengende Mittagssonne hoch am Firmament steht. Zusätzlich bewässern Sprinkler Rasen und Rabatte. Bäume werden aus
Wassertanks auf Elektrofahrzeugen gegossen. Besonders empfindliche Pflanzen berieseln die Gärtner ge-
zielt und schonend mit dem Schlauch; überall im Park
sind Wasseranschlüsse unter Metalldeckeln verbor-
gen.

Besondere Aufmerksamkeit schenken die Gärtner
den Grünanlagen. Sie mähen regelmäßig das satte
Grün mit dem Mulcher und halten es kurz. Besonders
um Spielplätze und Picknickwiesen herum wässern
sie oft, weil dort der Rasen sehr beansprucht wird.

Die Blumenbeete sind im Juli ein einziges Blütenmeer, das allerdings viel Pflege braucht. Die Gärtner
lockern den Boden, entfernen Unkraut und düngen
bei Bedarf. Sie schneiden verwelkte Blüten heraus,
um so die Blütezeit zu verlängern. Bei Bedarf setzen
sie neue Blumen ein.

Auch die Bäume müssen gepflegt werden. Spezielle Baumpfleger turnen in den Baumkronen herum und überprüfen das Geäst auf Krankheits- und Schädlingsbefall. Krankes und totes Holz sägen sie ab.

Die Sträucher und Hecken werden in Form gebracht und damit die Sichtachsen wieder herausgearbeitet. Das ist für das ästhetische Gesamtbild des Parks wichtig. Das Schnittgut bringen Traktoren mit Hängern zur Kompostanlage hinter dem Streichelzoo.

Chefgärtner Schöllhorn und Forstdirektor Rempfer schreiten gemessenen Schrittes durch den Park und haben die Augen überall.

„Das ist einer meiner letzten Kontrollgänge in amtlicher Mission", sagt Rempfer. „Wie Sie ja wissen, habe ich demnächst Urlaub und dann werde ich schon bald in den Ruhestand versetzt."

Schöllhorn sieht seinen Kollegen prüfend von der Seite an. Er meint zu spüren, dass Rempfer ungern geht. „Und wie beurteilen Sie unser kleines Paradies?"

„Aufs Ganze gesehen ist es in einem ordentlichen Zustand. Wir haben rechtzeitig auf Ökologie und Erneuerung des Pflanzenbestands gesetzt."

„Gibt es etwas, das Ihnen Sorge bereitet?"

„Die Grünflächen sind an manchen Stellen im Sommer zu sehr belastet."

„Was kann ich dagegen tun?"

„Ich an Ihrer Stelle würde die Parkstiftung bitten, den Rasen vor dem Streichelzoo, rund um den Musikpavillon und am Spielbrunnen mit einer unterirdischen Rasenbewässerung auszustatten. Dann müssen ihre Gärtner nicht jeden Tag Rasensprenger aufstellen, haben Zeit für andere Aufgaben und die Parkverwaltung spart auch noch, weil viel weniger Wasser verbraucht wird."

„So eine Anlage ist sehr teuer."

„Ja, aber es ist eine einmalige Ausgabe. Auf längere Sicht spart man doch."

„Und sonst? Alles zu Ihrer Zufriedenheit?"

„Ich mache mir so meine Gedanken. Einerseits wollen wir einen intakten Landschaftspark haben. Andererseits überfrachten wir ihn von März bis Dezember mit allerlei Veranstaltungen. Auf lange Sicht kann das nicht gut gehen. Das ist wie im Tourismus. Immer mehr Leute kommen an einen Ort und wundern sich dann, dass so viele Menschen da sind und der Ort nicht mehr so attraktiv ist wie früher."

„Ihre Lösung?"

„Nicht mehr, sondern eher weniger Events im Park."

*

Es ist ein warmer Nachmittag. Die Vögel zwitschern, und ein sanfter Wind streicht durch die Bäume. Alice Adler und Andreas Beutler sitzen auf einer Bank unter einer großen alten Eiche. Vor ihnen, auf einer gemähten Wiese, spielen Kinder. Ein wahres Sommeridyll, doch zwischen den beiden auf der Bank herrscht eine gewisse Anspannung.

Andreas schaut Alice an und strahlt: „Ich bin so glücklich, dass wir uns heute treffen. Ich habe viel über uns und unsere Zukunft nachgedacht."

„Ja, Andreas, ich freue mich auch. Es gibt vieles, worüber wir sprechen sollten."

Andreas nimmt ihre Hand und drückt sie sanft. „Alice, wir kennen uns jetzt schon so lange, und ich fühle mich wohl, wenn du bei mir bist. Was hältst du davon, wenn wir zusammenziehen?"

Alice zieht ihre Hand zurück und atmet tief ein. Ihre ausgeprägte Gelassenheit ist in den letzten Tagen ins Wanken geraten. Auch fühlt sie ihre Eigenständigkeit bedroht. Jetzt hätte sie gern einen Zaubertrank, der sie gelassen und unverwundbar macht. Einerseits will sie dem Augenblick gerecht werden und Andreas angemessen antworten, andererseits hat sie Angst vor dem Neuen, das auf sie zukommen könnte.

„Weißt du, Andreas, das Leben ist gefährlich wie eine Wanderung im Hochgebirge", sagt sie endlich, mehr aus Verlegenheit als aus reiflicher Überlegung.

„Immer geht es an Abgründen und Schluchten vorbei. Nur Esel finden mühelos den Weg. Und weil ich nicht glaube, dass ich ein Esel bin, weiß ich einfach noch nicht, was ich selbst will." Dann fällt ihr der rettende Strohhalm ein: das Prinzip Hoffnung. Zeit gewinnen und alles in der Schwebe halten. Also hört sie sich wie in Trance sagen: „Ich weiß, dass du es ernst meinst und das Beste für uns beide willst. Aber ich bin mir nicht sicher, ob ich schon bereit dafür bin."

Andreas schaut sie verständnislos an. „Was macht dir Sorgen, Alice? Wir schaffen das! Bitte glaub mir. Es wäre schön, jeden Tag mit dir zusammen zu sein."

Alice seufzt und blickt nachdenklich auf die spielenden Kinder. Von Eltern, Freunden, Kollegen und in Zeitschriften und Spielfilmen wird einem von Kindesbeinen an eingetrichtert: Man muss die große Liebe finden. Aber muss ich das wirklich, ich, Alice Adler? Wer zwingt mich, mein eigenständiges, gelassenes Leben aufzugeben? Und was käme dann? Zufall, Unberechenbarkeit, ein großes Vielleicht?

Sie entschließt sich zu einer ehrlichen Antwort: „Es ist nicht so, dass ich dich nicht mag, Andreas. Aber ich habe Angst, dass das alles zu schnell geht. Mit viel Geduld und jeder Menge Arbeit habe ich mir meine Unabhängigkeit erkämpft. Jetzt genieße ich mein selbstbestimmtes Leben. Das will ich nicht von heute auf morgen aufgeben. Kannst du das verstehen?"

Andreas denkt nach und nickt. „Ja, ich verstehe." Er schweigt wieder ein Weilchen, dann sagt er: „Vielleicht finden wir doch einen Weg."

Alice lächelt. „Für mich ist wichtig, dass wir ehrlich miteinander sind und keine überstürzten Entscheidungen treffen. Lass mir bitte Zeit."

Andreas schaut sie direkt an: „Wie wäre es, wenn wir uns öfter bei dir oder bei mir treffen. Dann sehen wir, ob das funktioniert und wie es sich anfühlt, mehr Zeit miteinander zu verbringen?"

Alice nickt zustimmend. „Das könnte klappen. Ich will darüber nachdenken."

Andreas ist erleichtert. „Danke, dass du so offen bist, Alice. Hauptsache, wir beide sind glücklich."

„Ich danke dir, Andreas. Ich bin froh, dass wir darüber geredet haben. Lass uns einfach die Zeit genießen, die wir zusammen haben."

Sie plaudern noch ein wenig, dann sagt Alice: „Übrigens, erinnerst du dich noch an Frau Ruff, deren Mann mit hunderttausend Euro, die er sich bei der Bank erschlichen hatte, abgehauen ist und Frau Ruff die Schulden hinterlassen hat?"

„Ja, was ist mit ihr?"

„Die Bank hat den Fall aufgeklärt. Der Mann hatte die Unterschrift seiner Frau gefälscht, und die Bank hatte versäumt, die Frau zur Unterschrift vorzuladen. Deshalb hat die Bank kulanterweise den Kredit storniert. Daraufhin ist Frau Ruff zu ihren Eltern zurück, wo Linda jetzt die Schule besucht. Frau Ruff und Linda haben mich vor ihrem Umzug im Parkcafé besucht und sich von mir verabschiedet."

August

Im August zieht die Natur noch einmal alle Register. Heimische und fremde Pflanzen leuchten von morgens bis abends in ihrer ganzen Farbenfülle. Überall summt und brummt es. Vögel zwitschern und tummeln sich in blühenden Sträuchern und dicht belaubten Baumkronen. Eichhörnchen turnen durchs Geäst. Und bunte Schmetterlinge gaukeln von Blume zu Blume.

Die Parkverwaltung hat ein umfangreiches Ferienprogramm für Kinder vorbereitet, das vielerlei Abenteuer verspricht. Der August ist auch die Zeit für Freiluftkonzerte und kulturelle Events. Blasorchester, Musikensembles und Bands treten im Park auf und bieten den Besuchern beim Rauschen der Bäume besondere Erlebnisse.

Viele Menschen nutzen den Park auch für sportliche Aktivitäten. Laufgruppen joggen und Wanderfreunde spazieren in frischer Luft unter schattigen Bäumen die Hauptwege entlang. Yoga- und Fitnessgruppen treffen sich in den Morgenstunden auf den Sportwiesen und im Klanggarten.

Viele Familien nutzen unser kleines Paradies fürs Picknick im Grünen oder für entspannte Stunden in schöner Umgebung. Gesonderte Bereiche im Park laden zum Ausruhen ein. Bänke im Schatten und Liegen im Klanggarten sind beliebte Orte für eine Auszeit. Einige Besucher lesen oder hören leise Musik über Ohrhörer, andere sonnen sich oder genießen einfach die Stille an lauschigen Plätzchen.

Nicht wenige Blumen zeigen sich gegen Ende August bereits in Herbstfarben. Kräftiges Orange und feuriges Rot werden nun seltener, dafür gibt es immer mehr Gelb- und Brauntöne. Gärten und Wiesen leuchten, wenn die Sonne untergeht. Noch bieten die Bäume dichten Schatten unter vollem Blätterdach. Noch zeigen Dahlien, Sonnenblumen und Zinnien ihre üppige Farbenpracht. Dazu präsentieren sich Studentenblumen, filigrane Schmuckkörbchen, strahlende Lampionblumen, weiße, gelbe, rötliche, violette und blaue Sommerastern, Sommerhyazinthen, robuste Rudbeckien und zarte Trichtermalven.

Die Blauraute, auch Silberstrauch oder Silber-Perowskie genannt, kommt ursprünglich aus dem Himalaya, überwiegend aus Tibet. Sie blüht von August bis September mittel- bis tiefblau an warmen, vollsonnigen Plätzen. Der Boden muss trocken, durchlässig und mager sein. Die Gärtner schneiden sie jedes Frühjahr so weit zurück, dass nur noch kleine

Vorjahrestriebe stehen bleiben. Dann treibt die Blauraute erneut kraftvoll aus. Bienen und Schmetterlinge tummeln sich auf ihren Blüten. Sie ist pflegeleicht und macht keine Arbeit, wenn man vom Beschneiden einmal absieht. Man muss die Pflanze nicht gießen. Man muss ihren Boden nicht lockern. Unter den hitzeresistenten Pflanzen belegt die Blauraute den ersten Platz.

*

Es ist ein warmer Sommerabend. Der Park ist in mildes Licht getaucht. Besucher strömen zum Sommerkonzert eines Orchesters herbei, das auf der Bühne im Musikpavillon gastiert.

Zwei zeitgemäß gekleidete, modisch frisierte und wohl rasierte Herren spazieren durch den Park und bestaunen die Schönheit der Natur. Vor allem imponiert ihnen der Gesang der Vögel und das fröhliche Spielen der Kinder auf den Wiesen.

„Antonio, siehst du die Schönheit dieser Welt? Die Menschen scheinen glücklich und zufrieden zu sein", bemerkt der eine.

„Ja, mein lieber Johannes, die Harmonie der Natur ist bezaubernd. Es erinnert mich an jene ferne Zeit, in der wir Musik komponierten, inspiriert von Gottes Schöpfung", antwortet der andere.

Sie nähern sich der Bühne, wo das Orchester sitzen wird. Dirigentenpult, Stühle und Notenständer sind schon aufgestellt. Die beiden Herren sind zeitig dran und können sich deshalb in die erste Stuhlreihe setzen. Rasch werden hinter ihnen alle Plätze belegt. Viele Musikliebhaber müssen auf Klappstühle oder Decken im Rasen ausweichen, so gut besucht ist die Veranstaltung.

Die beiden in der ersten Reihe sind besondere Wesen. Es sind der selige Johann Sebastian Bach und der verblichene Antonio Vivaldi. Sie haben wieder Gnade vor den Augen des Herrn gefunden, obwohl sich einige Verblichene beim letzten Besuch auf Erden blamiert hatten, wie Petrus nach einschlägiger Zeitungslektüre seinem alleorbersten Herrn und Meister berichten musste. Deshalb hat der allgewaltige Petrus heute Morgen die beiden vorsorglich in den Senkel gestellt: Falls sie sich unmöglich benähmen, wäre das ihr letzter Besuch hienieden.

Die Musiker betreten den Pavillon und stimmen ihre Instrumente. Der Dirigent eilt hinzu, verneigt sich zum Publikum und hebt den Taktstock. Das Konzert beginnt mit Bachs *Air* aus der Orchestersuite Nr. 3 in D-Dur.

Johann Sebastian hört aufmerksam zu und nickt anerkennend. „Sie spielen gut, Antonio", flüstert er.

„Die Ausführung ist zwar modern, aber sie bewahren den Geist meiner Musik."

Vivaldi lächelt. „Es ist wunderbar zu sehen, wie unsere Musik über die Jahrhunderte hinweg weiterlebt. Hörst du die Nuancen? Sie bringen ihre eigene Interpretation ein, und doch bleibt erhalten, was wir uns in unsere Werke hineingedacht haben."

Dann spielen die Musiker drei von Vivaldis berühmtesten Stücken, darunter den Satz *Frühling* aus den *Vier Jahreszeiten*. Antonio lauscht hingerissen den Klängen seiner Komposition. Seine Miene hellt sich auf.

„Wunderbar, Johannes, sie haben meine Musik verstanden. Sie bringen die Energie und den Schwung mit, den ich aus meinen Stücken heraushören möchte", lobt er im Flüsterton.

Nun ertönt Antonin Dvoráks *Nocturne H-Dur* in der Fassung für Streichorchester. Die Besucher lehnen sich zurück und genießen die fast träumerischen Melodien, die den Park in eine friedliche Stimmung versetzen.

Das Orchester führt das Publikum anschließend in die Welt der Volksmusik. Stücke wie *Greensleeves* und traditionelle irische Melodien bringen eine fröhliche und rhythmische Note ins Konzert. Einige Besucher klatschen im Takt mit, und Kinder tanzen ausgelassen vor der Bühne.

Zum Abschluss des Abends spielt das Orchester beliebte Pop-Hits in orchestralen Arrangements. Songs wie *Yesterday* von den Beatles und *Bohemian Rhapsody* von Queen werden auf eine neue, aufregende Weise interpretiert. Das Publikum ist begeistert. Etliche Besucher singen laut mit. Diese bekannten Melodien sorgen für einen kraftvollen und mitreißenden Abschluss des Konzerts.

Nach tosendem Beifall spielt das Orchester eine Zugabe: *An der schönen blauen Donau* von Johann Strauß. Die Walzerklänge bringen noch einmal alle zum Träumen. Die Musiker verbeugen sich, und die Zuschauer sind dankbar für das wundervolle musikalische Erlebnis.

Nachdem das Konzert beendet ist, bleiben viele Besucher noch eine Weile im Park. Sie unterhalten sich, teilen ihre Eindrücke und genießen die letzten Momente dieses besonderen Abends. Die Musik klingt in ihren Köpfen und Herzen nach, und sie verlassen den Park mit einem Gefühl der Zufriedenheit und Freude.

Bach will zu den Musikern gehen, sich vorstellen und ihnen danken.

„Spinnst du!", empört sich Vivaldi. „Du hast doch gesehen, wie sich der Alte erregt hat. Wenn wir in der Zeitung kommen, verwehrt er uns künftig alle irdischen Abenteuer."

Also verlassen sie den Park in dem Wissen, dass ihre Musik weiterhin Herzen berührt und Gedanken inspiriert.

„Es war eine unvergessliche Erfahrung, Antonio. Unsere Musik lebt, und das erfüllt mich mit Freude", sagt Bach.

„Stimmt, Johannes. Wir können zufrieden zurückkehren in dem Wissen, dass unsere Werke immer noch die Menschen begeistern," antwortet Vivaldi.

Arm in Arm spazieren sie schnurstracks himmelwärts, im Einklang mit der Musik, die sie auf Erden hinterlassen haben.

*

Der August in diesem Jahr bringt Wärme und Sonnenschein, und unser kleines Paradies strahlt große Lebensfreude aus. Während viele Sträucher und Blumen ihren Höhepunkt bereits im Frühsommer erreicht haben, fallen jetzt zwei Bäume besonders ins Auge. Beide sind nicht nur wegen ihrer Schönheit bemerkenswert, sondern auch wegen ihrer besonderen Eigenschaften und der Rolle, die sie im Ökosystem des Parks spielen. Deshalb sollten wir immer daran denken, was Eugen Roth schrieb:

Zu fällen einen schönen Baum,
braucht´s eine Viertelstunde kaum.
Zu wachsen, bis man ihn bewundert,
braucht er, bedenkt es, ein Jahrhundert.

Da sind die majestätischen Eichen. Sie sind hier im Park etwa hundert Jahre alt und im Hochsommer ein besonderer Blickfang. Nun lagern sie Zucker ein, damit das riesige Wurzelwerk im nächsten Jahr genug Energie zum Wachsen hat. Ihre weit ausladenden Äste spenden wohltuenden Schatten, an heißen Tagen sehr willkommen. Deshalb wird unter Eichen besonders gern gepicknickt oder ein entspanntes Mittagsschläfchen gehalten. Ihre tiefgrünen Blätter glänzen mit vollem Laub und schaffen eine beruhigende, kühle Atmosphäre. Ihre Eicheln beginnen langsam zu reifen, was sie zu einer wichtigen Nahrungsquelle für viele Tiere und Vögel macht.

Ein Baum aber sticht hervor und steht im Mittelpunkt: der Ginkgo. Er, der weder zu den Laub- noch zu den Nadelbäumen gehört, stammt ursprünglich aus China. Heute noch sieht er genauso aus wie vor zweihundert Millionen Jahren, als er in Ablagerungen gepresst und zum Fossil wurde. Vermutlich ist er nicht ausgestorben, weil man ihn in China schon seit alters her als Zier- und Tempelbaum gehegt und gepflegt hat. Mit seinen fächerförmigen Blättern und deren charakteristischer, zweigeteilter Struktur zieht er im Sommer viele Blicke auf sich. Im August sind seine Blätter sattgrün, im Herbst färben sie sich goldgelb und fallen zu Boden. Im Sonnenlicht wirken sie fast transparent und schaffen ein faszinierendes Spiel von Licht und Schatten. Der Baum, der an die tausend Jahre alt und bis zu vierzig Meter hoch werden kann, hat eine elegante, aufrechte Wuchsform. Die Äste verteilen sich harmonisch und ergeben ein ästhetisches Gesamtbild.

Der Ginkgo ist nicht nur ein botanisches Wunder, sondern hat auch eine hohe kulturelle Bedeutung. In vielen Völkern wird er als Symbol für Langlebigkeit und Widerstandskraft verehrt. Aus seinen Blättern gewinnt man wertvolle Stoffe, die von der Pharmaindustrie zu Pillen und Tinkturen verarbeitet werden und die helfen können, wenn die geistige Fitness nachlässt oder wenn es im Ohr saust. Sie fördern die Fließeigenschaften des Blutes, die Gedächtnisleistung, die Konzentration und unterstützen bei Schwindel und Tinnitus-Ohrgeräuschen.

Der Baum ist bekannt für seine Immunität gegenüber Umweltbelastungen, was ihn zu einem idealen Gewächs in der Gegenwart macht. Im August, wenn viele andere Pflanzen unter der Hitze und dem Stress der Sommermonate leiden, zeigt sich der Ginkgo in bester Verfassung.

Der Ginkgo hat Jahrtausende überlebt und sich wenig verändert. Er ist daher nicht nur eine ästhetische Bereicherung, sondern auch eine Erinnerung an die lange Geschichte und Beständigkeit der Natur. Besucher können seine einzigartige Schönheit bewundern und sich von seiner imposanten Erscheinung inspirieren lassen. Goethe sagte dazu:

Dieses Baumes Blatt, der von Osten
meinem Garten anvertraut,
gibt geheimen Sinn zu kosten,
wie's den Wissenden erbaut.

Ist es ein lebendig Wesen,
das sich in sich selbst getrennt?
Sind es zwei, die sich erlesen,
dass man sie als eines kennt?

Solche Fragen zu erwidern
fand ich wohl den rechten Sinn.
Fühlst du nicht an meinen Liedern,
dass ich eins und doppelt bin?

*

In diesem August erreicht die sommerliche Hitze ihren Höhepunkt. Für die Gärtner ergeben sich daraus zahlreiche Aufgaben, damit der Park seine Aura nicht einbüßt. Das reicht von der Pflege der Pflanzen bis hin zu den Vorbereitungen auf den Herbst. Die Männer in Grün haben alle Hände voll zu tun.

Die Hitze ist oft unerbittlich. Die Pflanzen benötigen viel Wasser, um gesund und kräftig zu bleiben. Die Gärtner sind daher täglich damit beschäftigt, die Bewässerungssysteme zu überprüfen und alles Grünende ausreichend mit Wasser zu versorgen. Besonders wichtig ist ihnen, junge Bäume und frisch gepflanzte Sträucher regelmäßig zu bewässern, die noch keine tiefen Wurzeln haben.

Der Sommer bringt nicht nur schönes Wetter, sondern auch eine Vielzahl von Schädlingen. Die Gärtner überwachen die Pflanzen auf Anzeichen von Schädlingsbefall und Krankheiten. Bei Bedarf setzen sie in den frühen Morgenstunden biologische Bekämpfungsmittel ein. Sie schützen die Pflanzen, aber belasten nicht die Umwelt.

Besonders die Rasenflächen benötigen große Aufmerksamkeit, nicht zuletzt deshalb, weil sie wegen der vielen Veranstaltungen sehr strapaziert werden. Die Gärtner mähen sie regelmäßig jeden Dienstag und Freitag, um sie kurz und gepflegt zu halten. Zusätzlich vertikutieren sie und entfernen Moos und Rasenfilz, damit das Gras atmen kann und gesund bleibt.

Auch kümmern sich die Gärtner um die Instandhaltung der Wege, Bänke und Stühle. Sie bessern die Gehwege aus, streichen über Nacht Bänke und Stühle und säubern Teiche und Wasserläufe. Und im Kräuter- und Gemüsegarten steht die Erntezeit an. Was die Besucher nicht schon geerntet haben, gehört den Gärtnern, die dafür Unkraut jäten und die Beete wässern und pflegen.

*

Unser kleines Paradies verwandelt sich in den Sommerferien in eine Abenteuerlandschaft. Ein abwechslungsreiches Ferienprogramm bietet Kindern die Möglichkeit, die Natur zu erkunden, kreativ zu werden und jede Menge Spaß zu haben. Sie können zu kleinen Naturforschern werden und die Geheimnisse der Bäume entdecken. Geführt von einem pädagogisch geschulten Förster lernen sie die Baumarten und die bunten Blumen kennen, beschäftigen sich mit Insekten und suchen nach Spuren von Tieren. Ausgestattet mit Lupen und Büchern bestimmen sie unter fachkundiger Anleitung die Pflanzen, sammeln Blätter, lauschen dem Vogelgezwitscher, dem Rauschen der Bäume, dem Summen der Bienen und Hummeln und hören spannende Geschichten über die Natur.

Der kleine Bach ist die perfekte Kulisse für Abenteurer. Mit Gummistiefeln und Keschern ausgerüstet, stapfen die Kinder durchs Wasser und erforschen unter Anleitung seine Bewohner. Sie lernen viel über die Tierchen im Wasser, ihre Lebensräume und ihre Lebensweise. Sie begeistern sich für Libellen. Vielleicht geht ihnen sogar ein kleiner Frosch ins Netz. Sie beobachten Wasserpflanzen, basteln kleine Boote und Flöße aus Papier und experimentieren damit. Viele Kinder werden pitschnass, aber gerade das bereitet ihnen Vergnügen und stört bei der Hitze an diesem Tag überhaupt nicht.

Unter freiem Himmel sind kleine Ateliers eingerichtet, wo man mit Farben, Papier und Naturmaterialien allerlei Kunstwerke gestalten darf. Begeistert fertigen Jungen und Mädchen Schablonen verschiedener Bäume und zaubern so mit Wasserfarben und Pastellkreiden ganze Wälder aufs Papier. Sie bemalen Steine. Sie basteln aus Naturmaterialien einen Park. Sie erfinden Skulpturen aus Ästen und Blättern. Kunstlehrer ermutigen, auch mit den Händen zu malen und neue Gestaltungstechniken auszuprobieren.

Lehrer und Lehrerinnen der Musikschule haben in der Nähe des Musikpavillons allerlei Musikinstrumente in kleinen Größen ausgelegt: zwei Geigen, zwei Gitarren, diverse Glockenspiele, Xylophone und andere Schlaginstrumente, große und kleine Blockflöten und sogar zwei Akkordeons für junge Einsteiger, die dieses Instrument erlernen möchten. Eines hat Tasten, das andere Knöpfe. Die Lehrer führen alle Instrumente vor und ermutigen die Kinder, sie selbst auszuprobieren. So hört man es aus allen Ecken des Parks singen, klingen, fiedeln, flöten, trommeln und Saiten zupfen.

Auf der Spielwiese werden sogar Tanzstunden angeboten. Unter Anleitung einer Lehrerin studieren die kleinen Tänzerinnen und Tänzer eine Choreografie ein, andere stehen im Kreis und klatschen den Rhythmus dazu.

Ein Bewegungsparcours fordert die Kinder heraus, ihre Geschicklichkeit und Ausdauer zu testen: am Klettergerüst, auf dem Balancierbalken, auf Sprungmatten, über Hindernisse. Anfeuerungsrufe und Jubelschreie schallen über die Wiese. Nebenan finden klassische Spiele wie Verstecken, Fangen oder Sackhüpfen statt.

Sogar ein kleines Gartenprojekt wird angeboten. Die Kinder dürfen Hochbeete anlegen, bunte Blumen säen und Feldsalat, Kohlrabi, Spinat und Radicchio setzen. Gießkannen und Gartengeräte stehen bereit.

*

Ein Erzähler verwandelt den Park in eine Fantasie- und Abenteuerbühne. Mit Geschichten und Erzählungen zieht er eine Woche lang die Besucher in seinen Bann. Er hat das Glück auf seiner Seite, denn alle Auftritte im Musikpavillon finden bei gutem Wetter statt. Die Zuschauerreihen sind deshalb bis auf den letzten Platz besetzt.

Nachmittags erweckt er klassische Märchen zum Leben. Mit eindrucksvoller Stimme und lebhafter Mimik und Gestik lässt er bekannte Geschichten von Prinzessinnen, Drachen und Helden vor den Augen der kleinen Zuhörer lebendig werden. Am ersten Tag präsentiert er das Märchen *Dornröschen*, am zweiten *Hänsel und Gretel* und am dritten *Der gestiefelte Kater*. Die sanfte, beruhigende Stimme des Erzählers, mal leise geflüstert, mal dramatisch donnernd, zieht die Kinder in ihren Bann.

In der zweiten Wochenhälfte erzählt er spannende Abenteuer und entführt seine kleinen Gäste in fremde Länder, auf hohe See oder in fantastische Welten. Er beschreibt mutige Entdecker, geheimnisvolle Inseln und verborgene Schätze. Der wechselnde Tonfall des Erzählers verstärkt die Spannung der Geschichten. Faszinierte Gesichter in den Zuschauerreihen, Kinder, die vor Aufregung den Atem anhalten, und Erwachsene, die sich an ihre eigene Kindheit erinnern. Zuweilen bindet der Erzähler das Publikum aktiv in seine Geschichten ein. Die Kinder dürfen entscheiden, wie die Handlung weitergehen soll. Und so tragen alle zum Gelingen der Nachmittage bei. Lachen und Applaus, erstaunte und freudige Gesichter sind der Lohn des Erzählers.

Am Abend erzählt der Alleinunterhalter Geschichten für Erwachsene. Es geht um historische Ereignisse und berühmte Persönlichkeiten. Mit seinem lebendigen Vortrag nimmt er die Zuhörer von Anfang an mit auf seine Reise durch die Zeit. Von großen Erfindern, berühmten Schlachten und bedeutenden Wendepunkten der Geschichte weiß er zu berichten. Sein fesselnder Erzählstil erweckt die Vergangenheit wieder mit Leben. Er integriert zeitgenössische Lieder, Gedichte und Bilder auf Leinwand in seine Darbietungen. Immer wieder setzt er sich ans Klavier und rezitiert auswendig. Das Publikum ist hingerissen.

*

Alice Adler, leidenschaftliche Journalistin und Romanschreiberin, führt einmal im Jahr im Auftrag ihrer Zeitung durch den wunderschönen Park. Heuer steht ein besonderes Ereignis an: Unser kleines Paradies blickt auf eine 175-jährige, stolze Geschichte zurück. Frau Adler will den Besuchern amüsante Anekdoten und interessante Fakten zur Entwicklung und Bedeutung des Parks präsentieren.

Sie beginnt ihre Führung am großen Spielbrunnen, in dem schon viele Kinder sitzen und planschen und besorgte Eltern auf den Bänken rundum aufpassen, was ihre Kleinen machen. Frau Adler schildert die Gründung unseres Parks im Jahr 1849. Damals habe König Wilhelm I. von Württemberg in Bad Cannstatt bereits eine Anlage im maurischen Stil als heiteres, exotisches und festliches Refugium für sich und seinen Hofstaat besessen. Schon 1842 habe er dieses auf seinen eigenen Namen *Wilhelma* getauft. Dann seien ein Badehaus und ein Wohngebäude mit mehreren Räumen hinzugekommen, darunter auch ein Kuppelsaal und zwei angrenzende Gewächshäuser mit je einem Eckpavillon. Aus Anlass der Hochzeit des Kronprinzen Karl mit der Zarentochter Olga sei das Gelände am 30. September 1846 offiziell als Park eingeweiht worden.

Der hiesige Besitzer einer Maschinenfabrik verehrte König Wilhelm I. von Württemberg sehr. Als ihm der Monarch die Ehre erwies, ihn durch seine Wilhelma zu führen, beschloss der Fabrikant, kaum wieder zuhause, in der Nähe seiner Villa einen prächtigen botanischen Garten mit vielen Bäumen zu erschaffen, war doch auch der König ein großer Baumliebhaber. Im Testament vermachte der Parkgründer seine Anlage der Stadt unter der Bedingung, dass sie eine Stiftung gründet, die sein Erbe hegt und pflegt. Er bestimmte ferner, dass man im Park weder fahren noch reiten, sondern ausschließlich zu Fuß unterwegs sein darf. Und er legte fest, dass auf ewig jedermann freien Zutritt zum Park hat.

„Der Park wurde ursprünglich auf einem alten Weideland angelegt, das zuvor von der Landwirtschaft genutzt wurde", fuhr Alice Adler fort. „Der Gründer hatte die Vision, eine grüne Oase für seine Stadt zu schaffen, um den Menschen einen Rückzugsort vom städtischen Trubel zu bieten."

Den ersten Plan im Auftrag der Stadt habe der renommierte Landschaftsarchitekt Johann Müller ausgeführt, der breite Spazierwege und gepflegte Rasenflächen anlegen ließ und eine Vielzahl exotischer Bäume, Sträucher und Blumen integrierte. Der Park sollte ästhetisch und funktional überzeugen. Dabei habe sich Müller von den englischen Landschaftsgärten inspirieren lassen und ein harmonisches Zusammenspiel von offenen Flächen und schattigen Baumgruppen und Sichtachsen geschaffen.

Im Laufe der Jahre sei der Park stetig erweitert und modernisiert worden. Doch im Ersten Weltkrieg gab es eine große Zäsur. 1917 ließ die Regierung Holzbaracken im Park errichten, worin frisch operierte Frontsoldaten gesund gepflegt wurden. In den 1920-

er Jahren kamen ein Rosengarten und ein Musikpavillon hinzu, die schnell zu beliebten Attraktionen wurden. In der Nazizeit wurde der Park zu Fahnenaufmärschen und Parteiveranstaltungen missbraucht. Während des Zweiten Weltkriegs waren Teile des Parks beschädigt, dennoch wurden wieder Lazarettbaracken aufgebaut, die auch nach dem Krieg, bis etwa 1950, mit Ausgebombten und Heimatvertriebenen, vor allem aus dem Sudetenland, belegt waren. Danach setzten engagierte Bürger und die Stadtverwaltung alles daran, den Park wieder in altem Glanz erstrahlen zu lassen.

„In den 1960-er Jahren war der Park Schauplatz zahlreicher kultureller Veranstaltungen, darunter Konzerte, Theateraufführungen und Kunstausstellungen", erzählt Alice Adler. „Besonders bekannt waren damals die Sommerfeste, die jedes Jahr Tausende angelockt haben."

Im letzten Jahrzehnt habe der Park eine immer wichtigere Rolle im Umweltschutz und der Förderung der Biodiversität gespielt. Verschiedene Projekte seien initiiert worden, um die heimische Flora und Fauna zu schützen sowie die Artenvielfalt zu fördern und den Park als Lebensraum für viele Baum- und Pflanzenarten zu erhalten.

Heute biete der Park eine Vielzahl von Freizeit- und Erholungsmöglichkeiten. Neben den klassischen

Spazierwegen gebe es Spielplätze, Sportanlagen, einen kleinen Streichelzoo und regelmäßig stattfindende Events, die den Park lebendig und attraktiv machen.

Alice Adler schließt ihre Erzählung mit einem Ausblick auf die zukünftigen Pläne für den Park. Sie betont, wie wichtig es sei, dieses historische Erbe zu bewahren und gleichzeitig den Park weiterzuentwickeln, um den Bedürfnissen der kommenden Generationen gerecht zu werden.

Die Gäste sind beeindruckt von der reichen Geschichte und der gegenwärtigen Ausgestaltung der Anlage. Sie bedanken sich herzlich bei Alice Adler für ihre lebhaften Schilderungen.

*

Am letzten Samstag des Monats, es ist ein lauer Abend, versammeln sich die Besucher erwartungsvoll vor dem Musikpavillon. Eine talentierte Laienspielgruppe tritt auf. Sie will das Publikum mit einem Schwank unterhalten. Die Atmosphäre ist schon vor Beginn heiter und beschwingt. Die Bäume ringsum bilden eine natürliche Kulisse für das bevorstehende Schauspiel.

Die Aufführung beginnt mit einer charmanten Begrüßung. Eine junge Frau tritt vor den Vorhang und sagt: „Meine Damen und Herren, seien Sie herzlich willkommen zu unserer heutigen Abendpremiere. Wir entführen Sie in die dörfliche Welt des 19. Jahrhunderts mit einem Schwank. Wir zeigen Ihnen das alltägliche Leben und die kleinen und großen Missgeschicke der Menschen von damals."

Der Vorhang hebt sich. Die Kulisse versetzt die Zuschauer sofort mitten hinein in eine Dorfszene. Sie sehen eine malerische Straße mit Fachwerkhäusern, Kirche, Marktplatz, Rathaus und einem rustikalen Gasthaus. Auch Requisiten und Kostüme sind biedermeierlich.

Der Schwank lebt von Anfang an von komödiantischen Verwicklungen und Missverständnissen. Der Pfarrer, der Dorfschultheiß, der Gastwirt, der Dorfschulmeister und etliche Dorfbewohner stolpern von einer lustigen Situation in die nächste. Dabei werden ihre Eigenheiten und Marotten liebevoll überzeichnet. Die Zuschauer lachen herzhaft über die Missgeschicke der Charaktere, die mit pointiertem Wortwitz und Klamauk das Dorfleben nachzeichnen. Vom verträumten Pfarrer über den verschrobenen Bürgermeister, die geschwätzige Marktfrau und den überkandidelten Schulmeister bis hin zum tollpatschigen Lehrjungen – jede Figur bringt ihre eigene Note in die Aufführung ein.

Im Schwank geht es einerseits um Liebe und Eifersucht und andererseits um das Spannungsverhältnis zwischen Tradition und Fortschritt. Beide Motive sind in humorvolle Dialoge und Szenen verpackt, die beim Publikum sowohl zum Lachen als auch zum Nachdenken führen. Die Schauspieler beziehen die Zuschauer in ihre Darbietung ein, indem sie spontan deren Reaktionen kommentieren. Kleine Improvisationen und direkte Ansprachen ans Publikum sorgen für zusätzliche Lacher und eine lockere, beschwingte Atmosphäre.

Nach dem Höhepunkt des Schwanks, bei dem sich alle Missverständnisse auf humorvolle Weise auflösen, naht das Ende der Aufführung mit einer fröhlichen Schlussrede des Dorfschultheißen. Die Darsteller verbeugen sich und erhalten tosenden Applaus.

Die junge Frau, die schon eingangs zu hören war, tritt vor die Bühne: „Vielen Dank, meine Damen und Herren! Es war uns eine Freude, Sie heute Abend unterhalten zu dürfen. Wir hoffen, Sie hatten genauso viel Spaß wie wir!"

Nach der Aufführung mischen sich die Darsteller unter die Zuschauer, um Gespräche zu führen und Fragen zu beantworten. Diese persönlichen Begegnungen lassen die Besucher noch tiefer in die Welt des Theaters eintauchen. Viele machen Erinnerungsfotos mit den kostümierten Darstellern.

September

Bald ist die Zeit der feurigen Blumen vorbei. Zum Ende dieses Monats zeigen viele Pflanzen wieder dezentere Farben. Weiß gibt dann den Ton an. Dazu harmonieren melancholisches Violett und verschiedene Blautöne. Einige Blumen sind noch farbenreich, zum Beispiel die Astern und Lilien. Hornveilchen und Ziersalbei zeigen eine zweite Blüte. Neu hinzu kommen Herbststerne, Lilien, Sterngladiolen, Lampenputzergras, Tagetes, auch Studentenblumen genannt, und Rispenhortensien.

Der Japanische Ahorn, in den Sommermonaten meist in sattem Grün, präsentiert sich nun in leuchtendem Rot, warmem Orange und kräftigem Gelb. Nicht wenige Besucher kommen nur seinetwegen in den Park. Sie wollen diese Farbenpracht bewundern und fotografieren.

Der Japanische Ahorn tritt in unseren Breiten als mittelgroßer Strauch oder kleiner Baum auf. Wegen seiner ästhetischen Form, seinen weit verzweigten Ästen und seiner schönen Silhouette sitzen oft Leute davor und malen oder zeichnen ihn. Auch die Gärtner mögen ihn, ist er doch pflegeleicht und passt sich an fast jeden Standort an. Nur Staunässe kann er nicht leiden. Lieber steht er trocken und windgeschützt.

Die Japaner sehen in ihm ein Symbol des Friedens, der Anmut und der Schönheit. Das erklärt sich im Herbst von allein, wenn sich seine Blätter färben. Zahlreiche fernöstliche Dichter haben sich von ihm inspirieren lassen und Künstler aus der ganzen Welt haben die Herbstfarben und eleganten Blattformen des prächtigen Baumes in Öl- und Aquarellbildern verewigt. Auch bei traditionellen Zeremonien wie Hochzeiten und Beerdigungen spielt der Baum eine große Rolle.

Wenn der Sommer jeden Tag einen Schritt zurückweicht, haben die Gärtner viel zu tun. Sie bereiten den Park für die kommenden Monate vor. Jetzt ist die ideale Zeit, Chrysanthemen, Astern und Heidekraut in Beete, Rabatte und Kübel zu setzen, bringen diese Blumen doch Farbe in unser kleines Paradies und verlängern die Blühsaison. Auch Tulpen, Narzissen, Krokusse und Hyazinthen müssen bald in den Boden, damit sie über den Winter wurzeln können und im Frühling blühen.

Mitte des Monats beginnt das erste Laub zu fallen. Gleich blasen es die Gärtner zusammen und harken es weg. Würden sie es liegenlassen, könnte ihnen in Anbetracht der riesigen Laubmenge die Arbeit in den nächsten Wochen über den Kopf wachsen.

*

Schwarze, lange Haare, schwarze Brille, schwarzer Rucksack auf der Schulter, verwaschene blaue Jeans, hohe Stiefeletten aus hellbraunem Wildleder, himmelblaue Jacke und darunter einen schwarzen Rollkragenpullover. In diesem Outfit stiefelt eine Endzwanzigerin an einem sonnigen Samstag den Hauptweg entlang. Die Parkverwaltung veranstaltet ein Suchspiel für Familien und möchte spannende und unterhaltsame Aktivitäten bieten, sowohl für Kinder als auch für Erwachsene.

Alice Adler beobachtet die junge Dame und die übrigen Teilnehmer durchs Fenster des Cafés. Alle streben dem Musikpavillon zu. Sehr schnell stellt sie fest, dass die Schwarze sich an einem elegant gekleideten Mann mit kurzen, blonden Haaren orientiert, der in einiger Entfernung vor ihr schlendert und sich dabei alles genau besieht. Bleibt er stehen, stoppt auch sie. Dreht er sich um, geht sie in Deckung. Flaniert er weiter, setzt sie ihren Weg fort.

Auf der Bühne im Musikpavillon steht Chefgärtner Schöllhorn. Heute ist er Spielleiter. Über Mikrofon begrüßt er die Anwesenden: „Willkommen zum Suchspiel! Heute werdet ihr den Park auf eine ganz besondere Weise erkunden. Achtet gut auf die Hinweise und habt viel Spaß!" Dann erklärt er die Regeln und den Ablauf des Spiels.

Und während Schöllhorn Spielteams bilden lässt, zottelt der elegant Gekleidete auf das naheliegende Café zu, bleibt draußen kurz stehen und geht zielstrebig nach innen, an Alice Adler dicht vorbei. Sie riecht sein Deo, sie sieht sein glatt rasiertes Gesicht, sie bewundert seinen hellblauen Sakko mit dem roten Einstecktuch. Er übersieht sie und setzt sich an den Tisch hinter ihr.

Die Schwarze steht jetzt unschlüssig vor dem Café, setzt ihre Brille ab und versucht, nach drinnen zu schauen. Vergeblich. Die Fensterscheiben spiegeln von außen, während Alice Adler sie von innen eingehend betrachten kann. Ihr makelloses Gesicht ist diskret geschminkt. Sie hat eine gerade Nase, mandelförmige Augen, zarte Augenbrauen und einen fein gezeichneten Mund. Eine hübsche Person, muss Alice Adler neidlos anerkennen.

Die Schwarze zögert und setzt sich dann draußen an einen Tisch, mit dem Rücken zum Eingang, legt die Brille auf den Tisch und den Rucksack neben sich auf den Terrassenboden. Sie sagt etwas zu der Kellnerin und zieht einen Laptop aus ihrem Rucksack. Sie ruft eine Bilddatei auf, wie Alice Adler gerade noch erkennen kann, und tippt dann etwas in ihren Kleincomputer.

„So, jetzt kennt hoffentlich jeder sein Team und seine Farbe", sagt Herr Schöllhorn übers Mikrofon. „Gleich bekommt jedes Team von mir einen Plan unseres Parks und eine Startkarte in der Teamfarbe. Auf der Karte sind Hinweise und erste Aufgaben vermerkt. Und dann viel Spaß."

Die Teams verteilen sich im Park und lesen auf ihrer Startkarte, was sie zu tun haben. Manche Aufgaben lassen sich nur lösen, wenn man die Hinweise auf dem beigegebenen Plan entschlüsselt. Für andere muss man zuerst versteckte Markierungen im Park aufspüren. Zum Beispiel muss das Team Gelb zur großen Eiche neben dem Ententeich gehen und eine rote Markierung suchen. Dort finde es weitere Anweisungen.

An jedem Hinweisort warten neue Herausforderungen und Rätsel. Das können Wissensfragen, kleine sportliche Übungen oder knifflige Fragen sein, die gelöst werden müssen. Und schon erhält man den nächsten Hinweis.

Überall im Park stehen Erwachsene und Kinder zusammen, denken über die Rätsel nach, beantworten Fragen und unterstützen sich gegenseitig. Notiere fünf Vogelarten, die hier zu sehen oder zu hören sind, lautet eine der Aufgaben.

Während die Teams spielerisch den Park erkunden und unbekannte Ecken entdecken, rätselt Alice Adler, wer wohl die Schwarze und der Blonde sein könnten und was sie miteinander zu tun haben. Sie hat sich kurz umgedreht und bemerkt, dass der elegant Gekleidete in ein schmales Taschenbuch vertieft ist und Tee trinkt. Jetzt klappt die Schwarze draußen auf der Terrasse ihren Laptop zu, steht auf, steckt Laptop und Brille in den Rucksack, gibt der herbeieilenden Kellnerin einen Geldschein, winkt ab, als die herausgeben will, und geht. Sie hält einen Moment inne, versucht noch einmal, ins Café zu spähen, und strebt dann dem Haupteingang zu, ohne Brille auf der Nase.

Wozu trug die Schwarze vorhin diese auffällige Brille, die keine Sonnenbrille war, dieses hässliche Gestell, das sie weder fürs Lesen und Schreiben noch für die Fernsicht braucht? Alice Adler steht auf. Sie ruft „Bin gleich wieder da!" dem Barkeeper zu und eilt der Rätselhaften hinterher. Zu spät! Nirgendwo eine Spur von ihr.

Das Suchspiel gipfelt in einem einzigen Rätsel, das alle Teams lösen müssen. Es ist schwieriger als alle vorhergehenden Aufgaben. Es besteht aus Wissensfragen zu den Bäumen im Park, wozu man allerdings ein Handy zu Rate ziehen darf. In der richtigen Reihenfolge gelesen, ergeben bestimmte Buchstaben die Lösung: *unser kleines Paradies*.

Zum Abschluss treffen sich alle wieder vor dem Musikpavillon. Dort erwartet sie Herr Schöllhorn. Er kürt die drei schnellsten Teams mit richtigen Antworten. Sie bekommen prächtige Bildbände mit vielen Informationen über die Pflanzenwelt. Allen Kindern überreicht er zwei kleine Geschenke, gestiftet vom örtlichen Handel: Eis oder Schokolade und Malstifte oder Taschenbuch. Glückliche Gesichter, Applaus und Jubel danken es ihm.

*

Vier Jahrzehnte nach bestandenem Abitur treffen sich die Schulfreunde von damals. Sie wollen alte Zeiten aufleben lassen und neue Erinnerungen schaffen. Der Park, der noch in ordentlicher Blüte steht, bietet die perfekte Kulisse für ein buntes und fröhliches Klassentreffen, das niemand so schnell vergessen wird.

Die Bühne im Musikpavillon ist festlich geschmückt. Bunte Luftballons, Girlanden und ein großes Banner mit der Aufschrift *Klassentreffen 1984 – 2024* empfangen die Gäste. Ein langer Tisch ist aufgebaut; die leckeren Speisen werden später geliefert. Überall stehen kleine Tische und Stühle für gemütliche Gespräche bereit.

Die ehemaligen Mitschüler treffen nach und nach ein, viele mit strahlendem Gesicht und neugierigen Augen. Es gibt freudige Wiedersehen, herzliche Umarmungen und überraschte Ausrufe, wenn man alten

Freunden nach so vielen Jahren wieder begegnet und sie zuweilen erst auf den zweiten Blick erkennt.

„Ich kann's kaum glauben, Gerlinde, dass wir uns vor vierzig Jahren zuletzt gesehen haben", sagt Klaus. „Wie wenig du dich doch verändert hast!"

Gerlinde umarmt Klaus, der in der Schule direkt vor ihr gesessen hat. „Wie schön, dich wiederzusehen!"

Eine Stellwand zeigt Klassenfotos, vor allem Erinnerungen an Schulausflüge und Veranstaltungen ihrer alten Penne. Die Gäste betrachten und kommentieren die Bilder, lachen über Geschichten von damals und erinnern sich an längst vergangene Zeiten.

Damit die Stimmung aufgelockert wird, hat das Planungstrio, bestehend aus Jörg, Antje und Gerlinde, allerlei vorbereitet. Zunächst ein Quiz über die Schulzeit. Dann ein Geschicklichkeitswettbewerb und zwei Schnellraterunden. Schließlich viele Fragen über die verflossenen vierzig Jahre. Jörg, ehemaliger Klassenkasper, ist grauhaarig geworden, aber kein bisschen leiser. Er gefällt sich in der Rolle des Conférenciers. Gekonnt führt er durch das Quiz, moderiert die kleinen Wettbewerbe und stellt die Fragen. Zum Mittag hin spielt er sogar den Diskjockey, was er schon früher gern bei Klassenpartys tat. Einen Hit aus den 1980-er Jahren nach dem anderen legt er auf. Einige wagen sich auf die improvisierte Tanzfläche und schwingen das Tanzbein zu den Klängen ihrer Jugend.

Ein Partyservice baut derweil ein großes Buffet auf. Es gibt alte Lieblingsgerichte aus der Schulzeit und neue Köstlichkeiten. Alle genießen das Essen und die Gesellschaft, während sie Erinnerungen und Neuigkeiten austauschen. Sogar drei ehemalige Lehrer und eine Lehrerin sind zum Mittagessen gekommen und mischen sich unter ihre ehemaligen Schülerinnen und Schüler.

Zuerst ruft Jörg die einstige Biologie- und Geografielehrerin, Fräulein Wiese, auf die Bühne. Sie ist inzwischen vierundachtzig Jahre alt und so gut aufgelegt wie früher. Sie erzählt, was sie noch von ihrer ehemaligen Klasse weiß, berichtet über ein paar Streiche der Schüler und meint auf Jörgs Frage nach ihrem Wohlbefinden: „Mir geht es gut. Die Schule vermisse ich überhaupt nicht. Ich lese viel und gehe oft auf Reisen, meist mit dem Bus nach Nord- und Ostdeutschland. Und wenn es euch in meinem jetzigen Alter auch so gut gehen wird, dann habt ihr alles richtig gemacht."

Die drei Lehrer, die Jörg danach auf die Bühne ruft und interviewt, haben mit Pädagogik und Schule nichts mehr im Sinn. Einer berichtet von seinen Touren mit dem E-Bike durch die nähere Heimat. Der zweite schwärmt von Gran Canaria, wo er alljährlich von Anfang November bis Mitte März lebt. Und der dritte hat sich in ein Seniorenstift zurückgezogen und vertreibt sich die Zeit mit Malen und warnt seine ehemalige Klasse: „Meiden Sie Alkohol! Wenn einer trinkt, um seine Sorgen zu ersäufen, dann merkt er nämlich erst hinterher, dass die Sorgen schwimmen können. Und bedenken Sie, wenn Sie sich politisch äußern und allerlei kritisieren, dass bei einem Regierungswechsel die Misthaufen bleiben, bloß andere Fliegen draufsitzen.‘

Nach dem Essen schlendern sie gemeinsam durch den Park, geführt von Forstdirektor Rempfer, der dieselbe Schule besucht hat wie seine Gäste, nur über ein Jahrzehnt früher. Sein Thema ist der Klimawandel und die Maßnahmen, wie man ihm begegnen kann.

Zum Abschluss des Tages versammeln sich alle vor dem Musikpavillon für ein großes Gruppenfoto. Lächelnd stehen sie Arm in Arm. Forstdirektor Rempfer fotografiert. Das Bild, verkündet Jörg, werde jedem Teilnehmer zugesandt. Es möge eine wertvolle Erinnerung an ein gelungenes Klassentreffen werden.

Langsam neigt sich der Tag dem Ende zu. Herzlich verabschieden sich die Teilnehmer. Einige vereinbaren ein baldiges Wiedersehen. Andere bleiben noch etwas länger, um Gespräche zu vertiefen.

*

Es ist ein lauer Samstagabend. Überall im Park Leute in ausgelassener Stimmung, denn der Rundfunk hat zu einem besonderen Ereignis eingeladen: einem Musikabend am Musikpavillon. Schlagerfans aus nah und fern strömen herbei. Sie wollen ihre Lieblingskünstler live erleben und gemeinsam feiern.

Der Musikpavillon ist festlich gestaltet. Bunte Lichterketten, Luftballons und ein Banner mit dem Logo des Rundfunks und dem Motto des Abends schmücken die Bühne und den umliegenden Bereich: *Schlager im Park*. Der Duft von süßen Waffeln, frischem Popcorn und Bratwürsten liegt in der Luft.

Die Besucher finden nach und nach ihre Plätze auf den durchnummerierten Bänken und Stühlen vor der Bühne. Etliche bevorzugen es, auf Decken im Gras zu sitzen. Viele haben Kühltaschen dabei. Sie wollen sich einen gemütlichen Abend machen.

Der Rundfunkmoderator begrüßt das Publikum und stimmt es auf das bevorstehende Programm ein: „Herzlich willkommen! Sie erleben heute einige der bekanntesten Schlagerstars. Wir haben in den letzten vier Wochen unsere Hörer befragt, welche Schlager wir heute Abend spielen sollen. Daraus haben wir für Sie eine Hitparade der beliebtesten Titel erstellt.

Freuen Sie sich also auf beschwingte Musik und zündende Rhythmen!"

Die ersten Musikanten, nur den Insidern bekannt, spielen und singen Gassenhauer und aktuelle Hits. Sie bringen das Publikum sofort in Stimmung. Es wird mitgesungen, mitgeklatscht und geschunkelt.

Im Laufe des Abends treten bekannte Schlagerstars in glitzernden Kostümen auf. Jeder Künstler bringt seine eigene Show mit und bietet abwechslungsreiche Unterhaltung. Überraschungsgäste sorgen für zusätzliche Highlights.

Zwischen den Auftritten wird das Publikum immer wieder zum gemeinsamen Singen und Tanzen animiert. Das bringt die Zuschauer noch mehr in eine ausgelassene Stimmung. Sie tanzen und singen: „Und dann die Hände zum Himmel, komm, lasst uns fröhlich sein. Wir klatschen zusammen und keiner ist allein!"

Zum Abschluss kommen alle Künstler auf die Bühne zum großen Finale, einem Medley der größten Hits. Dann wird ein Feuerwerk gezündet. Bunte Lichter erhellen den Nachthimmel über dem Park.

Nach dem offiziellen Programm zeigen sich viele Stars freundlich, umgänglich und zuvorkommend. Sie schreiben Autogramme und stellen sich für Selfies in Pose. Manche Jungen und Mädchen, die heute ausnahmsweise länger aufbleiben durften, können ihr

Glück kaum fassen. Ein Mädchen schlägt mit weit geöffnetem Mund die Hände über dem Kopf zusammen. Ein Junge klatscht sich mit seinem Kumpel ab und umarmt ihn. Wieder andere hüpfen vor Freude umher. Dann ertönt Musik vom Band. An den Ständen werden Popcorn, Bratwürste, allerlei Snacks und Getränke verkauft.

*

Der Klanggarten im Park ist ein Platz für Ruhe und Entspannung. Hier haben die Gärtner zahlreiche Liegen, einige Liegestühle und viele bequeme Stühle aufgestellt, die sich harmonisch in die natürliche Umgebung einfügen. Die sanfte Musik, die aus Lautsprechern von den Bäumen herabrieselt, schafft eine beruhigende Stimmung und zieht Menschen jeden Alters an.

Beim Betreten des Klanggartens spüren die Besucher sofort die wohltuende Wirkung des Ortes. Raschelnde Blätter, zwitschernde Vögel, sanfte Musik und Sonnenstrahlen, die durch das Blätterdach dringen und ein irisierendes Lichterspiel auf den Rasen zaubern.

Die meisten Besucher lassen sich auf einer Liege oder einem Stuhl nieder und lesen. Andere breiten Decken und Kissen aus und dösen. Die gedämpfte

Musik im Hintergrund fördert Entspannung und Leselust. Manche lauschen den Klängen der Natur und der leisen Musik. Einzelne nutzen die Ruhe des Klanggartens für Meditation oder Yoga-Übungen. Sie breiten Matten aus und konzentrieren sich auf ihre Atmung und ihre körperlichen und geistigen Aufgaben. Wenige sind in Gruppen gekommen. Für sie gibt es im Klanggarten einen abgelegenen, besonders gekennzeichneten Platz, wo man sich leise unterhalten darf.

Auch Otto Langfeld liebt den Klanggarten. Gern ruht er in einem Liegestuhl und liest. Weil er derzeit das Parkcafé samt näherer Umgebung meidet, kommt er früh am Morgen, denn dann kann er sich aussuchen, wo er sitzen möchte. Tags zuvor hat er Jenny Erpenbecks Roman *Heimsuchung* gekauft. „Das Buch müssen Sie unbedingt lesen", hatte ihm der Buchhändler geraten, „denn es wirft einen poetischen Blick auf die deutsche Geschichte des letzten Jahrhunderts. Im Ausland sind Erpenbeck und ihr Roman bekannter als in Deutschland."

„Warum?"

„Vielleicht deshalb, weil die Autorin aus dem Osten unseres Landes kommt. Aber lesen Sie selbst."

Und Otto Langfeld liest und liest und vergisst dabei die Welt um sich herum. Im Roman geht es um ein Haus mit Garten. Es steht an einem See unter

Bäumen, inmitten einer eiszeitlich geprägten Landschaft. Nach und nach werden die Bewohner des Hauses vorgestellt.

Erst als es zu nieseln beginnt und feine Tröpfchen auf das Papier fallen, blickt Langfeld auf und merkt, dass es schon Mittag ist. Hohe Zeit, nach Hause zu gehen.

*

Im September, wenn das Wetter oft noch angenehm mild ist, machen viele Schulklassen einen Ausflug. Ein beliebtes Ziel ist unser kleines Paradies. Es bietet jungen und älteren Schülern einen Tag mit Spiel, Spaß und unvergesslichen Erlebnissen. Auch für die Pädagogen ist der Park als Ausflugsziel attraktiv, kann doch kein Kind in dem eingehegten Gelände verloren gehen, auch wenn es weitläufig ist. Und wenn eines doch mal nicht weiß, wo seine Kameraden sind, kann es jemand fragen. Sogar bei Regen gibt es viele Möglichkeiten, die Kinder zu beschäftigen.

Gegen zehn Uhr fährt ein Bus am Parkeingang vor. Schülerinnen und Schüler steigen singend und johlend aus. Die beiden Lehrerinnen geben letzte Anweisungen.

Wie viele andere Schulen auch hat diese Klasse ein komplettes Tagesprogramm gebucht, das die Kurverwaltung ausgearbeitet hat. Ein Parkführer nimmt die Kinder gleich am Eingang in Empfang: „Willkommen im Park! Wir haben für euch viele spannende Aktivitäten vorbereitet. Aber denkt immer daran, respektvoll mit der Natur umzugehen! Und nun viel Spaß!" Es folgt eine kurze Einführung in das Programm.

In Gruppen startet die geführte Entdeckungstour durch den Park. Einige lernen etwas über die heimische Flora und Fauna, erforschen den Teich und betrachten Insekten und Pflanzen. Die Parkführer erklären die interessantesten Fakten. Wenige gehen gleich zum großen Spielplatz, der mit Klettergerüsten, Schaukeln und Rutschen ausgestattet ist. Hier können sie sich austoben und ihre Energie loswerden.

Zur Mittagszeit versammeln sich alle auf dem großen Sportgelände, wo Decken ausgebreitet werden und die Mädchen und Buben ihre mitgebrachten Vespertüten auspacken. Der Parkführer hat an der gemauerten Grillstelle ein Feuer entfacht. Brot, Würstchen und Gemüse garen in der heißen Glut rasch. Die Lehrerinnen verteilen Getränke und helfen aus, wo's fehlt oder hakt.

Nach dem Mittagessen nehmen einige Kinder an einem Quiz teil und laufen mit Karten und Handys durch den Park. Andere bevorzugen die kreativen

Angebote, basteln, malen oder sammeln Naturmaterialien und gestalten kleine Kunstwerke.

Um halb fünf ist Schluss. Die Buben und Mädchen folgen ihren Lehrerinnen zum Parkausgang. Vor dem Bus zählen die Lehrerinnen ihre Schützlinge, dann steigen alle ein und fahren heim, müde und mit vielen neuen Eindrücken im Rucksack.

*

An einem trüben Nachmittag, es ist schon herbstlich kühl, versammeln sich interessierte Besucher in wetterfester Kleidung am Haupteingang des Parks, gespannt darauf, was ihnen Chefgärtner Schöllhorn zu sagen hat. Viermal im Jahr, zu jeder Jahreszeit einmal, führt er durch die ausgedehnte Parkanlage und berichtet über exotische Pflanzen und Bäume. Wie auf Plakaten zu lesen, die seit Wochen aushängen, geht es heute um interessante Bäume.

Die Tour beginnt beim Japanischen Ahorn, der schon bald mit seiner leuchtend roten und orangefarbenen Blätterpracht beeindrucken werde, sagt Schöllhorn. Die Laubfarben reichten dann von Goldgelb über verschiedene Orange- und Rottöne bis zu einem tiefen Scharlachrot. Das Laub könne man gut und schnell kompostieren. Auch als Mulch eigne es sich. „Das hier ist der sogenannte Eisenhutblättrige Japanische Ahorn, der zuweilen auch Feuerahorn genannt wird", erläutert er. „Häufig wird er im Alter breiter als hoch und zeigt dann eine schöne, schirmförmige Krone."

Der nächste Halt ist beim Blauen Jacaranda. Der stamme aus Südamerika, verrät Schöllhorn, genauer von den sonnigen Hochebenen Argentiniens. Der Baum sei auch als Palisander bekannt und zähle zu den häufigsten Zierbäumen in den Tropen und Subtropen, denn dort begrüne und beschatte er viele Alleen in den heißen Monaten. Im Winter werfe er sein Laub ab, doch schon im zeitigen Frühling treibe er frisch aus und bilde lavendelblaue, etwa handtellergroße Glockenblüten, die einen honigähnlichen, zarten Duft verströmen und ein wahrer Blickfang für Besucher seien. „Der Blaue Jacaranda bringt ein Stück südamerikanische Exotik in unseren Park", begründet Schöllhorn seine Vorliebe für den Baum. „Aber verwechseln Sie ihn bitte nicht mit dem Blauglockenbaum, dem Lieblingsbaum des österreichischen Kaisers Franz Joseph. Der Blauglockenbaum stammt aus den milden Regionen Chinas, er wird sehr viel höher als der Jacaranda, etwa zwanzig Meter, und hat sehr viel größere Blütenstände. Einen Blauglockenbaum können sie neben dem Parkcafé bewundern. Ich zeige ihn später."

Dann führt er die Gruppe zum Seidenbaum mit seinen filigranen, seidenweichen Blüten: „Der Seidenbaum, auch als Schlafbaum bekannt, weil seine Rinde in der traditionellen chinesischen Medizin zu einem Schlafmittel verarbeitet wird, ist mit der Mimose verwandt. Er hat, wie Sie sehen, eine schirmförmige Krone. Seine Rinde ist dunkelgrau, die der neuen Äste olivgrün. Aus den Blüten entwickeln sich Schoten, die an Stangenbohnen erinnern und den ganzen Winter über den Baum zieren. Sein Laub färbt sich schokoladenbraun. Er stammt aus den wärmeren Regionen Asiens und ist in unserem Park ein wahrer Hingucker. Leider ist er nicht besonders winterhart.“

Und schon geht es weiter zum Flammenbaum, dessen feuerrote Blüten wie Flammen aussehen. Chefgärtner Schöllhorn erklärt: „Dieser Baum ist auf Madagaskar zuhause und verträgt leider keine schweren Fröste. Sommers ist er gewiss einer der spektakulärsten Bäume in unserem Park. In tropischen Klimazonen ist er immergrün. Bei uns wirft er seine Blätter im Oktober ab. Sehr verbreitet ist er heutzutage auf Madeira und in der Karibik, nicht zuletzt deshalb, weil sein Holz sich zum Bauen eignet und seine Rinde Farbstoffe und Harz liefert.“

Der nächste Halt ist der Baobab, auch Affenbrotbaum genannt, der in den afrikanischen Savannen weit verbreitet ist und in Afrika seit Jahrhunderten medizinisch genutzt wird. Die Blätter würden zu Pulver verarbeitet, berichtet Herr Schöllhorn, das sich sehr positiv auf die Gesundheit auswirke. Es sei reich an Eisen und Antioxidantien, fördere die Darmflora und helfe beim Abnehmen. Und die Früchte würden gegen Pocken und Masern eingesetzt. In Afrika sei der Baum ein Symbol für Leben und Fruchtbarkeit, weil er den Menschen in trockenen Regionen Nahrung biete.

Die Gruppe wandert zur chilenischen Araukarie weiter. „Dieser auch Chiletanne oder Affenschwanz genannte Baum, ist bei uns selten", sagt Herr Schöllhorn. „Wir finden größere Exemplare dieses immergrünen und merkwürdig aussehenden Nadelbaums nahezu ausschließlich in Parks und Sammlungen exotischer Gehölze. Weil die Araukarie anspruchslos ist, lohnt es sich, sie als seltenes Schmuckstück in Gärten anzupflanzen." Die bekanntesten natürlichen Standorte seien auf Neuguinea, im Nordosten Australiens und auf vielen Inseln Ozeaniens. Der Name des Baums sei von der südchilenischen Provinz Arauco abgeleitet, wo man ihn zuerst entdeckt hat. In Chile werde er leider großflächig abgeholzt, weil sein Holz außergewöhnlich fest ist und eine schöne Maserung hat. Die Mapuche, die Ureinwohner, verehren die Araukarie als heiligen Baum.

Die Gruppe erreicht das Parkcafé. Dort steht der Blauglockenbaum, ein sommergrüner Baum aus China, der bis zu fünfzehn Meter hoch werden kann. Er hat eine breit ausladende Krone mit dicken, wenig verzweigten Ästen. Die Blätter sind groß, herzförmig, auf der Oberseite grün und auf der Unterseite weißlich behaart. Die Blüten seien blauviolett, trichterförmig und stünden in großen Rispen an den Enden der vorjährigen Zweige. Sie verströmten einen angenehmen Duft und lockten viele Insekten an. „Der Blauglockenbaum verträgt große Hitze und Trockenheit", erläutert Herr Schöllhorn. „Am besten gedeiht er an einem sonnigen Standort mit durchlässigem Boden. Er ist auch unter dem Namen Pawlownia bekannt geworden, benannt nach Anna Pawlowna, der jüngsten Tochter des russischen Zaren Paul I. und späteren Königin von Holland."

Nicht weit entfernt steht der Katsura, ein sommergrüner Baum, der in Japan beheimatet ist. „Er wird auch Kuchen- oder Lebkuchenbaum genannt, denn sein Laub duftet im Herbst nach Zimt und Karamell", erklärt der Chefgärtner. „Er wächst meist mehrstämmig und bildet eine kegelförmige Krone." Schöllhorn zupft ein paar Blätter vom Baum und verteilt sie an die Teilnehmer. „Wenn Sie die Blätter gegen das Licht halten, dann sehen Sie, dass sie bläulich-grün und auf der Unterseite hellgrün sind. Sie haben eine eigenartige Form, etwa wie die Nervenbahnen einer menschlichen Hand. Die Blätter verfärben sich im Herbst hellgelb bis scharlachrot." Im Herbst bilde der Baum kleine, braune Früchte. Leider sei er frostempfindlich und müsse vor kalten Winden geschützt werden.

Schöllhorn führt die Bauminteressenten zum Trompetenbaum, einem sommergrünen Baum aus dem Südosten der USA. Er werde auch Zigarrenbaum genannt, weil er lange, braune Fruchtkapseln bilde, die wie Zigarren aussähen. Der Trompetenbaum könne bis zu zwanzig Meter hoch werden und eine breite, rundliche Krone bilden. Bekannt sei der Baum vor allem wegen seiner prächtigen Blüten im Juni und Juli. Sie seien weiß, glockenförmig, innen gelb und purpurrot und dufteten süßlich. Der Trompetenbaum sei sehr wärmeliebend und brauche einen sonnigen, geschützten Standort und nährstoffreichen Boden.

„Und zum Schluss zeige ich Ihnen noch einen Baum, den Sie bestimmt kennen: die Schirmakazie. Sie stammt aus Asien und wird dort Seidenakazie oder auch Schlafbaum genannt, weil sich die Blätter bei Dunkelheit zusammenfalten. Die Schirmakazie treibt herrliche rosa Blüten, und zwar von Juni bis August, die in Büscheln wachsen und lange Staubfäden bilden, die wie Seidenfäden herabhängen. Bienen und Schmetterlinge mögen sie sehr."

Und dann geht Chefgärtner Schöllhorn noch auf die richtige Pflege der Exoten ein. Viele immergrüne Bäume bräuchten einen windgeschützten Standort. Manche wollen Trockenheit, andere viel Wasser. Auch solle man möglichst größere Pflanzen setzen, denn diese seien bereits an unser Klima angepasst und damit winterhart. Am besten pflanze man von März bis Juni, damit bis zum Winter genügend Zeit zum Einwurzeln bleibt. Gleich nach dem Setzen solle man düngen, nie im Herbst, denn dann bilde der Baum nicht genug abgehärtete Triebe vor dem Winter. Vor allem immergrüne Jungpflanzen litten unter langanhaltendem Frost, deshalb solle man wärmendes Vlies immer bereithalten. Wurzeln könne man mit einer Laubdecke den ganzen Winter über schützen.

Zum Abschluss der Führung bedankt sich Chefgärtner Schöllhorn bei den Besuchern und ermutigt sie, den Park weiter zu erkunden und die Schönheit der exotischen Bäume zu genießen.

*

Gegen Ende des Monats fällt ein Baum auf, der sonst eher unbeachtet bleibt: die einheimische Eberesche. Sie fällt jetzt wegen ihren Beeren auf, die intensiv rot leuchten, wenn sie ausgereift sind. Sie bilden dann einen wunderbaren Kontrast zu den noch grünen Blättern.

Diese Beeren, auch Vogelbeeren genannt, sind zwar essbar, schmecken aber bitter. Sie können zu Magen-Darm-Beschwerden und Durchfall führen. Doch je kälter es wird, desto reifer, süßer und bekömmlicher werden sie. Ihre heilende Wirkung beruht auf ihren wertvollen Inhaltsstoffen: Vitamin C, Provitamin A, organische Säuren, ätherische Öle, Gerb- und Bitterstoffe. Sie können zu Marmelade, Likör oder als Tee verarbeitet werden. Früher war Vogelbeertee ein wichtiges Arzneimittel, das bei Nierenerkrankungen, Diabetes und Rheuma verabreicht wurde. Gekochtes Vogelbeermus verordnete man gegen Durchfall. Frischgepressten Fruchtsaft, der sehr vitaminreich ist, verschrieb man zur Stärkung des Immunsystems und bei Erkältungen und grippalen Infekten.

Die Blätter der Eberesche sind zierlich und gefiedert, was den Baum anmutig und grazil erscheinen lässt. Im Herbst färben sie sich goldgelb. Der ganze Baum ist, was seine feingliedrigen und zarten Blätter gar nicht vermuten lassen, sehr robust und pflegeleicht.

Die Silbe *Eber* bedeutet so viel wie *aber, anders, falsch* (wie im Wort *Aberglaube*). Eberesche bedeutet also *falsche Esche,* nur ihre Blattformen ähneln sich.

Sie ist vielmehr mit dem Apfelbaum verwandt, während die echte Esche zu den Ölbaumgewächsen zählt und deutlich größer wird als die Eberesche.

In vielen Kulturen steht die Eberesche für Fruchtbarkeit. Deshalb hat sie in der europäischen Geschichte eine lange Tradition. Früher wurde sie als Heiligtum verehrt, weshalb sie in vielen Mythen und Legenden vorkommt. Die Göttersage *Edda* berichtet, die Eberesche habe dem Gewittergott Thor das Leben gerettet. Als Thor während einer Jagd in einen Fluss stürzte, konnte er mit letzter Kraft einen Ebereschenzweig fassen, der ihn vor dem Ertrinken rettete. In der griechischen Mythologie stritt ein Adler mit Dämonen um ein kostbares Trinkgefäß des Göttervaters Zeus. Dabei verlor der Adler einen Tropfen Blut, der auf die Erde fiel und eine Eberesche hervorbrachte. Die Vogelbeeren erinnerten an das vergossene Blut, und die gefiederten Eschenblätter ähnelten den Federn des Adlers. Auch wundersame Bräuche der Germanen um die Eberesche sind bekannt. So sollten getrocknete Beeren, in einem Beutel auf der nackten Haut getragen, Schutz und Glück bringen.

Oktober

Große Unruhe in der Stadt, Bestürzung im Parkcafé. Johnny Schmid festgenommen! Fred, seit vielen Jahren Mitarbeiter im Parkcafé, fristlos entlassen! Wilde Gerüchte machen die Runde. An allen Ecken und Enden wird getuschelt. Niemand weiß etwas Genaues. Bis die hiesige Zeitung eine aktuelle Meldung in ihrem Schaukasten vor der Redaktion aushängt:

Kriminelle Bande ausgehoben. Wie das Landeskriminalamt soeben bestätigt hat, sind sechs Männer und zwei Frauen heute Morgen von Spezialeinheiten der Polizei in ihren Wohnungen verhaftet worden. Darunter auch der hiesige Johnny S. Den acht Personen wird zur Last gelegt, vor allem ältere Menschen, die in Pflege- und Seniorenheimen leben, um ihr Hab und Gut gebracht zu haben. Sie sollen darüber hinaus fremde Konten gehackt und geplündert, unter falscher Identität teure Waren im Internet eingekauft und mit Drogen aller Art gehandelt haben.

Wie unsere Zeitung in Erfahrung bringen konnte, sind die Taten über das Dark Web verübt worden. Über spezielle Browser, verdeckte Verbindungen ins

Internet und geheime Passwörter hat die Bande seit rund zwanzig Jahren eine eigene Webseite betrieben, über die sie ihre kriminellen Machenschaften verübt hat.

Acht Polizeibehörden aus drei verschiedenen Ländern ist es in monatelanger Kleinarbeit gelungen, die Betreiber der kriminellen Webseite ausfindig zu machen und diese abzuschalten. Dass ein so großer Aufwand notwendig war, den Verbrechern das Handwerk zu legen, zeigt die Professionalität und Gefährlichkeit der Bande.

Bei der Festnahme konnte die Polizei Waffen, insbesondere Pistolen und Schnellfeuergewehre, sowie Bargeld in verschiedenen Währungen im Gesamtwert von über einer halben Million Euro, zahlreiche gefälschte Dokumente und gehackte Internetadressen beschlagnahmen.

Die Polizei schätzt den Gesamtschaden, den die Bande in zwanzig Jahren angerichtet hat, auf über einhundert Millionen Euro.

Zwei Personen, die Johnny S. als Handlanger dienten, wurden verhört, sind aber auf freiem Fuß.

Unsere Zeitung wird in den kommenden Tagen weiter berichten.

Otto Langfeld verlässt sein Haus. Kaum setzt er einen Fuß auf die Straße, fragt ihn die Nachbarin, ob er schon gehört habe, dass dieser Kerl verhaftet worden ist.

„Welchen Kerl meinen Sie?"

„Der da immer mit seinem Porsche herumfährt und die Arbeit seit vielen Jahren scheut. Im Schaukasten vor der Zeitungsredaktion ist ein Aushang."

Otto Langfeld bedankt sich und eilt in die Lange Gasse. Schon von weitem sieht er, dass etliche Leute vor dem Redaktionsgebäude stehen und erregt diskutieren.

Er schlängelt sich zwischen den Menschen durch und liest den Aushang. Zweimal! Dann hat er kapiert.

Freude und Erleichterung steigen in ihm auf. Endlich hat man diesem Schweinehund das Handwerk gelegt. Alte Menschen an den Bettelstab bringen. Pfui Teufel! Am liebsten würde er den Kerl anspucken. Sonderbar, kommt ihm in den Sinn, dass die schmutzigsten Geschäfte oft den größten Reingewinn abwerfen.

Dann eilt er in den Park. Nicht in den Klanggarten. Heute geht er ins Parkcafé. Seitdem er mit der Onlinewache der Polizei telefoniert hat, war er nicht mehr dort gewesen. Diesem Fred hatte er nicht über den Weg getraut. Hätte doch sein können, dass der den Auftrag hatte, den Finder des Geldbeutels an Johnny Schmid zu verpfeifen.

Beschwingt betritt er das Café, aller Sorgen ledig, nickt Alice Adler zu, die am Fenster sitzt und aufschaut, setzt sich an den Nebentisch und bestellt eine Schwarzwälder Kirschtorte mit Sahne und ein Kännchen Tee. Heute gönnt er sich einen teuren Oolong, der zwischen grüner und schwarzer Farbe changiert.

Neben der Theke hängen zwei Plakate: Alice Adler liest übermorgen aus ihrem neuen Roman *Tradition und Innovation*. Und in vier Wochen präsentiert Ole Ottensen seinen Erstlingsroman *Die unsichtbare Wand*.

Otto Langfeld zieht seinen Taschenkalender aus der Jacke und notiert beide Termine.

*

Es ist ein lauer Spätsommerabend. Eine gespannte Zuhörerschaft versammelt sich im Gesellschaftszimmer des Parkcafés. Die Tische sind weiß gedeckt und mit Blumen dekoriert. Die Fenster stehen weit offen und lassen die sanfte Abendbrise herein. Auf einer kleinen Bühne sitzt Alice Adler, die stadtbekannte Journalistin und Autorin, vor sich das Mikrofon und ein Glas Wasser. Sie stellt heute ihr neuestes Buch vor.

Alice Adler beginnt die Veranstaltung mit einer kurzen Einführung in den historischen Kontext ihres

Romans: „Herzlich willkommen zu meiner Lesung. Heute möchte ich Sie in das Jahr 1875 entführen, und zwar nach Erfurt. Ich erzähle Ihnen die Geschichte von Eckhart Ledlein, einem Farbenmüller, um die fünfzig Jahre alt, dessen Leben durch die politischen Wirren jener Zeit und die Entdeckung der neuen Teerfarben eine unerwartete Wendung nahm."

Sie beginnt mit einer Szene aus Eckharts Schulzeit am Erfurter Ratsgymnasium. Lebhaft in Stimme und Gestik beschreibt sie, wie sich der junge Eckhart durch den anspruchsvollen Unterricht in Latein, Griechisch und Hebräisch quälte, denn sein Vater, ein strenger Mann mit festen Vorsätzen, wollte unbedingt, dass Eckhart studierte und Pfarrer würde.

Sie liest vor: „Eckhart saß an seinem grobgezimmerten Pult. Das Licht der Morgensonne schien durch die hohen Fenster des Klassenzimmers und warf lange Schatten auf den geölten Fußboden. Die Wörter im Lateinbuch verschwammen vor seinen Augen, während der Lehrer mit monotoner Stimme die Deklinationen herunterleierte. Eckhart seufzte leise und fragte sich, ob das wirklich der berufliche Weg war, den er gehen wollte."

Die Vorleserin springt dann zur Studienzeit in Heidelberg, wo Eckhart sich abmühte, in der Theologie Fuß zu fassen. Doch die Ruhe seines Studentenlebens wurde jäh unterbrochen. Die Badische Revolution erreichte Heidelberg und erfasste die ganze Universität. Eckhart wurde von den revolutionären Wirren mitgerissen, trat in die Studentenlegion ein und musste schlussendlich in die Schweiz fliehen.

Frau Adler fährt fort: „In Heidelberg wehte der Wind des Wandels. Die Straßen waren erfüllt von den Rufen der Revolutionäre. Eckhart spürte, wie sein Herz schneller schlug, als Kommilitonen fragten, wo er denn stünde, auf der Seite der Revolution oder der preußischen Reaktion. Er wusste, dass er handeln musste, und so geriet er immer tiefer in den Strudel der militärischen Händel. Als preußische Soldaten herbeimarschierten und Heidelberg kapitulierte, machte er sich bei Nacht und Nebel auf ins neutrale Nachbarland. Die wenigen Habseligkeiten in einem Beutel über der Schulter, landete er bei Basel in einem Gasthaus, das einem liberalen Badener aus Offenburg gehörte."

Als die Schweiz die Revolutionäre ausliefern sollte, sei Eckhart weitergeflohen und habe schließlich Unterschlupf in Graubünden gefunden, wo er unter falschem Namen die nächsten zehn Jahre bei einem freundlichen Farbenmüller verbrachte. Dieser fand Gefallen an dem jungen Mann, nahm ihn unter seine Fittiche und lehrte ihn, wie man aus Pflanzen, Erden und Steinen Farbpigmente herausfiltriert.

Eckhart entdeckte eine neue Leidenschaft und beschloss, sich diesem Handwerk zu widmen.

Und wieder ein Textabschnitt aus dem Roman: „Eckhart stand in der kleinen Werkstatt des Farbenmüllers, den Duft von frischen Kräutern und Erden in der Nase. Seine Augen leuchteten, als er sah, wie gelbe Erde unter dem Gewicht des rotierenden Mahlsteins zu Staub wurde, aus dem Meister Adam Stohler gleich herrliche Farbpigmente herauswaschen würde. Hier, fernab von Erfurt, fernab von lateinischen Vokabeln und griechischer Grammatik, fernab von Heidelberg und Theologiestudium, fühlte der junge Mann, dass er endlich seine Bestimmung gefunden hatte. Auch er wollte Farbenmüller werden."

Dank glücklicher Fügung, auch dank eigenen Zutuns sei es Eckhart Ledlein schließlich gelungen, in seine Heimatstadt Erfurt zurückzukehren, wo er eine eigene Farbenmühle gründete, ein neues Leben aufbaute, heiratete und sich als selbstständiger Farbenmüller den Herausforderungen jener Zeit stellte, die als industrielle Revolution in die Geschichtsbücher eingegangen ist.

Alice Adler liest wieder vor: „Die Räder der Mühle drehten sich, angetrieben vom rasch fließenden Wasser des Flusses Gera. Eckhart stand in seiner Werkstatt, inmitten von Säcken, bis oben hin angefüllt mit Erden und Kräutern. Er atmete tief ein und fühlte sich glücklich. Die Farben, die er so liebevoll herstellte, hatten zahlungskräftige Abnehmer gefunden. Seine Mühle warf endlich genug Gewinn ab."

Die Autorin berichtet, Eckhart sei an einem wunderschönen Tag im Frühsommer 1875 in seinem Garten gesessen und habe über Vergangenheit und Zukunft nachgedacht. Kürzlich hatte er zu seinem großen Schrecken in der Zeitung gelesen, dass es neue Farben gab, die aus Teer gewonnen wurden und viel billiger waren als die herkömmlichen, natürlichen Pigmentfarben. Könnten diese Teerfarben das Ende der Farbenmüllerei einläuten, fragte er sich? Eckhart kam nach langem Nachdenken zu dem Schluss, alles Leben und Wirken sei schon immer einem ständigen Wandel unterworfen, weshalb auch künftig nichts so bleiben werde, wie es war: „Eckhart setzte sich auf. Die Sonne wärmte sein Gesicht. Er schaute auf das Wasser der Gera und ließ seine Gedanken schweifen. Vieles hatte sich verändert seit jenen Tagen im Ratsgymnasium und den stürmischen Zeiten in Heidelberg. Doch eines war geblieben: seine Leidenschaft für Farben und seine Freude an dieser Arbeit. Er wusste, dass noch viele Herausforderungen vor ihm liegen, aber er fühlte sich gewappnet, sich ihnen zu stellen."

Das Publikum applaudiert, und Alice Adler resümiert: „Vielen Dank, dass Sie gekommen sind. Ich hoffe, Ihnen hat die Lesung gefallen und Sie sind genauso gespannt wie ich, wie sich Eckharts Leben weiterhin gestaltet. Jetzt freue ich mich darauf, Bücher signieren und mit Ihnen ins Gespräch kommen zu dürfen."

*

Im Oktober, wenn die Tage kürzer werden und die Temperaturen sinken, färbt sich unser kleines Paradies herbstlich: gedämpfte Rottöne wie Burgunder oder Terrakotta, warme Gelb- und Orangetöne wie Senf oder Safran, blasse Grüntöne wie Moos oder Oliv, erdige Brauntöne wie Karamell oder Kastanie, gedeckte Blautöne wie Petrol oder Aubergine.

Aus diesen Herbstfarben stechen einige Blumen hervor. Die Herbstastern zum Beispiel, die von Weiß über Rosa bis hin zu tiefem Violett leuchten. Diese robusten Stauden blühen bis zum ersten Frost und ziehen immer noch Bienen und Schmetterlinge an. Oder die Chrysanthemen, auch als Herbstblumen bekannt, Symbole für diese Jahreszeit. Sie blühen in vielen Farben bis weit in den November hinein. Zudem das Heidekraut, das als Sommerheide und Winterheide unseren Park bereichert. Die Sommerheide, in manchen Gegenden Besenheide genannt, ist eine fantastische Herbstblüherin. Sie strahlt von September bis

Oktober, teilweise sogar bis Anfang November, und begeistert mit ihren auffallenden Blüten in Pink, bisweilen in roten Nuancen. Sie sind in Rispen angeordnet und bilden einen hübschen Kontrast zu den hellgrünen, schuppenartigen Blättern des aufrecht wachsenden Zwergstrauchs. Die Winterheide, auch als Schneeheide bekannt, wächst wild in den Gebirgen Mittel- und Südeuropas. Sie ist immergrün, reich verzweigt und bildet Teppiche oder Polster.

Die Herbstanemonen sind elegante Stauden mit großen, schalenförmigen Blüten. Sie glänzen bis zum Spätherbst in Weiß über Rosa bis hin zu allen Rottönen. Auch der Eisenhut ist sehr auffällig. Seine Blüten sind tiefblau bis violett. Allerdings ist er giftig und sollte mit Vorsicht behandelt werden. Und dann sind da noch die Dahlien. Sie blühen von Weiß über Gelb, Orange, Rosa, Lila und Purpur bis zum ersten Frost. Schließlich noch der Oktober-Sonnenhut, der mit seinen gelben Blüten etwas Sommerliches in den Herbstgarten zaubert.

Eine bei uns seltene Pflanze präsentieren die Gärtner jetzt in mehreren Kübeln direkt neben dem Parkcafé: den Zieringwer. Man nennt ihn auch Schmetterlingsingwer. Ende September schiebt er spindelförmige Triebe heraus, dann bildet er im Oktober gelbe Blütenblätter und lange rote Staubgefäße.

Allerdings ist er frostempfindlich, weshalb er im Gewächshaus überwintern muss.

*

Der Musikpavillon verwandelt sich an zwei Tagen in ein buntes Kasperletheater. Kinder aus der Stadt und der ganzen Umgebung strömen herbei, begleitet von Eltern und Großeltern. Die Kleinen tragen warme Kleidung, damit ihnen beim langen Sitzen nicht kalt wird.

Am ersten Nachmittag wird *Kasperle und das Zauberschloss* aufgeführt. Schon um halb drei Uhr füllt sich der Zuschauerbereich vor dem Pavillon. Bunte Girlanden und Luftballons schmücken den Zugang, und beschwingte Musik empfängt die Gäste. Ein Stand mit Popcorn und Zuckerwatte zieht viele Blicke auf sich.

Kinder mit strahlenden Augen rutschen auf ihren Plätzen aufgeregt hin und her. Eltern machen Fotos. Ein fröhliches Stimmengewirr liegt über dem Platz.

Pünktlich um drei Uhr betritt der Erzähler die Bühne und begrüßt die kleinen Zuschauer: „Herzlich willkommen, liebe Kinder! Heute begleiten wir Kasperle auf einem aufregenden Abenteuer. Er muss ins Zauberschloss und dort einen Schatz finden. Seid ihr bereit?"

„Ja!!!" Vielstimmig und laut.

„Dann geht's los!"

Der Vorhang öffnet sich und gibt den Blick frei auf eine farbenfrohe Kulisse. Kasperle marschiert pfeifend durch den Wald. Unterwegs begegnet er allerlei Figuren. Der lustigen Hexe. Dem frechen Räuber. Dem freundlichen Zauberer. Jedes Mal muss er ein Rätsel lösen. Die Kinder feuern ihn an und rufen ihm Tipps zu. So überwinden sie gemeinsam alle Hindernisse.

„Kasperle, pass auf den Räuber auf!"

„Könnt ihr mir sagen, wo ich hingehen soll? Durch die grüne Tür, was meint ihr?"

„Nein!!!!"

„Durch die blaue Tür?"

„Jaaaa!"

„Also die blaue Tür ist die richtige?"

„Ja!!!!"

Schließlich findet Kasperle mithilfe der Kinder den richtigen Weg zum Zauberschloss und den Schlüssel zum geheimnisvollen Schatz. Die liebevoll gestalteten Puppen, die über die Bühne sausen, fliegen, sich drehen, hüpfen und Faxen machen, und die bunte Baumkulisse rund ums Zauberschloss ziehen die Kinder in ihren Bann.

Das Publikum jubelt und applaudiert begeistert, als sich der Vorhang schließt.

„Noch einmal! Noch einmal!", rufen die Kinder, doch die Musik sagt unmissverständlich: Jetzt ist Schluss!

Am nächsten Tag, es ist ein warmer Spätsommertag, steht *Kasperle und der verschwundene Kuchen* auf dem Programm. Wieder strömen viele Kinder zum Pavillon. Erwartungsvoll sitzen sie vor der Bühne, während viele Erwachsene dicke Decken mitgebracht haben und sich auf dem Rasen niederlassen.

In dieser Geschichte bereitet sich Kasperle auf eine große Geburtstagsfeier vor. Er steht fidel aus seinem Bett auf, reckt sich, streckt sich, wäscht sich, putzt sich die Zähne, geht in die Küche und rührt einen Kuchen zusammen. Als der im Ofen fertig ist und Kasperle kurz die Küche verlässt, ist der Geburtstagskuchen plötzlich verschwunden. Zusammen mit seinen Freunden, dem Polizisten und dem Krokodil, macht er sich auf die Suche nach dem Dieb.

Wieder begeistern die bunte Kulisse und die Puppen in ihren fantasievollen Kostümen. Die Kinder fiebern mit und helfen Kasperle bei der Suche. Es gibt viel zu lachen, als der freche Räuber auftaucht und versucht, Kasperle auszutricksen.

„Der Räuber hat den Kuchen genommen!", rufen die Kinder. Aber Kasperle stellt sich dumm an. Die Kinder lachen. Schlussendlich findet Kasperle den Kuchen und stellt fest, dass der Räuber ihn nur ausgeliehen hat, um ihn noch mit Zuckerguss und Schokostreuseln zu verzieren. Die Geburtstagsfeier kann beginnen. Alle feiern fröhlich mit. Die Kinder freuen sich und klatschen. Kasperle und seine Freunde tanzen und jubeln auf der Bühne.

Die beiden Tage im Musikpavillon sind ein großer Erfolg. Das Kasperletheater hat die kleinen Zuschauer mit spannenden Geschichten begeistert. Erwachsene und Kinder verlassen den Park mit lachenden Gesichtern und vielen schönen Erinnerungen.

*

Es ist schon ein liebgewordenes Ritual. Chefgärtner Schöllhorn führt Alice Adler durch seinen Park und stellt ihr bestimmte Pflanzen vor, über die sie in der Zeitung berichten will.

„In diesem farbenprächtigen Oktober möchte ich Ihnen zwei Bäume ans Herz legen", sagt Schöllhorn und bleibt neben einem spektakulären Exemplar stehen, dessen Laub in leuchtendem Orange strahlt. „Kennen Sie den?"

Die Journalistin schüttelt den Kopf und lacht: „Aber gleich werde ich es wissen."

„Das ist eine chinesische Pistazie, erkennbar am strauchartigen Wuchs und der breiten, schirmförmigen Krone." Schöllhorn zieht einen Zweig zu sich heran und streicht über die Blätter. „Sie besticht durch ihre auffallende Herbstfärbung und filigrane Eleganz. Und weil sie so viel Farbe und exotischen Charme in unseren Park bringt, zieht sie die Aufmerksamkeit der Besucher auf sich. Deshalb sollten Sie diese Pistazie unbedingt Ihren Lesern vorstellen."

Je nach Standort zeigten ihre Blätter ein beeindruckendes Farbenspiel von tiefem Rot über leuchtendem Orange bis zu strahlendem Gelb. Dieser Baum bilde ein einmaliges Kunstwerk, meint Schöllhorn. Die gefiederten Blätter seien fein und elegant, der Baum nicht zu groß, die Krone symmetrisch und rund. Der Baum sei anpassungsfähig und pflegeleicht, vertrage Trockenheit und Kälte und sei resistent gegen die meisten Krankheiten und Schädlinge. Diese Pistazienspezies blühe im Mai und Juni.

„Jetzt im Oktober entwickeln sich pfefferkorngroße rote Früchte, die sich bis Ende des Monats blau färben", erklärt Schöllhorn und gibt Alice Adler ein paar rote Körner in die Hand. „Sie sind leider nicht essbar."

In ihrer Heimat China sei die Pistazie ein Sinnbild für Stärke und Ausdauer. Sie habe in der dortigen Kultur eine lange Tradition und werde oft in Gärten und Tempelanlagen gepflanzt.

Alice Adler hat reichlich Fotos gemacht und sich die wichtigsten Fakten notiert. Dann führt Herr Schöllhorn sie in die Nähe des Streichelzoos.

„Und jetzt möchte ich Ihnen noch einen einheimischen Baum vorstellen." Schöllhorn lehnt sich an den mächtigen Stamm.

„Eine Buche, nicht wahr?"

„Ja", bestätigt Schöllhorn, „genauer gesagt eine Rotbuche. Während die Hainbuche gezackte Blätter mit gesägtem Rand hat, sind die Blätter der Rotbuche glattrandig." Er reißt ein Blatt ab und legt es Frau Adler auf die Hand. „Die Rotbuche hat zudem rötliches Holz, daher ihr Name. Sie entfaltet im Oktober ihre volle Pracht, leuchtet goldgelb, orangefarben und kupferrot und imponiert mit ihrer majestätischen Gestalt."

Die Rotbuche habe eine auffallend weit ausladende Krone und einen kräftigen Stamm. Sie sei robust und anpassungsfähig, gedeihe auf verschiedenen Böden und sei pflegeleicht.

Schöllhorn bückt sich und liest ein paar Bucheckern auf. „Diese kleinen Nüsse sind essbar und bei vielen Tieren als Futterquelle beliebt." Er deutet mit der Schuhspitze auf die stacheligen, holzigen Hüllen der Bucheckern, die vereinzelt am Boden liegen. „Wenn die Bucheckern reif sind, brechen die Hüllen auf und geben die Nüsse frei. Wie Sie sehen, sind diese Nüsse klein, dreikantig und glänzend braun." Schöllhorn reicht Frau Adler ein paar Bucheckern und knackt zwei mit den Zähnen. „Die Nüsse haben eine harte Schale, die den nahrhaften Kern schützt, der reich an Nährstoffen ist, insbesondere an Fetten und Eiweißen. Man kann sie roh verzehren oder zu Mehl und Öl verarbeiten."

Bucheckern seien früher auch von uns Menschen genutzt worden, vor allem direkt nach dem Zweiten Weltkrieg. Damals hätten ganze Schulklassen auf Geheiß der Gemeinden, der Schulbehörden und der Besatzungsmächte in die Wälder ziehen und die kleinen Früchte sammeln müssen. Diese seien dann zu Öl, Brot und anderen Lebensmitteln verarbeitet worden.

„Aber heuer ist kein Mastjahr", stellt Schöllhorn fest.

„Mastjahr? Was ist das?"

„Alle paar Jahre tragen die Rotbuchen besonders viele Früchte. Das nennen wir dann ein Mastjahr. Zwischen den Mastjahren gibt es nur wenige Bucheckern. Die Bäume sparen so Energie und erholen sich. Das Wetter spielt dabei eine entscheidende Rolle. Ein milder Frühling, ausreichend Niederschlag, also gute Wachstumsbedingungen, und schon bilden sich viele Blüten und damit viele Früchte."

Bucheckern seien ein faszinierendes Beispiel für die natürlichen Rhythmen und Anpassungsstrategien

245

der Natur, meint Schöllhorn. Das Verständnis für die Faktoren, die das Wachstum der Bucheckern beeinflussen, helfe uns, die komplexen Zusammenhänge in der Natur zu erkennen und zu schätzen.

Der weit verbreitete Sinnspruch *Eichen sollst du meiden, Buchen sollst du suchen* stimme teilweise. Wissenschaftliche Untersuchungen hätten belegt, dass die Buchen, im Gegensatz zu den Eichen, von starken Blitzschäden verschont bleiben.

Auf dem Olymp, dem heiligen Berg der alten Griechen, sollen in grauer Vorzeit Buchen gewachsen sein. Auf ihnen hausten Eulen, Begleiterinnen der Göttin Athene und Symbole der Weisheit. Nach der römischen Mythologie soll Göttervater Jupiter in Heiligtümern aus Buchen gepriesen worden sein. Auch die Kelten verehrten die Buchen, glaubten sie doch, in diesen Bäumen sei Fagus zuhause, der Gott der Heilkräfte. Sie schnitzten Buchenstäbe, schrieben ihre Wünsche darauf und banden die Stäbe wieder an die Buchen. In der Nacht seien dann Feen gekommen, hätten die Wünsche eingesammelt und zur Feenkönigin gebracht, die sie dann erfüllt habe.

Das Wort Buche sei germanischen Ursprungs und weit verbreitet. Allein in Deutschland gebe es weit über tausend Orts- und Familiennamen wie Buchheim und Buchholz. Auch die Wörter Buch und Buchstabe leiteten sich vom Buchenholz ab. Die

Germanen ritzten Runen in einen Buchenholzstab, warfen ihn die Schulter und lasen daraus ihr Orakel. So seien Buchen zu heiligen Bäumen und Wallfahrtsorten geworden. Auch in Sagen kämen oft Buchen vor. So würden in bestimmten Nächten Hexen unter Buchen wilde Tänze aufführen und Vorübergehenden allerhand Schabernack antun. In Westfalen gebe es die Sage, die kleinen Kinder würden aus Buchen herausgeholt. Und in Frankreich glaubte man, wenn es viele Bucheckern gebe, würden viele uneheliche Kinder geboren.

„So, liebe Frau Adler, ich glaube, Sie haben genug Material für einen Artikel."

„Und ob", versichert die Journalistin, „genug für eine ganze Zeitungsseite. Herzlichen Dank! Ich werde Ihre Informationen und meine Fotos zu einem schönen Bericht verarbeiten. Auch werde ich gleich Frau Mehrer anrufen und sie fragen, ob sie mir ein paar Fotos zur Verfügung stellt. Ihr Vater war ja in der Nachkriegszeit Lehrer an der hiesigen Volksschule und hat viele Bilder hinterlassen. Vielleicht sind einige über die Bucheckernlese und die Schulspeisung dabei."

*

Samstagnachmittag, es ist kühl, 9 Grad. Es nieselt. Hohe Zeit, die Winterkleidung herauszuholen.

Alice Adler hat gerade zu Mittag gegessen: Nudelsuppe, Gaisburger Marsch (Eintopf aus kleingeschnittenem Rindfleisch in einer kräftigen Brühe mit Kartoffelstücken und Spätzle), zum Nachtisch Kaiserschmarrn mit Apfelkompott. Jetzt schlürft sie ihren dritten Espresso am heutigen Tag.

Im Gesellschaftszimmer nebenan muss eine Veranstaltung stattfinden, denn vor der Tür des Cafés stand ein Auto, den Kofferraumdeckel hochgeklappt. Ein paar Leute sind hin und her gegangen und haben allerlei ins Nebenzimmer getragen: einen Beamer, eine Leinwand, eine Leiter und mehrere Kartons. An den Wochenenden, insbesondere gegen Jahresende, finden in diesem Saal regelmäßig Feiern und Veranstaltungen von Vereinen und Firmen statt. Jetzt kommen immer mehr Leute herein und verschwinden im Gesellschaftszimmer.

Alice Adler seufzt und überlegt, ob sie dableiben oder lieber nach Hause gehen soll. Wenn das wieder eine lärmende Feier wie letztes Wochenende wird, kann sie nicht arbeiten. Eben entschließt sie sich abzuwarten, klappt ihren Laptop auf und wirft einen müden Blick durchs Fenster. Sofort ist sie hellwach. Schwarze, lange Haare, schwarze Brille, schwarzer Rucksack auf der Schulter, rote Hosen, hohe Stiefeletten aus hellbraunem Wildleder, gefütterte rote Jacke, aus der ein schwarzer Rollkragenpullover hervorlugt. So stiefelt die junge Frau die Parkallee entlang.

Alice Adler lehnt sich zurück und beäugt jeden Schritt und jeden Blick der Schwarzhaarigen. Spioniert sie wieder einem Mann hinterher? Tatsächlich, sie folgt in einigem Abstand einem braungelockten Mittdreißiger, der zielstrebig auf das Café zugeht. Und wieder steht sie unschlüssig davor, als der Braungelockte an Alice Adler vorbei das Gesellschaftszimmer ansteuert.

Wohl weil die Terrasse nicht mehr bestuhlt ist, betritt auch die Schwarzhaarige kurz entschlossen das Café und setzt sich an den Tisch neben der Journalistin. Sie nimmt ihre Brille ab, legt ihren Rucksack unter den Tisch und zieht ein Handy aus ihrer Jackentasche. Sofort erscheint das Foto des Braungelockten auf dem Display.

Alice Adler ist sprachlos und starrt auf das Bild.

„Kennen Sie ihn?", fragt die Schwarzhaarige belustigt.

Alice Adler sieht sie verwirrt an. „Wie sollte ich", stottert sie. „Aber wie machen Sie das?"

„Was?"

„Sie haben ihn doch gar nicht fotografiert?"

„Sind Sie sicher?"

„Ich denke schon."

„Interessiert Sie's?"

„Verzeihen Sie bitte. Sie müssen wissen, ich bin von Berufs wegen neugierig. Ich bin Journalistin", sagt Alice Adler und ergänzt: „freie Journalistin und Autorin."

„Was schreiben Sie denn? Sachbücher?"

„Nein, historische Romane."

„Das trifft sich gut", sagt die Schwarzhaarige, „auch ich bin freie Journalistin und gerade im Auftrag eines Frauenmagazins unterwegs." Sie reicht der Kollegin am Nebentisch ihre Brille. „Fällt Ihnen etwas auf?"

Alice Adler besieht sich die Brille von allen Seiten. „Da ist so ein verspiegelter Punkt vorn links im Brillenrahmen."

„Sehr gut. Dahinter sitzt eine winzige Kamera. Sie überträgt drahtlos Bilder in HD-Qualität auf mein Handy oder meinen Laptop."

„Wie lösen Sie die Kamera aus?"

„Per Knopfdruck in der Jackentasche."

„Und wozu das Ganze?"

„Wenn ich eine Reportage über eine Person machen soll, dann illustriere ich meinen Bericht mit ein paar Fotos."

„So so! Und weshalb sind Sie hinter dem Braungelockten her?"

Die Schwarzhaarige lacht. „Er soll ein Schlagerstar sein … in Thailand. Wir haben unsere Informanten. Heute trägt er zur Tarnung eine Perücke."

„Und was will der ausgerechnet hier?"

„Angeblich stammt er aus dieser Gegend und besucht inkognito alte Bekannte."

∗

Die Naturfreunde haben ins Parkcafé eingeladen. Die Tische im Gesellschaftszimmer sind liebevoll dekoriert. An der Stirnseite des Raumes ist eine große Leinwand aufgebaut. Gegenüber steht ein Beamer auf einer Stehleiter. Die Mitglieder des Vereins und zahlreiche Gäste versammeln sich hier, um das bald zu Ende gehende Jahr noch einmal in Erinnerung zu rufen.

Herr Müller, der erste Vorsitzende des Vereins, begrüßt die Anwesenden: „Guten Abend, liebe Naturfreunde, liebe Gäste. Ich freue mich sehr, dass Sie heute gekommen sind. Wir wollen gemeinsam auf ein ereignisreiches Jahr zurückblicken, auf interessante Reisen, unvergessliche Erlebnisse und schöne Begegnungen."

Er listet in kurzen Worten die Höhepunkte des Jahres auf und betont die Vielfalt der Aktivitäten und Reisen: „Wir haben in diesem Jahr viel zusammen erlebt. Von den malerischen Küsten Schleswig-Holsteins über die imposanten Dolomiten bis hin zu Kurzreisen nach Österreich, Frankreich, zum Tulpenfest auf dem Keukenhof in Amsterdam und zum Vierwaldstättersee in der Schweiz. Unsere Reisen zeigten nicht nur die Schönheit der Natur, sondern auch die kulturelle Fülle unseres Kontinents."

Der Beamer leuchtet auf, und die Diashow beginnt. Herr Müller erzählt. Fotos illustrieren seine Ausführungen, ergänzt von kurzen Videos. Zuerst lässt er die Reisen in Deutschland Revue passieren, zu den friesischen Inseln Amrum, Föhr und Pellworm, in die Lüneburger Heide, zum Hainich, dem Nationalpark in Thüringen, zur Fränkischen Seenplatte und ins bayerische Allgäu. Die Zuschauer sehen viele fröhliche Gruppenbilder und Momentaufnahmen bei Wanderungen und Bootstouren. Videos erinnern an eine Kutschfahrt durch die Lüneburger Heide, eine spritzige Floßfahrt im Allgäu, Vogelbeobachtungen an den fränkischen Seen.

Während der Präsentation lässt Herr Müller diese Anekdote einfließen: „Erinnern Sie sich an unseren Ausflug an den Kleinen Brombachsee? Wie wir fast den Sonnenaufgang verpasst hätten, weil jemand den Wecker nicht gestellt hatte? Zum Glück haben wir es doch noch rechtzeitig geschafft und wurden mit einem atemberaubenden Panoramablick belohnt."

Dann folgen Bilder und Videos von den übrigen Reisen: die Dolomiten bei Sexten und Cortina, leuchtende Lavendelfelder in der Südsteiermark, die Fahrt mit dem Bernina-Express in Graubünden und die Rundreise durchs Elsass.

Nach dem Rückblick wendet sich Herr Müller an alle Mitglieder und Unterstützer des Vereins: „Ich möchte mich bei allen bedanken, die dieses Jahr zu einem so besonderen gemacht haben. Ohne eure Mithilfe und euren Enthusiasmus wären diese Erlebnisse nicht möglich gewesen. Ein besonderer Dank gilt unseren Reiseleitern und Organisatoren, die alles so wunderbar geplant und durchgeführt haben.“

Jetzt ist Zeit für Gespräche und Erfahrungsaustausch beim kleinen Buffet mit regionalen Köstlichkeiten und Getränken. Auf einer Stellwand sind die fürs kommende Jahr geplanten Reisen vermerkt und illustriert. Viele Besucher stehen davor und machen sich Notizen.

*

In der Zwischenzeit plaudert Alice Adler angeregt mit Melanie Hornbacher, wie die Schwarzhaarige heißt, die für diverse Magazine arbeitet. Sie sind längst beim Du, haben ihre Handynummern ausgetauscht und erzählen sich allerlei Schnurren aus ihrem Berufsalltag als freie Journalistinnen.

„Ich bin in Freiburg geboren und wohne jetzt in Heilbronn", berichtet Melanie. „Wenn Promis im Ländle unterwegs sind, habe ich besonders viel zu tun. Reisen sie inkognito, und kann ich sie dennoch aufspüren, dann verdiene ich mit meinen Fotos bei der Regenbogenpresse viel Geld."

„Ich lebe schon über zwanzig Jahre hier", erzählt Alice, „bin aber in Wilhelmshaven geboren, wo mein Vater bei der Marine stationiert war. Doch mein Großvater kommt auch aus dem Breisgau, ein Riese von einem Mann, der anderen gern einen Schabernack spielte. Er war Pastor und hat für die Basler Mission in Asien missioniert."

„Wo in Asien?"

„An der Burma-China-Grenze."

„Burma? Sagt mir nichts."

„Das heißt jetzt Myanmar."

„Erzähl mir bitte etwas über ihn, Alice."

„Also, Großvater lebte über zwanzig Jahre lang als Missionar im Norden Burmas oder Myanmars, wie es heute heißt, direkt an der Grenze zu China. Den Chinesen passte das ganz und gar nicht, denn sie unterstellten ihm, er wolle die Burmesen gegen die Chinesen aufwiegeln. Also setzten sie einen Spion auf ihn an, der herausfinden sollte, wann und wie man ihn beseitigen könnte. Dieser Spion saß wiederholt in Großvaters Gottesdiensten. Wie in den nordburmesischen Kirchengemeinden üblich, wurde den Kirchgängern nach dem Gottesdienst vom Mesner heißer grüner Tee serviert. Eines Tages lehnte Großvater den Tee dankend ab. Das Wasser sei nicht abgekocht, behauptete er. Leider sei kein heißes Wasser mehr da, entschuldigte sich der Mesner. Dann genüge auch ein Glas kaltes Wasser, Hauptsache es sei sauber, meinte mein Großvater. Verstohlen zog er aus seiner Jackentasche ein Brausepulver und schüttete es in das Wasser, das man ihm reichte. Dann hielt er das Glas hoch, damit alle das sprudelnde Wasser sehen konnten, und trank es aus. Später erfuhr er, in den grenznahen Regionen Chinas verbreite sich das Gerücht, der weiße Missionar verfüge über Zauberkräfte und sei vermutlich mit dem Teufel im Bund, denn er könne ohne Feuer Wasser kochen. Und dann trinke er es auch noch, solange es kocht."

Melanie lacht herzlich. „Mit solchen Geschichten kann ich leider nicht aufwarten. Aber …" Sie unterbricht sich, denn eben tritt der Braungelockte vor die Tür des Gesellschaftszimmers und strebt dem Ausgang des Cafés zu.

Melanie Hornbacher zieht in Windeseile ihre gefütterte rote Jacke an, setzt Brille und Rucksack auf, legt einen Geldschein auf den Tisch und flüstert Alice Adler zu, sie rufe an. Fort ist sie.

November

Eine karge Zeit für Gartenliebhaber beginnt. Zwar gibt es genug zu tun, denn nun kommen die Tage für die größeren Baumarbeiten. Und Frühblüher, Zwiebelpflanzen wie Hyazinthen, Tulpen und Krokusse, müssen in den Boden. Aber nur noch wenige, ganz mutige Pflanzen trotzen der Kälte: Christrose, Hornveilchen, Ringelblume, Sonnenauge, Stiefmütterchen, Winterjasmin und Winterschneeball.

Die Natur bereitet sich auf Kälte und Frost vor. Einige Beete werden von den Gärtnern mit Stiefmütterchen bepflanzt, andere mit Kompost und Mulch abgedeckt, um die Erde zu wärmen und Nährstoffe anzureichern. Empfindliche Pflanzen werden mit Laub oder Reisig geschützt, Rosenstöcke angehäufelt und mit Tannenzweigen bedeckt. Das Gras ist feucht, der Boden wird matschig. Deshalb mühen sich die Gärtner, das restliche Laub von den Grünflächen zu entfernen, damit die Grasnarbe nicht erstickt. Denn das Gras wächst nicht mehr. Vielleicht wird ein letzter Rasenschnitt durchgeführt, bevor der Frost einsetzt. Die meisten Wildblumen sind verblüht, ihre Samen zu Boden gefallen. Kleine Laub- und Reisighaufen, von den Gärtnern an geschützten Stellen angelegt, sind gute Verstecke für Igel und andere Tiere. Eichhörnchen sammeln eifrig Wintervorräte.

*

Das Gesellschaftszimmer im Parkcafé ist um fünf Uhr bis auf den letzten Platz besetzt. Draußen ist es bereits dunkel. Drinnen liest Ole Ottensen aus seinem ersten Roman. Die Veranstaltung hat ein vielfältiges Publikum angezogen, das gespannt auf die literarische Premiere wartet. Als gelernter Lehrer kann Ole fesselnd erzählen, doch anfangs ist er nervös. Alice Adler, die direkt vor ihm sitzt, gibt ihm verdeckt Zeichen, er solle tief durchatmen und sich Zeit lassen. Sie weiß um die stille Bescheidenheit des jungen Mannes, der seine eigene Bibliothek erschaffen und schreibend der realen Welt trotzen will.

„Mein Roman ist hochmodern", beginnt Ole, „auch wenn die Geschichte im 16. Jahrhundert spielt. Henri IV., König von Navarra und Herzog von Albret, residierte in einem Städtchen in der Gascogne. Er lebte als schlichter Edelmann und war ein begeisterter Jäger. Eines Tages trat eine Abordnung der Bürgerschaft vor ihn hin, um ihm ein Anliegen vorzutragen. Als nun der erste zu seiner Rede ansetzte, begann ein Esel, der etliche zwanzig Schritte abseits angebunden war, mächtig zu schreien. ‚Aber Messieurs‘, sagte der König und lachte, ‚einer nach dem anderen, wenn's beliebt, denn ich verstehe nichts.‘ Der Bauer aber, dem der Esel gehörte, schlug auf das störrische Tier ein. Gleich trat ein Höfling dazwischen. Nun zog der Bauer den Hut vor seinem Grautier und sagte: ‚Verzeiht, Herr Esel, ich wusste nicht, dass ihr hierzulande so gute Freunde habt.‘ …"

Ottensens Geschichte ist geprägt von tiefgründigen Charakteren und überraschenden Wendungen. Viele Zuhörer schmunzeln, manche lachen laut auf. Alle verfolgen gespannt und amüsiert Ottensens Vortrag. Als er endet, setzt großer Beifall ein. Etliche Leute melden sich zu Wort. Einige loben den feinfühligen Schreibstil des Jungautors. Andere würdigen die lebhaften Dialoge und die vielschichtige Handlung. Als Erstlingsroman sei die Erzählung schon sehr ausgereift. Das Buch sei witzig und kenntnisreich zugleich. Geschichtliche Sachverhalte schildere Ottensen anschaulich und interessant.

„Was geht in Ihnen vor, Herr Ottensen, wenn Sie schreiben?", will eine Leserin wissen.

Ole hüstelt verlegen, dann meint er: „Ich komme mir vor, als ob ich einen Tunnel graben muss. Hinter mir wird es dunkler, doch kann ich immer noch ein bisschen sehen und begreife allmählich, was vor mir liegen könnte, aber plötzlich wird es stockdunkel.

Wenn ich mich durch diesen Punkt durchgebissen habe, dann wird es nach und nach wieder heller. Und am Ende des Tunnels fühle ich mich, als sei ich am Zielbahnhof angekommen. Dann empfinde ich eine große innere Ruhe und Zufriedenheit."

Alice Adler sagt, als Autorin historischer Romane habe ihr die Geschichte sehr gefallen, auch deshalb, weil Ottensens Roman in historischem Gewand aktuelle gesellschaftliche Fragen aufwerfe und philosophische Reflexionen in die Handlung einfließen lasse. Ottensen setze sich mit der Intelligenz und Dummheit früherer Fürsten und mit den Mängeln und Qualitäten eines modernen Staates auseinander und erreiche so einen Tiefgang, der in historischen Romanen selten sei.

Eine örtliche Buchhandlung hat einen Bücherstand aufgebaut und verkauft das neue Buch in großer Zahl. Wer will, kann es gleich von Ottensen signieren lassen.

Als die Gäste fort sind, lädt Alice Adler den Autor zu Tee und Kuchen ein. Ihr gefalle die Handlung und die stilistische Reife, sagt sie Ottensen. Die starke Botschaft des Romans rege zum Nachdenken und Diskutieren an. Es sei richtig, dass er den Beruf des Lehrers an den Nagel gehängt habe. Sein Platz sei in der Literatur.

*

Im November beeindruckt die Korkeiche durch ihre außergewöhnliche Widerstandsfähigkeit und ihre dicke, rissige Rinde, die weich und federnd ist. Wenn die meisten Bäume ihre Blätter verlieren, bleibt sie immergrün. Sie kann zweihundert Jahre alt werden und benötigt wenig Pflege. Ideal für Parks und Grünanlagen.

In der mediterranen Kultur, insbesondere auf der Iberischen Halbinsel, spielt die Korkeiche eine herausragende Rolle. Denn dort wird sie seit Jahrhunderten für die Herstellung von Kork genutzt. Die größte Korkeiche der Welt, vierzehn Meter hoch und ein Stammdurchmesser von vier Metern, steht in Portugal. Sie wurde bereits über zwanzig Mal geschält und liefert bei jeder Ernte etwa einen Zentner Kork.

Wenn die meisten Bäume ihre Blätter abwerfen und die Landschaft zunehmend kahler wird, ziehen die Linden viel Aufmerksamkeit auf sich. Diese heimischen Laubbäume gefallen wegen ihrer eleganten Silhouette auch ohne Laub. Sie dienen uns Menschen als Heilpflanzen und den Insekten als wichtiger Lebensraum. Sie sind robust und gut an verschiedene Bodenarten und Klimaschwankungen angepasst. Im November werden die feinen, rötlichen Winterknospen gut sichtbar, die an den kahlen Zweigen sitzen.

Die Linde ist seit jeher ein Symbol für Gerechtigkeit, Freundschaft und Liebe. Sie wurde und wird immer noch an zentralen Plätzen in Dörfern und Städten gepflanzt, dort, wo sich Menschen versammeln. In Liedern, Anekdoten und Gedichten spielt die Linde eine Hauptrolle. Berühmt ist das von Wilhelm Müller, vertont von Franz Schubert und Friedrich Silcher:

Am Brunnen vor dem Tore, da steht ein Lindenbaum. Ich träumt in seinem Schatten so manchen süßen Traum.
Ich schnitt in seine Rinde so manches liebe Wort.
Es zog in Freud und Leide zu ihm mich immer fort.

Linden wurden zu vielen besonderen Anlässen gepflanzt, insbesondere nach Kriegen. Martin Luther nannte sie Friede- und Freudebäume. Und Heinrich Heine schrieb:

Sieh dieses Lindenblatt! Du wirst es
wie ein Herz gestaltet finden,
darum sitzen die Verliebten
auch am liebsten unter Linden.

Linden gaben vielen Städten und Dörfern ihren Namen (Lindau, Linz als Lindenhain, Leipzig als Lindenort) und sind als Symbole für Tapferkeit und Sieg

auf vielen Wappen deutscher Adelsgeschlechter ab-
gebildet.

*

Alljährlich wird am 11. November der Martinstag ge-
feiert. In der Nacht war Bodenfrost. Zwar sind die
Hauptwege, am frühen Morgen mit Reif überzogen,
inzwischen abgetaut und mit Lichterketten und Laternen liebevoll geschmückt, doch es ist immer noch bit-
terkalt. Dennoch bauen Vereine und christliche Organisationen ihre Stände auf. Ab drei Uhr bieten sie
heiße Getränke, Lebkuchen und Martinsgänse aus
Schokolade und Teig an. Um halb fünf Uhr soll der
Laternenumzug beginnen.

Die Kinder kommen dick vermummt mit Mützen,
Schals und Handschuhen. Sie tragen selbstgebastelte
oder gekaufte Laternen und versammeln sich, begleitet von Eltern und Großeltern, rund um den Spielbrunnen. Der Schülerchor der Realschule stimmt mit
Martinsliedern auf das Kommende ein. Dann singen
alle: „Laterne, Laterne, Sonne, Mond und Sterne...“.

Angeführt von einem Reiter im Kostüm des Heiligen Martin, setzt sich der Umzug in der anbrechenden
Dämmerung langsam in Bewegung. Am Anfang, in
der Mitte und am Schluss gehen Fackelträger, damit
kein Kind vorausrennen oder zurückbleiben kann und

der Weg gut ausgeleuchtet ist. Sankt Martin trägt einen roten Mantel, einen silbernen Helm und an der Seite ein langes Schwert. Das Pferd geht im Schritt, Dampfwölkchen entweichen seinen Nüstern.

Schließlich erreicht der Laternenzug die große Sportwiese, auf der schon das Martinsfeuer lodert. Es wärmt die Umstehenden und taucht die Umgebung in ein warmes Licht, denn die Sonne ist bereits untergegangen und der abnehmende Mond steht am Himmel.

Ein Erzähler, als mittelalterlicher Ausrufer verkleidet, tritt ans Mikrofon und verkündet im Schein des Feuers, was die Legende vom Heiligen Martin und dem Bettler besagt. Die Kinder lauschen gespannt. Die Kleinsten sitzen auf dem Schoß ihrer Eltern oder auf dicken Decken, die auf der Wiese ausgebreitet sind. Die tiefe, ruhige Stimme des Erzählers passt vortrefflich zur feierlichen Atmosphäre und zum lodernden Feuer, das laut knackt und knistert.

Jetzt gehen Mitglieder der Parkstiftung umher und schenken jedem Kind eine kleine Martinsgans aus Lebkuchenteig, das Symbol des Teilens und der Verbundenheit. Die Kleinen nehmen die Leckereien mit glücklichen Gesichtern entgegen und lassen sie sich gleich schmecken.

Einige Familien verweilen noch am Feuer und genießen die Wärme und die besondere Atmosphäre.

Andere machen sich im Schein ihrer Laternen gleich auf den Heimweg.

*

Zum Volkstrauertag findet um elf Uhr eine Feier statt, die dem Gedenken an die Opfer von Krieg und Gewaltherrschaft gewidmet ist. Der Hauptweg des Parks ist mit Fahnen geschmückt. Das verleiht dem Veranstaltungsort eine Würde, als verweile man auf einem der großen Soldatenfriedhöfe in der Normandie oder hoch über dem Gardasee.

Am Vorabend hat es bei Frosttemperaturen geschneit. Die Bäume, manche noch herbstlich bunt, kontrastieren zum Weiß der Wege und Wiesen.

Gleich nach dem Haupteingang ist eine kleine Bühne aufgebaut. Davor etliche Stuhlreihen, daneben Tische, auf denen später Kaffee und Tee ausgeschenkt und Kuchen ausgeteilt werden.

Soldaten in Uniform und Vertreter verschiedener Organisationen stehen Spalier, während sich die Besucher einzeln und in kleinen Gruppen einfinden und vor der Bühne Platz nehmen. Die Ankommenden tragen warme Jacken oder Mäntel, Hüte und Schals. In die leisen Gespräche der Leute mischt sich das Rauschen des Windes. Gelegentlich singt eine Amsel.

Die Honoratioren setzen sich in die erste Reihe. Auf der Bühne wartet die Stadtkapelle. Vielen Musikern sieht man an, dass sie in ihren Uniformen frieren. Sie wollen endlich spielen und dann wieder heim ins Warme. Der Dirigent schaut auf die Uhr, sieht ins Publikum hinab und hebt den Taktstock. Ein Trauermarsch stimmt in die Veranstaltung ein.

Der Bürgermeister eröffnet die Feierstunde: „Sehr geehrte Damen und Herren, liebe Mitbürgerinnen und Mitbürger, wir haben uns heute hier versammelt, um der Opfer von Krieg und Gewaltherrschaft zu gedenken. Der Volkstrauertag mahnt uns, Unrecht nie zu vergessen und stets für Frieden und Freiheit einzutreten."

Der Landrat vertieft die Gedanken des Bürgermeisters. Er hebt das Erinnern und die Mahnung für zukünftige Generationen hervor: „Wir gedenken heute der Millionen Menschen, die durch Kriege und Terror ihr Leben verloren haben. Ihr Leid und ihr Tod mahnen uns, Verantwortung zu übernehmen und für eine friedliche Zukunft zu arbeiten." Der Landrat spricht eindringlich und frei, die Zuhörer lauschen gespannt. Ein paar Ältere wischen sich eine Träne aus dem Augenwinkel.

Vertreter verschiedener Konfessionen bitten zum Gebet. „Wir bitten um Frieden und Versöhnung", sagt der evangelische Stadtpfarrer. „Möge das Gedenken an die Opfer uns stets gemahnen, unsere Mitmenschen mit Toleranz und Liebe zu behandeln." Und der katholische Geistliche fordert zum Respekt auf. Jeder Mensch, gleich welcher Hautfarbe, Herkunft und Religion, habe ein Recht auf Leben und Unversehrtheit. Er schließt mit den Worten: „Dieser Tag lädt uns ein, innezuhalten und unser Leben zu reflektieren. Lasst uns heute darüber nachdenken, wie wir Versöhnung und Frieden in unseren Alltag bringen können."

Die Stadtkapelle spielt *Ich hatt' einen Kameraden,* dann *Der gute Kamerad.* Die Musik untermalt die nachdenkliche Stimmung.

Zum Abschluss der Veranstaltung spricht der Vorsitzende des Volksbundes Deutsche Kriegsgräberfürsorge. Auch er betont die Notwendigkeit des Erinnerns und der Friedensarbeit: „Ich danke Ihnen allen für Ihr Kommen und Ihr Gedenken. Lassen Sie uns gemeinsam dafür Sorge tragen, dass die Opfer nicht vergessen werden und dass wir alle weiterhin für Frieden und Menschlichkeit eintreten."

Vertreter der Stadt, des Landkreises, der Bundeswehr und verschiedener Organisationen legen Kränze am Gedenkkreuz neben dem Haupteingang nieder.

Nach dem offiziellen Teil bleiben viele noch im Park und lassen sich Kaffee, Tee und Gebäck schmecken. Es bilden sich, trotz der Kälte, kleine Gesprächsgruppen, die über die Bedeutung des Tages reden oder sich einfach freuen, Gleichgesinnte wieder einmal getroffen zu haben.

*

Im gefütterten Parka, einen grünen Filzhut auf dem schütteren Haar, den Oberkörper nach vorn geneigt, stapft Forstdirektor Rempfer neben Alice Adler durch den Schnee. Sie haben sich im Parkcafé getroffen, haben Tee und Torte genossen und wollen jetzt durch den Park schlendern.

Die Journalistin hat um das Treffen gebeten. Sie möchte Rempfer in der Zeitung würdigen, geht er doch Ende des Jahres endgültig in den Ruhestand. Sie will seine Verdienste um den Park herausstreichen und ihm zugleich seine Abschiedsgedanken entlocken.

„Natürlich ziehe ich mich mit Wehmut im Herzen zurück. Aber ich verlasse ja nicht meine Heimat und werde diesen herrlichen Park hoffentlich noch oft genießen können. Allerdings werde ich dann nichts mehr öffentlich kommentieren. Zu den abgehalfterten Größen aus Politik, Wirtschaft und Sport, die zu allem ihren Senf geben, will ich nicht gehören", sagt Rempfer und sieht Alice Adler kurz von der Seite an.

„Aber Sie verraten mir heute schon noch, wie Sie über unseren Park denken?"

„Ja, aber nur das, was ich auch schon dem Vor-stand der Parkstiftung und Chefgärtner Schöllhorn gesagt habe."

Und dann spricht er seine schon öfter geäußerte Sorge an, dieser einmalige Stadtgarten könnte zum Vergnügungspark verkommen. Noch mehr Events als heuer, noch mehr Spezialanlagen als derzeit, noch weitere Reduzierungen der Grünflächen seien nicht zielführend.

„Sie meinen, man sollte die Zahl der Veranstaltun-gen zurückfahren?"

„Wie im Tourismus auch, der manchenorts bereits erträgliche Grenzen erreicht, teilweise sogar über-schritten hat, darf man der Natur nicht noch mehr auf-bürden als bisher. Vielen Parkbenutzern ist nicht be-wusst, dass die Natur letztlich stärker ist als der Mensch und sich mit Hochwasser, Hitze, Trockenheit und Schädlingsbefall wehren wird. Wenn unser Park als grüne Lunge eine Zukunft haben soll, dann muss jetzt Schluss sein mit noch mehr Belastungen auf den Grünflächen."

Sie sind am Streichelzoo angekommen. „Den ha-ben wir vorletztes Jahr eingerichtet", sagt Rempfer, „und dafür zwei Bäume, mehrere Sträucher und viel Wiese geopfert."

„Aber für die Kinder ist der kleine Zoo eine Attraktion, das müssen Sie doch zugeben", antwortet Frau Adler.

„Ich habe ja selbst für den Zoo gestimmt, allerdings unter der Bedingung, dass keine weiteren Einrichtungen folgen."

„Leuchtet mir ein, Herr Rempfer."

Sie biegen in die Lindenallee ein. Diese mündet in die Hauptallee, die von Platanen und Kastanien gesäumt ist.

„Und da sehen Sie, liebe Frau Adler, das zweite Problem unseres Parks, die alten Alleebäume."

Rempfer bleibt stehen und holt etwas weiter aus, will er doch die Journalistin von seiner Meinung überzeugen. Die Linde, sagt er, sei der häufigste Alleebaum in Deutschland, gefolgt vom Ahorn und von der Eiche. Platanen seien früher vor allem in Frankreich und an deutschen Fürstenhöfen gepflanzt worden.

„Heute", Rempfer geht weiter und blickt immer wieder zu den Baumkronen hoch, „stellen uns die Platanen und die Kastanien vor immer neue Herausforderungen."

Seit rund dreißig Jahren schwäche die Miniermotte unsere Kastanien. Bereits im Sommer verlören sie zwar viel Laub, aber würden nicht absterben. Doch seit wenigen Jahren würden sie von einem Bakterium befallen, das ihnen sehr zusetze. Ihr totes Holz werde zur Gefahr für Spaziergänger. In den Fachjournalen spreche man schon vom kommenden Kastaniensterben.

Bei den Platanen kämen mehrere Probleme zusammen. Zum einen die von Pilzen verursachten Erkrankungen, insbesondere der Platanenkrebs. Seit rund zwanzig Jahren breite sich der Erreger immer schneller aus. Erste Anzeichen seien schüttere Kronen und vergilbendes Laub im Sommer. Befallene Rinde verfärbe sich braunviolett. Die Folge: immer mehr Totholz, viele Astbrüche und kosten- und zeitaufwändige Baumpflege. Zum anderen könne die Rinde der Platane nicht mitwachsen und falle im Sommer regelmäßig ab. Dabei lichte sich die Krone, die wiederum noch mehr Totholz bilde.

„Verstanden, Herr Rempfer. Das viele Totholz wird zur Arbeitsbelastung für die Gärtner …"

„… und zur Gefahr für die Parkbesucher. Bei unserem derzeitigen Klima mit steigenden Temperaturen und vermehrten Niederschlägen nimmt die Arbeitsbelastung von Jahr zu Jahr zu, und das bei unserem Personalmangel. Ständig muss Platanenrinde von den Grünflächen entfernt und Totholz aus Kastanien und Platanen geschnitten werden. Kommt noch der Staub der Platanen hinzu, der bei der Baumpflege entsteht und Hustenreiz und Hautirritationen bis hin zu Dermatitis auslösen kann."

„Was nun?"

„Ich habe der Parkstiftung vorgeschlagen, kranke Bäume durch andere Sorten zu ersetzen."

„Zum Beispiel?"

„Fremdländische Gehölze wie Baumhasel, Amberbaum und Robinie."

„Tut mir leid, aber ich kenne keinen dieser drei Bäume. Die Hasel ist doch ein Strauch, oder?" Alice Adler zieht ihr Handy aus der Hosentasche und schaltet es ein.

Rempfer lacht. „Nein, nein, der sommergrüne Haselnussbaum wächst schnell und wird bis zu zwanzig Meter hoch. Er hat einen geraden Stamm und trägt eine kegelförmige Krone, die zehn bis zwölf Meter breit wird. Er verträgt Hitze, Trockenheit und ist resistent gegenüber Krankheiten."

„*Die Früchte der Baumhasel sind essbar und sehr schmackhaft*", liest Frau Adler aus dem Internet vor. „Ein hübscher Baum." Sie zeigt Rempfer ein Foto.

„Ja, gäbe es hier schon Baumhaseln, kämen viele Kinder der Nüsse wegen in den Park. Und doch ist der Amberbaum meines Erachtens schöner. Er kann sehr hoch und breit werden, blüht von Anfang April bis Mitte Mai und färbt sein Laub im Herbst rot. Ein einzigartiges Schauspiel!"

„Sie haben recht!" Sie hält ihm ein Herbstfoto hin. Von Grün über Gelb bis Feuerrot stehen etliche Amberen entlang eines Weges. „Bevorzugen Sie diesen Baum als Ersatz für Platane und Kastanie?"

„Nein, ich empfehle eher die Robinie."

„Warum?", fragt Alice Adler und tippt den Namen in die Suchmaschine.

„Die Robinie gilt unter Wissenschaftlern als Hoffnungsträgerin im Klimawandel, denn sie mag Hitze und kommt mit Dürre und den üblichen Schädlingen klar."

Alice Adler liest aus dem Internet vor: *„Für die einen ist die Robinie ein Eindringling, der so konsequent wie möglich bekämpft werden sollte. Andere sehen in der Robinie eine zukunftssichere Alternative für die Baumartenwahl.* Was gilt nun, lieber Herr Rempfer?"

„Die Robinie, auch Scheinakazie genannt, gibt es seit vierhundert Jahren in Europa. So neu ist sie also bei uns nicht. Biologen, Gärtner und vor allem Imker schätzen ihre zarten Fliederblätter, ihre duftend weißen Blütenstände, die von zuweilen bizarr verzweigten Kronen herabhängen, und ihr schnelles Wachstum. Ihr Holz ist ungewöhnlich hart und sehr witterungsbeständig. Schreiner und Drechsler lieben es, weil es so wunderbar ist. Es wird oft zu Xylophonen verarbeitet. Und die Robinie bildet ein sehr intensives

Wurzelsystem, das den Boden festigt. Im Jahr 2020 wurde sie zum Baum des Jahres gekürt, bestimmt nicht wegen ihres ungewöhnlichen Namens."

„Sondern?"

„Weil sie eine wertvolle Bereicherung in unseren Breiten sein kann. Ich würde alle drei Gehölze in unserem Park ausprobieren: Baumhasel, Amberbaum und Robinie. Vielfalt statt Einfalt wäre meine Empfehlung."

„Ein ganz anderes Thema, wenn Sie einverstanden sind."

„Nur zu."

„Wenn Sie auf die vergangenen vierzig Jahre zurückschauen, was kommt Ihnen dann in den Sinn?"

„Aufs große Ganze gesehen will mir scheinen, dass uns der Maßstab, eine feste Weltanschauung, ein fundamentales Prinzip abhandengekommen sind."

„Wie meinen Sie das?"

„Nicht alles, aber vieles ist beliebig und orientierungslos geworden. Und viele schwätzen daher und geben ungefragt ihren Senf zu allem. Durch die sozialen Medien, die ich gern asoziale Hetzagenturen nenne, wird unsere Gesellschaft immer geschwätziger und seichter. Dabei kommt es weniger darauf an, was für eine Ansicht man hat, als dass man sie für sich behält. Nur dann hat man schon ein gutes Stück Lebensweisheit erlangt."

„Da schneiden Sie aber ein gewaltiges Thema an, lieber Herr Rempfer."

„Weiß ich, aber so sehe ich das. Wir leben derzeit in einer chaotischen Welt. Uns fehlt eine Leitidee. In der Politik, in der Kunst, im Leben. Die Leute streiten wie die Kesselflicker. Dabei gleicht mancher Streit einer Rauferei zwischen Kahlköpfen um einen Kamm. Deshalb neigen immer mehr Leute zu Mystik und Esoterik. Und zur Sucht nach Originalität, weshalb sich viele Erwachsene gern verkleiden. Gerade bei Männern und Frauen unter vierzig ist der Trend unverkennbar. Die Leute wollen mehr sein, groß rauskommen und verschwinden immer öfter in der grauen Masse. Vermassung und Kulturverfall! Kennen Sie das Buch von Hendrik de Man?"

Alice Adler schüttelt den Kopf.

„Sollten Sie lesen. Gewiss eine ältere Analyse unserer Gesellschaft, aber keine veraltete. Hendrik de Man schreibt, die Menschen würden immer hilfloser und zugleich gewalttätiger, trotz fortschreitender Wissenschaft und Aufklärung, und lebten in wachsender Angst und Sorge um ihre Zukunft. Dabei ist Angst ein schlechter Ratgeber."

„Und wie werden Sie Ihren Ruhestand verbringen?"

„Vor allem werde ich lesen. Was denn sonst."

„Was lesen Sie?"

„Romane und Sachbücher gleichermaßen, oft zwei Bücher gleichzeitig, morgens das eine, abends das andere."

„Haben Sie einen Lieblingsautor?"

Rempfer lacht. „Sie wollen es aber genau wissen." Er sieht die Journalistin an. „Ich mag alte und neue Autoren, bekannte und verkannte. Auch Ihre Bücher, liebe Frau Adler, habe ich gelesen. Alle. Und alle sehr gern."

Dezember

Jetzt herrscht die Farbe Weiß im Park vor. Bäume und Sträucher, Wiesen und Wege sind morgens mit Reif bedeckt. Immer wieder fällt ein etwas Schnee, der dann unter den Sohlen der wenigen Besucher knirscht. Die Pflanzen ducken sich zu Boden, als müssten sie in Deckung gehen. Immergrüne gibt es reichlich. Dennoch blühen noch etliche, viele in Weiß: Christrose, Duftender Schneeball, Rote Taubnessel, Winterschneeball und Zaubernuss.

Ein älterer Herr geht an einem noch recht jungen Gärtner vorbei, der gerade ein paar Sträucher von der Schneelast befreit.

„Was ich schon lange fragen wollte", sagt der Besucher und bleibt stehen. „Wie viele Pflanzenarten gibt es eigentlich?"

„Unvorstellbar viele", sagt der Gärtner und richtet sich auf, zieht seinen rechten Handschuh aus und kratzt sich unter seiner schwarzen Wollmütze. „Genau weiß man's wohl nicht. Vor ungefähr einhundertzwanzig Jahren hat ein Biologe eine Zusammenstellung versucht. Er ist auf über zweihunderttausend gekommen. Aber diese Angaben sind längst überholt.

Allein die Zahl der bekannten Blumenarten ist bis heute auf über dreihunderttausend gestiegen. Kommen mindestens zweihundertfünfzigtausend Algen, Pilze und Flechten hinzu. Dann die vielen Moose, Farne, Schachtelhalme, Bärlappgewächse, Palmen, Laub- und Nadelbäume. Und weil die Botaniker immer neue Arten entdecken, zählen sie immer noch. Weit mehr als eine Million sind es inzwischen ganz bestimmt."

„Und wie kommt's, dass Sie so gut Bescheid wissen?"

„Ich bin Biologiestudent mit Fachrichtung Botanik und verdiene mir mit Gärtnern mein Studium."

„Erlauben Sie mir dann noch eine Frage?"

„Gern, wenn ich sie beantworten kann."

„Wie alt werden Bäume?"

„Au", sagt der Biologiestudent und kratzt sich wieder am Kopf, „das hängt vom Standort ab. Bäume in der Stadt werden nicht so alt wie Bäume in freier Natur. Das ist wegen der Abgase und dem Feinstaub so. Schnell wachsende Bäume wie Erle, Birke und Weide werden selten älter als hundert Jahre. Langsam wachsende wie Eiche, Linde oder Buche können bis zu tausend Jahre alt werden oder mehr. Nadelbäume wie Lärche, Kiefer und Fichte werden bei uns selten über dreihundert Jahre alt. Ausnahmen bestätigen die Regel."

„Und wo steht der älteste Baum?"

Der junge Mann lacht. „Sie stellen Fragen." Er wird nachdenklich: „Eine Fichte in Schweden soll fast zweitausend Jahre alt sein. Und eine Kiefer in Kanada viertausend Jahre."

„Und der älteste Baum bei uns?"

„Eine Sommerlinde in Hessen soll im Jahr 760 nach Christus gepflanzt worden sein. Also wäre sie jetzt über zwölfhundert Jahre alt."

„Danke schön! Sie wissen sehr viel, junger Mann. Ich wünsche Ihnen für Ihr Studium alles Gute."

*

Im Dezember, wenn die meisten Bäume kahl sind und die Landschaft oft grau und trist wirkt, sticht die Himalayazeder besonders hervor. Dieses majestätische Exemplar aus dem höchsten Gebirge der Welt beeindruckt durch seine immergrünen Nadeln und seine pyramidale Form. Jetzt, im Winter, wenn die meisten Laubbäume ihre Blätter verloren haben, bietet seine grüne Pracht einen erfrischenden Anblick.

Die Himalayazeder hat elegant herabhängende Zweige. Sie ist extrem anpassungsfähig und überdies resistent gegen viele Krankheiten und Schädlinge. Selbst strenge Frostperioden übersteht sie problemlos. In ihrer Heimat im Himalaya ist sie ein Sinnbild für Stärke und Beständigkeit. Deshalb wird sie, besonders in Ländern mit hinduistischer und buddhistischer Tradition, als heiliger Baum verehrt. Man begegnet dieser Zeder folglich oft in der Nähe von Tempeln und heiligen Stätten.

Ähnlich und doch anders die Stechpalme. Sie fällt wegen ihrer leuchtend roten Beeren auf. Diese kontrastieren lebhaft zu den stacheligen Blättern, die dunkelgrün und lederig sind und spitz zulaufen. Sie ist extrem widerstandsfähig und winterhart, trotzt kalten Temperaturen und bleibt auch bei Frost und Schnee grün und vital. Über vierhundert Arten gibt es weltweit, viele sogar in den Tropen und Subtropen Asiens und Amerikas. Das Holz der europäischen Stechpalme, im Fachhandel als Ilex-Holz bekannt, ist sehr hell, hart, schwer, hat fast keine Maserung und zeigt so gut wie keine Jahresringe. Es lässt sich gut polieren und nimmt nach kurzer Zeit eine grünlich-bläuliche Farbe an. Gebeizt sieht es aus wie Ebenholz. Wegen dieser Eigenschaften wird es gern von Kunsthandwerkern und Tischlern verwendet. Klavier- und Orgelbauern brauchen es für die Tastatur. Goethes Wanderstab war aus diesem Holz. Und Druckstöcke für Holzschnitte, Spinn- und Zahnräder, weiße Schachfiguren, Peitschenstiele, Spazierstöcke und Axtstiele wurden und werden immer noch aus Ilex-Holz hergestellt. Übrigens hat man früher die Schornsteine mit Büscheln aus Stechpalmzweigen gereinigt.

In vielen Kulturen hat die Stechpalme eine lange Tradition als Weihnachtspflanze. Ihre Zweige werden oft zu Dekorationen und Kränzen verwendet, insbesondere zur Winterzeit.

Schon die Kelten, Germanen und Römer bewunderten das immergrüne Laub. Geweihte Zweige sollten Mensch und Vieh vor wilden Geistern, bösem Zauber, Vampiren und Blitzen schützen. In der dunklen Jahreszeit, vor allem rund um die Wintersonnwende, schmückten unsere Vorfahren ihre Stuben damit, flochten daraus Kränze und hängten sie an die Türen. Der uralte Brauch blieb nach der Christianisierung erhalten. Deshalb sieht man zuweilen heute noch Zweige in den Dachgiebeln hängen. Gegen Ende des 16. Jahrhunderts holte man sich die Stechpalme als Weihnachtsbaum ins Haus. Das kam im 19. Jahrhundert so sehr in Mode, dass sie unter Naturschutz gestellt werden musste. So verschwand sie bei uns als Weihnachtsschmuck.

In Skandinavien wird die Stechpalme mit ihren roten Früchten Christusdorn genannt, erinnert sie doch an die Dornenkrone und die Blutstropfen Christi. In England heißt sie Holly. Die Filmmetropole Hollywood trägt ihren Namen, weil dort ursprünglich ein Stechpalmenwald stand. Ihren deutschen Namen verdank sie den stacheligen Blättern. Die Bezeichnung Palme geht auf die christliche Tradition und den Einzug Jesu in Jerusalem zurück.

Der Legende nach folgte den Hirten, die sich auf den Weg zum Jesuskind machten, eine große Schafherde, darunter ein kleines, schwaches und krankes Lämmchen. Ein Hirtenjunge nahm es auf und pflegte es. Endlich erreichten Menschen und Tiere den Stall zu Bethlehem. Maria sah, dass der Junge das Lamm streichelte und in seinen Armen wärmte. Seither trage die Stechpalme im Winter leuchtend rote Beeren, damit man immer an das arme kleine Lämmchen und den guten Hirtenjungen denkt.

Stechpalmenblätter enthalten verschiedene Bitter- und Gerbstoffe. Im Frühsommer, frisch oder getrocknet verwendet, wirken die Blätter zusammenziehend, schleimlösend und harntreibend. Bei Gicht, Arthritis und Rheuma nutzte man im Mittelalter die Wirkstoffe der Stechpalme. Und ihre gerösteten Samen schätzte man früher als Kaffee-Ersatz.

*

Die Nikolausfeier im Park erfreut Kinder und Erwachsene gleichermaßen. Ein großer Weihnachtsbaum, behangen mit Kugeln und bunten Lichterketten, erstrahlt vor dem Musikpavillon. Um den

Zuschauerraum herum haben Vereine und kirchliche Organisationen Holzbuden aufgebaut, wo man Glühwein, Kinderpunsch, Bratwürste, Lebkuchen, gebrannte Mandeln und Zuckerwatte kaufen kann. Die Buden bleiben stehen, weil am übernächsten Wochenende von Freitagmittag bis Sonntagabend der alljährliche kleine Weihnachtsmarkt stattfindet. Bis dahin werden weitere Verkaufsstände hinzukommen. Dieser Markt wird, wie immer, gut besucht sein, aber kein besonderes Programm bieten. Nur ein weiterer Treffpunkt im Park, mehr nicht.

Die Hauptwege sind adventlich dekoriert mit Lichtern, Sternen und Tannenzweigen. Jetzt strömen viele Kinder und Erwachsene herbei. Alle tragen warme Kleidung, viele sogar Nikolausmützen. Überall ein fröhliches Kinderlachen. Aus Lautsprechern ertönt leise Adventsmusik.

Chefgärtner Schöllhorn eröffnet die Feier mit einer kurzen Begrüßungsrede. Er dankt zuerst den Organisatoren und wünscht allen Anwesenden eine schöne Vorweihnachtszeit. Dann sagt er: „Liebe Kinder, ich begrüße euch herzlich zu unserer diesjährigen Nikolausfeier im Park. Genießt den Tag und die vielen Überraschungen, die auf euch warten!"

Kaum hat er geendet, kommt der Nikolaus auf die Bühne. Er zieht einen Schlitten hinter sich her und hat einen großen Sack auf dem Rücken. „Ho, ho, ho! Eine schöne Adventszeit, liebe Kinder! Ich habe euch viele Geschenke mitgebracht. Doch zuerst will ich euch eine Geschichte erzählen." Er liest eine kurze Weihnachtsgeschichte vor. Dann darf jedes Mädchen und jeder Bub auf die Bühne kommen und einmal in den Sack greifen. Nüsse, Mandarinen, Lebkuchen und Schokofigürchen kommen zum Vorschein. Die Kinder sind aufgeregt und starren den Nikolaus mit großen Augen ehrfurchtsvoll an.

Ein Kinderchor betritt die Bühne, nimmt hinter dem Nikolaus Aufstellung und singt festliche Lieder. Anschließend führt eine Theatergruppe das Märchen vom schiefen Tannenbaum auf, den niemand haben will. Die Kinder sind begeistert. Mit strahlenden Gesichtern singen sie die bekannten Lieder mit und klatschen vor Freude in die Hände: *Heute, Kinder wird's was geben* und *O Tannenbaum.*

Neben der Bühne locken mehrere Bastel- und Backstationen. Hier dürfen die Kinder unter Anleitung Weihnachtsdekorationen fertigen oder Plätzchen backen. Manche Eltern und Großeltern helfen mit, andere schauen zu und gönnen sich einen Glühwein, einen Punsch, eine Bratwurst oder einen Lebkuchen. Und für Kinder gibt es Zuckerwatte und gebrannte Mandeln.

Als es dunkel wird, versammeln sich alle noch einmal vor der Bühne. Der Nikolaus verabschiedet sich unter großem Beifall.

*

Das Gesellschaftszimmer im Parkcafé ist festlich dekoriert. Blumenarrangements und grüne Pflanzen zieren den Raum. Nach und nach treffen die Gäste ein. Die Verabschiedung von Direktor Rempfer, dem langjährigen Leiter des hiesigen Forstamts und Mitglied der Parkstiftung, steht an. Forstpräsident Stoll wird die feierliche Zeremonie leiten.

Der Forstpräsident eröffnet die Feier mit herzlichen Worten: „Liebe Kolleginnen und Kollegen, verehrte Gäste, wir haben uns heute hier versammelt, um einen Mann zu ehren, der unser Forstamt und unsere Parkstiftung über viele Jahre hinweg mit Leidenschaft und Hingabe geführt hat. Herr Rempfer, es ist mir eine große Ehre, Sie in den wohlverdienten Ruhestand zu verabschieden." Dann trägt er Rempfers Lebenslauf vor, dankt ihm für die geleistete Arbeit in über vierzig Dienstjahren und wünscht ihm viel Gesundheit und Lebensfreude in den kommenden Jahren.

Der Landrat tritt ans Mikrofon und drückt seine Dankbarkeit und Wertschätzung aus: „Sehr geehrter

Herr Rempfer, es ist nicht nur die berufliche Kompetenz, die Sie auszeichnet, sondern auch Ihr Engagement für den Naturschutz und die nachhaltige Forstwirtschaft. Ihr unermüdlicher Einsatz hat unseren Landkreis bereichert und die Schönheit unserer Wälder bewahrt. Dafür danken wir Ihnen von ganzem Herzen."

Die Vorsitzende der Parkstiftung, Frau Dr. Sommer, hebt die Zusammenarbeit hervor: „Herr Rempfer, Ihre Vision und Ihr Engagement haben die Parkstiftung maßgeblich geprägt. Sie haben Projekte ins Leben gerufen, die unsere Parkanlagen zu dem gemacht haben, was sie heute sind: ein Ort der Erholung und der Begegnung mit der Natur. Wir werden Ihre inspirierende Führung und Ihre Weisheit vermissen."

Auch Chefgärtner Schöllhorn dankt Herrn Rempfer für vielfältigen Rat und jahrelanges Engagement für unser kleines Paradies. Er überreicht ihm einen Büchergutschein, weiß er doch aus der Zeitung, dass der Geehrte gerne liest.

Die Leitende Schulamtsdirektorin Evelyn Schmitt ergreift, stellvertretend für alle Behördenleiter der Region, ebenfalls das Wort und betont: „Herr Rempfer, Ihre Zusammenarbeit mit den Behörden unseres Landkreises war stets von Vertrauen und Respekt geprägt. Sie haben uns gezeigt, wie wichtig es ist, gemeinsam für den Schutz unserer Umwelt zu arbeiten."

Freundliche Gesichter, aufmerksame Zuhörer, gelegentliches Nicken und Applaus. Einige Gäste tauschen leise Erinnerungen und Anekdoten aus.

Zum Abschluss der Reden überreicht Forstpräsident Stoll dem Scheidenden ein handgefertigtes Modell jener Waldfluren, für deren Aufforstung er sich besonders engagiert hat: „Im Namen aller Kollegen und Freunde möchten wir Ihnen dieses Geschenk überreichen. Es soll Sie an die vielen Bäume erinnern, die dank Ihrer Obhut wachsen und gedeihen."

Herr Rempfer tritt, sichtlich bewegt, ans Mikrofon und nimmt das Geschenk gerührt entgegen. Er bedankt sich herzlich und richtet ein paar Worte an die Anwesenden: „Sehr geehrter Herr Forstpräsident, sehr geehrter Herr Landrat, sehr geehrte Frau Dr. Sommer, liebe Freunde und Kollegen, ich bin überwältigt von den warmen Worten und dem herzlichen Empfang. Die Jahre im Forstamt und bei der Parkstiftung waren für mich eine erfüllende Zeit. Gemeinsam haben wir viel erreicht, und ich bin dankbar für jede Unterstützung und jede Zusammenarbeit. Ich werde die gemeinsamen Erlebnisse und die schönen Momente in guter Erinnerung behalten."

Nach dem offiziellen Teil folgt eine gesellige Stunde mit Buffet und Getränken. Man isst und trinkt und steht in kleinen Gruppen zusammen, bis die ersten Gäste gehen und die Feierrunde sich langsam auflöst. Herr Rempfer verabschiedet jede und jeden mit Handschlag. Alice Adler aber nimmt er in den Arm. „Danke für Ihren schönen Artikel in der Zeitung. Die Überschrift *Vielfalt statt Einfalt* hat mir besonders gut gefallen." Die Journalistin lacht: „Ihre Worte, lieber Herr Rempfer. Ihnen alles erdenklich Gute … und bis bald."

*

Eine Frau schiebt einen Kinderwagen durch den Park. Sie trägt eine samtrote, knielange Jacke und eine braune Wollmütze. Zielstrebig geht sie auf den Schnurbaum zu, legt ein Kissen auf die Bank, die neuerdings davor steht, und setzt sich.

Die Frau ist überglücklich, das Kind schläft. Sie summt ihm ein Lied vor. Und als ihr kalt wird, schiebt sie das schlafende Kind weiter durch den Park bis zum Streichelzoo. Dort, hinter Büschen, sind Christrosen aufgeblüht, trotz der Kälte.

Sie wirft einen Blick in den Kinderwagen. Das Kind lächelt im Schlaf.

„Anna, bist du wach?"

Das Kind schlägt die Augen auf. Es ist heute auf den Tag genau neun Monate alt. Dass die Frau, die es anschaut, nicht seine leibliche Mutter ist, interessiert die Kleine nicht. Anna fühlt sich wohl und geborgen. Die Frau ist überglücklich. Endlich ein Kind, ihr Kind, noch dazu ein so goldiges Mädchen.

Sie beugt sich über das dick vermummte Kind, das sie mit großen Augen ansieht. Leise, ganz leise singt sie ihm ins Ohr. Sie mag dieses alte Abendlied von Paul Gerhardt, das Johann Sebastian Bach vertont hat und das ihr immer dann einfällt, wenn sie im Park unterwegs ist:

Nun ruhen alle Wälder,
Vieh, Menschen, Städt' und Felder,
es schläft die ganze Welt.
Ihr aber, meine Sinnen,
auf, auf, ihr sollt beginnen,
was eurem Schöpfer wohlgefällt.

LITERATUR VON GERD FRIEDERICH

Fachliteratur

25 Bücher, rund 100 Fachaufsätze, etliche Artikel in Handbüchern und Lexika sowie rund 300 Rezensionen zu pädagogischen, geschichtlichen und landeskundlichen Themen. Das letzte Fachbuch, 2015 zusammen mit Magda Krapp: *Schulleitung kompakt – Schule leiten und gestalten.*

Romane

Der Dorfschulmeister. 2008.
Der Kainsmaler. 2009.
Kälberstrick. 2010.
Schwabenbomber. 2011.
Sichelhenke. 2012.
Tod dem König. 2013.
Fräulein Lehrerin. 2015.
Verlorene Jahre. 2018.
LandLebenLiebe. 2020.
Der Glücksritter. 2022.
Die Reise. 2023.
Unser kleines Paradies. 2024.
Ein einziger Tag. 2025.

Man sieht die Blumen welken und die Blätter fallen,
aber man sieht auch Früchte reifen und neue Knospen
keimen. Das Leben gehört dem Lebendigen an,
und wer lebt, muss auf Wechsel gefasst sein.
Johann Wolfgang Goethe

Das Alte stürzt, es ändert sich die Zeit,
und neues Leben blüht aus den Ruinen.
Friedrich Schiller

Wechsel ist das Los des Lebens,
und es kommt ein anderer Tag.
Theodor Fontane